U0450734

2023年中国作家协会重点作品扶持项目
2023年内蒙古自治区党委宣传部"亮丽内蒙古"
重点图书出版工程项目

长篇报告文学

中国牧民

布仁巴雅尔
杨楣 —— 著

内蒙古出版集团
内蒙古少年儿童出版社

图书在版编目(CIP)数据

中国牧民/布仁巴雅尔,杨楣著. — 通辽：内蒙古少年儿童出版社,2023.12
ISBN 978-7-5312-5424-9

Ⅰ.①中… Ⅱ.①布…②杨… Ⅲ.①报告文学—中国—当代 Ⅳ.①I25

中国国家版本馆CIP数据核字(2023)第246077号

中国牧民

布仁巴雅尔　杨楣/著

出 版 人：	长锁
责任编辑：	长锁　乌云高娃
书名题字：	刘华
装帧设计：	阿如罕　刘那日苏
出版发行：	内蒙古出版集团　内蒙古少年儿童出版社
地　　址：	通辽市科尔沁区霍林河大街312号
邮　　编：	028000
电　　话：	(0475) 8218276
印　　刷：	内蒙古爱信达教育印务有限责任公司
开　　本：	710mm×1010mm　1/16
印　　张：	19.75　　字数：238千字
版　　次：	2023年12月第1版
印　　次：	2023年12月第1次印刷
书　　号：	ISBN 978-7-5312-5424-9
定　　价：	48.00元

版权所有，侵权必究。
如发现印装质量问题，请与出版社发行部联系调换。

CONTENT 目 录

引 言 …………………………………………………… 1

第一章 我要扎根草原 …………………………………… 1

一、萨如拉图雅，我的家 …………………………………… 2

二、唯一留下的知青 ………………………………………… 10

三、"草原之子"与牧羊女之恋 …………………………… 28

四、老将军的欣慰 …………………………………………… 41

五、给自己立"军令状"的人 ……………………………… 50

第二章 让草原变得更绿是我最大的心愿 ……………… 61

一、嘎查长，差一票全票 …………………………………… 62

二、"七七"雪灾 …………………………………………… 71

三、喜看沙地换新装 ………………………………………… 80

四、愿驰千里足，送儿还"青绿" ………………………… 93

五、牧民学他的"减羊增牛"，草原渐渐恢复"元气"…106

第三章　喊破嗓子，不如做出样子 … 115
一、流动"扶贫羊" … 116
二、准备赔钱的公司 … 126
三、乡亲们的主心骨 … 135
四、两张发明图 … 141

第四章　让草原上的人们世世代代都能生存 … 151
一、"冰凌花"美丽绽放 … 152
二、从"减羊增牛"到"四点平衡" … 164
三、人草畜和谐共生的"锡林郭勒样本" … 171
四、两个朝鲁门 … 180

第五章　我们是党员，还是干部 … 191
一、父亲的教诲 … 192
二、赤子情怀 … 204
三、通往牧民心坎的"七一大道" … 211
四、人人都像廷·巴特尔 … 218

第六章　当牧民，是我的职业荣耀 … 225
一、一副马鞍，一户幸福人家 … 226
二、"减羊增牛"效应 … 233

三、草原深处"云牧人" ……………………………… 241
　　四、职业牧民 ……………………………………… 255

第七章　用我的一生来建设草原 …………………… 271
　　一、"老廷"和"老贠" ……………………………… 272
　　二、建成一个中国式现代化牧场 ………………… 281
　　三、他引来外国友人的注目 ……………………… 289
　　四、廷·巴特尔大讲堂 …………………………… 295

尾　声 ……………………………………………… 304
后　记 ……………………………………………… 306

引 言

公元2021年6月29日，在我们伟大祖国首都北京的天安门广场上鲜艳的国旗迎风飘扬。广场西侧的人民大会堂金色大厅，响起了《忠诚赞歌》雄壮的乐曲声，庆祝中国共产党成立100周年"七一勋章"颁授仪式在这里隆重举行。中共中央总书记、国家主席、中央军委主席习近平向29名"七一勋章"获得者颁授勋章，将党内最高荣誉授予为党和人民做出杰出贡献的共产党员。

"七一勋章"是党中央表彰在中国革命、建设、改革各个历史时期，为党和人民事业一辈子孜孜以求、默默奉献、贡献突出、品德高尚的功勋模范党员。接受习近平总书记颁授勋章的那个身着蓝色蒙古长袍的是蒙古族牧民党员廷·巴特尔。

"在他们身上，生动体现了中国共产党人坚定信念、践行宗旨、拼搏奉献、廉洁奉公的高尚品质和崇高精神。"习近平总书记对他们给予的高度赞誉，让廷·巴特尔激情澎湃。

这一天，那激动人心的时刻永久地镌刻在廷·巴特尔的脑海里。

当长城内外、大江南北银屏闪耀的那一刻，廷·巴特尔的家乡锡林郭勒盟顿时沸腾了，大家都说廷书记荣获勋章是当之无愧。巴特尔，汉语之意是"英雄"。是的，在廷·巴特尔所在的萨如拉图雅嘎查（村）全体牧民群众的心里，他荣获的这个熠熠生辉的勋章，是献给在草原上几十年如一日无私奉献的英雄，是致敬新时代带领草原人民改善草原生态、走向富裕生活的英雄。

位于锡林郭勒草原南端的浑善达克沙地，作为我国十大沙漠之

"七一勋章"获得者廷·巴特尔

一,亦是距离首都北京最近的沙源,直线距离只有180公里。浑善达克,汉语意为"孤驹"。浑善达克曾经是一个水草丰美、湖泊遍地的湖沙草原,素有"塞外江南""花园沙漠"的美称。20世纪80年代开始,这里出现了严重沙化现象。

2000年春,我国北方地区连续发生12次扬沙、浮尘、沙尘暴天气,其中多次影响京津地区,其频率之高、范围之广、强度之大为50年间所罕见,引起党中央、国务院的高度重视。同年5月,时任中央政治局常委、国务院总理朱镕基亲临浑善达克沙地视察,做出"治沙止漠刻不容缓,生态屏障势在必建"的重要指示。

萨如拉图雅嘎查地处浑善达克沙地西北边缘。由于超载放牧和连年的自然灾害,430多平方公里的萨如拉图雅一度成为全苏木(乡)生态条件最差、经济最落后的嘎查。

廷·巴特尔是共和国开国少将廷懋的儿子。1974年，19岁的他来到偏远闭塞的锡林郭勒盟阿巴嘎旗洪格尔高勒苏木萨如拉图雅嘎查插队，后来成为唯一留在这片草原的知青。廷·巴特尔扎根草原50年，在生产实践中不断探索解决草原生态与牧业生产之间的矛盾，坚持草畜平衡、绿色发展，打造人草畜和谐共生的"锡林郭勒样本"，成为中国式现代化畜牧业的开拓者和引路人。

50年来，他怀着对草原的无限热爱，对牧民群众的深厚感情，像保护眼睛一样保护草原生态环境，在自家承包的草场上，率先开始了一系列探索和改革。他劝说牧民："牲畜不是命根子，草原才是命根子。"

每一次变革都是浴火重生的美丽蜕变，都让牧民们得到更多看得见、摸得着的红利。他破解草畜平衡矛盾日益突出、草场退化严重、牧民持续增收困难等难题，积极探索脱贫致富的路子。浑善达克沙地如今发生了翻天覆地的变化，牧民们亲切地称他为"致富带头人"。

在廷·巴特尔的带领下，萨如拉图雅嘎查成了远近闻名的生态村、富裕村。正如一首歌里唱的那样："一加十十加百百加千千万，你加我我加你大家心相连。"廷·巴特尔的发展理念和成功经验产生了示范效应，在自治区广大牧区广泛推广遍地开花，实现了生态保护与牧民增收。

萨如拉图雅嘎查成为"绿水青山就是金山银山"的典范，廷·巴特尔走过的路、探索出来的成功经验，染绿草原，流淌在牧民群众的心田。

廷·巴特尔的传奇，在辽阔的北疆草原继续书写！

第一章
我要扎根草原

廷·巴特尔：大家都说我是来镀金的，肯定要走。我要用行动告诉所有人，我不是来镀金的，我要扎根草原。

一、萨如拉图雅，我的家

几代人盼望的路，终于通了！

世代居住在"沙窝子"里的牧民们，对路有着深切的渴望。东邻锡林浩特市207国道灰腾河段68公里处，有一条经灰腾梁通往洪格尔高勒镇的柏油路，阿巴嘎草原上的牧民们亲切地称为"廷·巴特尔路"。

机动车行驶在这条柏油路上，视野开阔起来。5月的草原已经泛出微绿，苍鹰低空迂回，目及之处，黄与绿交织着，惬意的风送来沁人心脾的花草香，高格斯台河缓缓流向草原深处。草原上看不到牛羊。

随行的洪格尔高勒镇党委书记阿力坦宝日其高告诉我们，现在正是全旗的禁牧期。每年从4月上旬开始，锡林郭勒盟各地就进入45天春季牧草返青休牧期，2.2亿亩草原迎来"带薪休假"。

这片草原正在休养生息。湖边翱翔的飞鸟、盐碱地改良后长出的灌木花草、扎根沙地坚韧挺拔的黄榆，随时出没的鹿、狍子、狐狸、野兔，还有围栏织成的网……无不讲述着这块土地曾经经历和正在发生的故事。

　　一路上，阿书记向我们讲述了知青"连心桥"的故事，以及如何进行荒漠化治理和风能开发。听着这些，我们想象着，在这片草原上，廷·巴特尔如何带领牧民们在艰苦的环境中几十年如一日，奋勇争先、笑对人生。

　　葳蕤的草地早已覆盖了昔日的荒芜。

　　我们脚下这片丰饶的沃野，正是廷·巴特尔奉献了半个世纪的深爱的草原！

　　今天，我们要寻访廷·巴特尔！

　　曾经在电视中多次目睹廷·巴特尔做报告，听他讲解"蹄腿理论""四点平衡""划区轮牧""打草不拉草"等独到识见，讲他如何带领牧民坚持走"生态优先、绿色发展先行"的致富路。

　　萨如拉图雅，汉语意为"美丽的霞光"。108眼泉水汇聚而成的高格斯台河从这片水草肥美的天然牧场潺潺流过。

　　不经意间闯进镜头的鹿、狍子，还有远处的骆驼，在草地上都变得温顺起来，几匹马在河边徜徉啜饮，阳光洒落脊背，泛着光泽。低匐在草地上的野兔闪动着黑茶色的眼睛一动不动，仿佛在倾听大地的私语。

　　车驶过挂着"中国少数民族村寨"醒目牌子的萨如拉图雅嘎查村部，路的南侧是一排排杨树。牧场上丛生的黄柳、红柳，还有茂密的沙棘树，迎着风傲然挺立。前方的草地植被愈加茂密，四方轮廓的条形灌木横贯草原。还有远处的那片知青林！

　　知青林的北面就是廷·巴特尔的家庭牧场。

　　这就是当年廷·巴特尔从呼和浩特市辗转四天四夜才到达的萨如拉图雅嘎查，而今天，我们仅仅用了三个小时。

我们一行人心中都涌动着按捺不住的兴奋。

家庭牧场前有一个人正拿着水管给松树浇水，从远处看，身材不高却很壮实，穿着一身褪色有些发白的迷彩服。这个脸膛红黑、眉毛浓黑的汉子迈着轻快的步伐向我们走了过来，手里还攥着水管子。

百闻不如一见，眼前这位面色平静、衣着朴实的牧民就是廷·巴特尔。我们走上前去，与他紧紧握手，他的大手满是老茧，厚实有力。寒暄之后，他指着眼前的几棵高大的云杉树向我们介绍："这是朱镕基总理来视察那年，草原上开始京津风沙源治理时移栽的4棵云杉树苗，已经20多年了。"4棵云杉树，树干已经足够遒劲粗实，飘扬的针状树叶哗哗作响。

房前，茂盛的树木和各类花草挂着露珠，晶莹透亮。听说，这些丁香、沙枣树，还有黄花苜蓿、紫花苜蓿，是当年廷·巴特尔的父亲廷懋将军和家人送来的树苗和草籽，不远处的两棵沙枣树是他的女儿种植的。我们听得入了神。

放下水管，廷·巴特尔带着我们去看房后孵蛋的布谷鸟。

这是一个精心搭建的小窝，四边用柳条围起来，里面絮着干草，他小心翼翼地走上前，我们的脚步也随之放轻了，布谷鸟一点儿都没有受到惊吓。

廷·巴特尔蹲下身，轻轻地唤着，我们惊奇地发现，鸟儿冲他扇起一侧翅膀，似乎在向他打着招呼，爪子下面露出五枚青绿色的蛋。

"还有两天就孵出小鸟了。"

他兴奋地说着，脸上的皱纹随即舒展开来，眼里充满了怜爱。他用手轻轻平整着布谷鸟身下的茅草，生怕惊动了鸟儿。

| 第一章 | 我要扎根草原

布谷鸟的行踪通常比较隐秘，在大自然的怀抱，大多数情况下人们是寻觅不到它们的踪影的，只能听其音闻其声。今天，我们大开眼界，布谷鸟竟与人类这般亲近。听着我们的惊叹，廷·巴特尔笑着打开手机，我们看到了一张布谷鸟站在他的指尖、他与鸟儿慈爱地对望的照片，我们惊呆了！他还告诉我们，过几天候鸟又要飞到这片草原了！

廷·巴特尔与小生灵和谐相处

我们对廷·巴特尔的采访就这样拉开了序幕。

我们要跟踪采访廷·巴特尔的一天。仿佛受到他的感染，我们感觉这片草场，这里的一草一木，每个生灵都引人注目。

远处的沙丘起起伏伏，绿意跟着层层叠叠。高处是白桦、山杨、榆树，低处是沙地柏、小叶锦鸡儿等灌木及翠绿色的草地，河流在草丛间涓涓流淌。

廷·巴特尔走到一块空地，从地上抓起一把白碱土，说过去这里都是大面积的白沙地和碱滩，连根草都见不到。

知识青年上山下乡的时候，廷·巴特尔便开始在这里种树种草，修复和保护草原生态，50年来从没间断过。

暮春时节，围栏内郁郁葱葱的青草，与远处的知青林遥相呼应。牧场植被的覆盖度和牧草的密度逐年增加，牧草种类繁多，草原上时而有大雁等候鸟飞过，还看到狍子和獾子闪过的身影。野生动物多了起来，网围栏有特意预留的小门，还有草丛中树枝上精心搭建的鸟巢。

廷·巴特尔的家庭牧场处处都是景观，就是废旧物品也能变废为宝，化腐朽为神奇。请看：利用废旧彩钢瓦制作的移动式旱厕；用废旧汽油桶做的垃圾回收桶和焚烧桶；将废旧玻璃裁切成小块，粘接成美观的形状做成太阳罩上方的压覆物，防止大风对玻璃整体的影响；用废弃木板制作的供鸟儿们栖息的巢穴；用废旧轮胎做的秋千。细腻加之巧思，千百年来草原上看似粗犷的牧人就具有这样的品质，取之于草原，用之于草原，物我交融，天人合一，让人叹为观止。

打扫棚圈、给贮草棚开窗通风是廷·巴特尔每天例行的活儿。在这个家庭牧场里，到处都有看似简单的设施，却蕴含着很多科学合理的设计。一个铁制围栏，被分成几个格子，有卖牛、挤奶、接牛犊等六项功能，既保障了牛的繁育和生长，还给日常工作提供了很大的便利。如卖牛装车时，将牛赶进设计合理的围栏，牛自己上车，省去了挖坑、搭桥装车、生拉硬赶的烦琐。

他还特意把棚圈上面的几扇小窗户打开，好让燕子飞来垒窝。廷·巴特尔指着房檐处搭建一半的鸟巢，打趣地说："在这上面搭窝多好，能挡风。这也是个傻燕子。"

一行人不由得笑了起来。一瞬间，我们好像与草场上的植被和生灵更加亲近，对大自然的敬畏更增添了一分。

廷·巴特尔的家庭牧场

廷·巴特尔家的房子窗明几净、非常整洁，妻子额尔敦其木格热情地招呼我们，为我们端来奶茶、炒米。在东边的房子里，有刚做好正在晾晒的奶食品，整齐地摆放着，散发着浓浓的奶香味。

主屋房顶上有一个造型美观的小房子，它是一个玻璃顶的储水箱，生活用水都储存在这里。在冬季，通过保温装置、阳光的照射和土暖锅炉余热升温可以保证水不结冰，而且设计安装有警报装置。注水时，只要水位升到特定位置就会自动停止，方便实用。

房子周围的每一个建筑物都暗藏"玄机"和巧妙的设计。

这片牧场两侧临河，西侧是高格斯台河，东侧是希仁高勒河，但廷·巴特尔一家人仍十分节约用水。廷·巴特尔在院落里建了一个水池，在天气转凉时里面的水要放掉，打开闸门，一池水并没有随意流失，而是进入了他精心设计的地下管道存储起来，用来浇树和冲厕。接上水管，打开一个阀门，就可以浇灌栽种的树木。开春，他还设计了一套循环系统，加大了灌溉量。拔下水管，再打开另一个小阀门，一个扇形的水雾喷出，浸润着周边的草地。这个喷灌设备看起来非常精致实用，他告诉我们，这是从新西兰考察回来后，自己学习制作的。

走进廷·巴特尔的修理车间，真是琳琅满目。他利用废弃的木料、铁皮制作出方便实用的生产生活用具，它们像是一件件工艺品，有序地摆放着。拖拉机、打草机、摩托车经过他的改装，尤其是打草机和摩托车的改装，得到了生产厂家的认可。车间中央放着一台采用太阳能光感灯吸引蚊虫喂鱼、带风车赶鸟功能的设备。这些都是他改装发明的。

在这个小小的车间里，他不知给多少牧民修理过生产工具，很多牧民还从这里学到了修理技术，运用这些修理技术自行解决生产生活中遇到的一些难题。

走进廷·巴特尔家的贮草棚里，青草的清新扑鼻而来，这里储存着两千多捆青草，草料堆放得有一人多高。备好的捆草主要是为了给牲畜备冬，冬季漫长，如果遇到自然灾害，牛羊的伙食就靠它了。这是否是他年轻时经历"铁灾"之难而采取的以防万一之策？随着采访的深入，我们才真正理解。据说干草这样可以储存好几十年。他说，只要做到防雨、防晒、防鼠这"三防"，捆草存贮多久都能保证新鲜！

他家牧场西侧有一栋最大的房屋，这里是农牧民培训教室。下午，远道而来的牧民陆续到"廷·巴特尔大讲堂"参观学习。在图文并茂的展板前，廷·巴特尔给到访的牧民们耐心地讲解示范，他们边听边拍照记录，还不时地向他提出一些问题。

"我们的牧场怎样恢复生态?"

"怎样进行牛品种改良?"

廷·巴特尔认真地一一解答。直到傍晚,大讲堂的讲解授课才结束。走出课堂的牧民,余兴未尽,依旧热情地和廷·巴特尔交谈,依依不舍地离去。

而后,廷·巴特尔坐到电脑前,开始整理早上拍摄的自家牧场的风景照片。瞬间,牧场上的花草、牛羊的图像和视频进入我们的视野,每张照片都可谓精彩纷呈,摄人心魂!他告诉我们,拍摄这些照片不是为了观赏,而是为了记录这片草原的生态变化和牧民的生活变迁。前几年,他买了专业相机进行拍摄。他指着一张马兰花的照片说:"草原上长出了马兰花,就标志着这片草原的生态得到了恢复。"

他那黑红的脸上浮现出笑容,眼角的皱纹堆得更深了。

采访即将结束,我们看到了这位平凡而又伟岸的普通牧民辛勤忙碌的一天。像这样的日子,将军之子自扎根草原起整整度过了50年。

雨后的草原散发出泥土和青草的芳香,空气分外清新,此时漫天的晚霞映成了金色,茫茫的草原于万籁俱寂间,似乎听得到高格斯台河水的静静流淌,阿巴嘎草原枕着静静的幸福的梦,遐想联翩。

远处,牧人廷·巴特尔的背影走在夕阳绚烂的余晖中,披着一身霞光,渐渐隐入那片光晕……

是什么让他在这片草原坚守,甘之若饴?他为什么远离舒适的城市生活,来到曾经的偏远的沙海穷窝,信念如炬,从此再也没有打算回去?

二、唯一留下的知青

廷·巴特尔出生于1955年。这一年，父亲廷懋成为中央军委第一批授衔的内蒙古自治区四位少将之一。

出生就带有的特殊身份标签，注定了廷·巴特尔不平凡而又传奇的人生。

母亲快要分娩前，有一天走在街上，突遭车祸，被一辆摩托车撞断了两根肋骨。当时，所有人都吓坏了，医生断定这个孩子凶多吉少，可小廷·巴特尔生下来健健康康。巴特尔出生后，母亲要出去工作，所以他吃不上母乳，只能喝牛奶和稀粥。由于长期营养不良，小巴特尔饿得头都抬不起来。母亲带他去医院检查，扎了好多针却抽不出血来，医生便吊起他的双脚，这样才勉强找到了血管。别的孩子又哭又叫，可他却扬着小脸一声不吭。大人们说这个降生在大青山脚下的孩子，撞也撞不死，饿也饿不死，肯定是个福大命大之人。

廷·巴特尔兄妹五人，大哥廷林，二哥廷方，姐姐廷丽，他和弟弟阿拉坦是蒙古族名字。

新中国刚成立不久，祖国大地各民族儿女团结奋发，人们崇尚英雄，心中怀有对英雄的无限向往。父母商量着给这个奇迹般出生的孩子起一个寓意独特的蒙古族名字。

"那就叫个响亮点儿的名字。"

"就叫巴特尔吧。"

母亲看着怀里眉毛浓密、眼睛又黑又亮的孩子，点了点头说："好，就叫巴特尔。有一天，我的巴特尔会长成雄鹰。"

| 第一章 | 我要扎根草原

在内蒙古军区大院里,廷·巴特尔度过了幸福的童年。

廷·巴特尔印象中的父亲总是在忙碌,每天工作到很晚,回到家中的空余时间,还在种地浇园子,不停地干活儿。母亲为孩子们缝缝补补,一台缝纫机每天都在工作。孩子们也学着缝补衣服,五个孩子都会使用缝纫机,还会跟着父母一起种树、花卉和蔬菜。虽然很忙碌,但是一家人其乐融融。

廷·巴特尔11岁那年,"文化大革命"开始了,他的父母受到冲击被关押了,兄妹几个常常是吃了上顿没下顿,廷·巴特尔就和哥哥、姐姐想尽一切办法解决温饱问题。他们养鸽子、兔子,卖崽换钱;捡煤核,卖废铁。他还骑着自行车去农村帮人干活儿,盖房子、脱坯,报酬只要能吃顿饱饭就行。廷·巴特尔进入了人生艰难的一段历程。

廷·巴特尔对前路感到迷茫,他不知道迎接自己的将是什么?!

每当痛苦无助的时刻,他都会想起父亲那坚毅的目光,那瘦弱却挺拔的军人身姿,总能带给他一股无形的力量。他梦想自己长大了像父亲一样当个军人!

记得那是1958年,全军开展干部下连队当兵锻炼,作为内蒙古军区分管干部工作的少将副政委廷懋毅然带头下连当兵。按军区安排,干事希利模与廷懋副政委一同到巴彦淖尔军分区骑兵第15团下连当兵。

出发前几天,希利模在帮助廷懋副政委准备各种物品时,廷懋幽默地对他说:"我有一个美丽的名字叫廷懋。以后就叫我廷懋同志好啦!"希利模被廷懋将军的平易近人所打动。

将军佩戴好列兵军衔,背上背包,整装待发。晚上出发时下起了大雪,组织上安排吉普车送站。

"下连当兵都派车送吗?刚换上列兵军衔,用汽车送不合适吧!"

廷懋拒绝坐车,和其他同志一同徒步走到火车站。上火车之后,带队的同志联系到一张卧铺,请廷懋将军过去休息。希利模将情况报告给廷懋将军,他问希利模:"下连当兵坐卧铺合适吗?没有这个规定吧。我看按规定办事好。"他坚持和大家一样坐硬座,经过一夜到达目的地。

从火车站到营房有七八里远,他们徒步走到了军营。

巴彦淖尔军分区政治部干部科科长乌尼格日乐接到军区通知,廷懋副政委要来骑兵第15团当兵,便开始筹备迎接事宜。一天,听到办公室门外有人喊"报告",乌科长回应道:"请进!"话音刚落,推门进来两位穿士兵服、佩戴列兵军衔、背着背包的老兵,他俩向乌科长行了军礼。乌尼格日乐一眼认出是廷副政委,另一位是随他下连当兵的希利模同志。他急忙扶老首长坐在椅子上,对老首长说:"政委何必那么认真呢?"廷懋回答:"这是制度,当兵就要像当兵的样子嘛!"办完手续,他就下了连队。

少将副政委给大尉科长敬礼的事在部队传开了。战士们都争相来看到连队锻炼的将军。廷懋将军诚恳地要求班长派他站岗,派他勤务,他说:"现在我是一个新兵,要向老同志虚心学习,当好学生,当好普通一兵。"

班长派廷懋同志班内值日。他担任班内值日后,在同志们出早操时,把炉子生好,让屋内暖烘烘的,又把屋内卫生打扫得干干净净的,给每个人的脸盆备满洗脸水。吃饭时把碗筷都摆到饭桌上,饭后把碗筷洗干净,整齐地放在碗架上,样样工作都认真完成。

有一次,班长派他值马厩勤务,打扫马厩粪便,他不怕脏不怕累，将里里外外收拾得干干净净。饲草草垛离马厩两百多米远，饲草是用机器捆包的，每捆六七十斤重，每次要把捆草背到马厩。廷懋将军已是年近半百的人，却照例背草，同志们劝他不要背了，他说当兵就要有当兵的样儿。他背上一捆草站立都很困难，甚至需要别人帮忙，但仍抢着去干。铡草时，他拿着铁叉子将铡过的碎草往草库里堆，直到圆满完成任务，此时他已是满头大汗、满面尘灰，但脸上挂满了笑容。

一个多月的战士生活，廷懋将军虚心学习、刻苦锻炼，给连队的战士们留下了深刻的印象。廷懋将军下连队当兵的故事在部队被传为佳话。

回想父亲的这段经历，廷·巴特尔突然有了一个念头，去当兵！这也是他自己从小的梦想。

然而，命运给了他重重一击。他把政治面貌和家庭出身的表填写完递交上去后，却遭到了政审人员的拒绝。

但是，廷·巴特尔没有丧失对生活的信心，他咬紧牙关，告诉自己，一定要坚强！

廷·巴特尔想学习一些技能来赚钱，便想去工厂里打零工。他找到一家制锁厂，刚去时，看门大爷不让他进，于是他天天起早去帮大爷扫地。久而久之，他的诚心打动了看门大爷，便放他进去了。车间师傅们看到这个干瘦的男孩，谁也没理睬，但廷·巴特尔不放弃，他主动搬货物、打杂。慢慢地，车间师傅看到他既勤奋又能吃苦，便开始认真教他制锁、维修。廷·巴特尔对所有的技术活儿都感兴趣，他动手能力强，只要教他，不论多苦多累他都不怕。

在如此艰苦的条件和艰难的心境下，廷·巴特尔坚持每天都去大青山爬山，既锻炼身体又磨炼心志。就这样，他度过了一段艰难而充实的岁月。

直到1972年,一家人才知道父亲被关押在伊克昭盟准格尔旗。

六年的生离死别,到沙圪堵去接父亲的廷·巴特尔,既兴奋又有些紧张。马上就能见到父亲了,他的内心翻涌着,往事一幕幕浮现在眼前。满腹的辛酸、离别的愁苦和思念,他真想见到父亲时一股脑儿地倾诉出来。

当看到父亲瘦小的身形走出关押所的大门时,廷·巴特尔鼻子一酸,快步跑上前去。廷懋将军竟认不出自己的儿子了。眼前这个已经和他一般高,眼睛有神、俊朗的小伙子,竟然是巴特尔!他长得又黑又瘦,但是眉眼和自己很相像。巴特尔已经是十六七岁的青年了,孩子们都长大了。

廷·巴特尔细细地打量着父亲,站在冷风中的父亲,站立如松,衣服很破旧却穿戴整齐,脊背挺得笔直。父亲步伐有力地走向他,抬手抚摸着他的头,说:"巴特尔,你长高了。"父亲说话的声音很洪亮,宽厚的手掌带来了温热,廷·巴特尔似乎又感受到了一种力量,心瞬间安定下来。

眼前的父亲不像是被命运打击过的人,他坚强又慈爱,这也是廷·巴特尔第一次这样认真地观察父亲,感受父爱。

也是在此行中,廷·巴特尔目睹了农村的贫困落后面貌,沙圪堵村子里的男女老少竟没有裹身的衣服。睡的土炕没有毡席,土坷垃就是枕头,冷了就在炕上打滚。孩子们围着看汽车加油,竟说这老牛眼睛瞪这么大,还会喝油啊!竟然还有如此贫困的地方,这一幕深深触动了他的内心。

那时候,父亲虽已平反出狱,但是还没有恢复待遇,一家人的境遇仍处于风雨飘摇之中。

第一章　我要扎根草原

摆在19岁廷·巴特尔面前的唯一出路是下乡插队。当时，他的心中只有一个念头，远离城市，到一个没有人认识的地方重新生活。在两年前，哥哥廷林和姐姐廷丽毕业后选择了下乡，到锡林郭勒盟西乌珠穆沁旗的内蒙古生产建设兵团。那时候，他便决定毕业后也要到偏僻的地方下乡。

廷懋将军支持儿子的想法。夜深了，在摊开的一张军用地图上，父子俩还在仔细查看着。廷·巴特尔用手指点中了那个用放大镜才能看清的地方——萨如拉图雅，一个地处浑善达克沙地西北边缘的沙窝子，那里距离呼和浩特市600多公里。地图上只有连绵起伏的山脉和一处处隆起的沙丘，根本找不到路。

"只要有水就行，水是生命之源。"

"就选这里吧，越远越好！"廷·巴特尔手里攥着地图，兴奋地对父亲说。

在锡林郭勒盟草原防火办工作的姨父熟悉那里的地形，那里是很多人不敢涉足的生命禁区。知道了廷·巴特尔下乡插队的决定，姨父赶紧劝巴特尔不要来。

"那是个进得去出不来的沙窝子！狼多，又没有路！"

"那正好，我就是想进去，再不出来！"廷·巴特尔的语气很坚决。

父亲廷懋说："去吧，年轻人多吃点儿苦有好处。"

1974年7月的一天，廷·巴特尔收拾好行装，戴着父亲的旧军帽，和同学哈图、莫日根一起启程了。车颠簸着走了四天四夜，才到了巴彦高勒公社。眼前几间破旧的土坯房，在空旷的草原上，显得有些凄凉。

哈图跟着廷·巴特尔分到了萨如拉图雅嘎查，莫日根去了巴彦布日德嘎查。

巴彦高勒公社距离嘎查还有20公里路程。公社书记告诉将军夫妇，前面连这样的路都没有了，都是沙窝子，吉普车根本进不去，劝他们不要再送了。可是母亲胡淑荣不放心就这样回去，牧区恶劣的环境让她有些担心。

"既然都走到这儿了，怎么也得看一看儿子插队的地方啊。"

廷懋将军却果断决定返回，他说："如果是放鹰，总是要放飞的，剩下的路，让他自己走吧。"就这样，母亲无奈地目送着儿子坐上牛车远去，慢慢消失在泪眼模糊的视线中。

草原变得无边无际，一路上看不见人家，也见不到羊群，整个草原就像凝固了一般。草原上车辙凹凸不平，车陷进去，再颠上来，车上的人随着车身上下颠簸着，仿佛五脏六腑都要颠出来。

一路上，几个人听着公社干部讲知青的故事。以前，分到北部伊和高勒公社的知识青年与南部白音德力格尔牧场的知识青年，被戏称为"北征"和"南征"。

阿巴嘎旗南部与北部具有鲜明的反差。北部是典型的草原地貌，山见棱见角，草地平整开阔，河流平缓。而南部地貌却一反草原特征，一派沙地景象，有很多沙湖、沙泉，还有红柳、沙榆、小灌木林组成的沙地疏林。南北部草原相距三四百里，骑马需要两日才能到达。

此时，廷·巴特尔下乡去的就是阿巴嘎旗南部的沙地草原。

7月，应该是草原最好的季节，雨水充沛，花草茂盛。可眼前，他们看到的却是随处裸露坑坑洼洼的白色沙丘。强光炙烤的草原静得出奇，这里与想象中的水草丰美的草原有天壤之别。没有任何植被遮挡视线，也仿佛看不到路的尽头。烈日下，阳光刺得睁不开眼，一路欢悦的几个人谁都不再说话。

　　生态脆弱的草原，被车碾压过的地方寸草不生。坐在颠簸的牛车上，看着车轮轧过的草原被碾压成一道道深深的车辙，随后在旁边再驶出一条路来。百米宽的路光秃秃一片。

　　草原的荒芜颠覆了他的想象。那一瞬间，踏上这片草原的廷·巴特尔，内心被刺痛了，碾过草地的车也轧痛了他的心。这是多么奇异的联结啊！

　　到月光大队了！这里的牧民都叫萨如拉图雅嘎查为"月光大队"。

　　知青的蒙古包坐落在萨如拉图雅北部草场，高格斯台河清澈见底，知青们似乎忘记了来时的疲顿，扔下行李后，便一齐奔向这条小河。

　　第一次看到辽阔草原的知青们，沙窝子恶劣的风沙在他们心中没有什么概念。风卷起的沙堆上，几个知青在翻滚着，与风沙卷裹在一起。对草原的新奇感早已让他们忘记了旅途的疲劳困顿，带着疲惫和兴奋，他们投入草原的怀抱。

　　这里的一切是那么的陌生，那么的新奇！

　　相比于宽阔的草原，十几平方米的蒙古包显得狭小了许多。在这个小小的空间里，安排了廷·巴特尔、哈图等一共四个知青居住。

　　蒙古包的角落里有个三条腿的铁架子，蒙古包里被熏得黑黑的，四处有被风撕开的大口子，透着光亮。裸露的草地上面，铺着用一整张羊皮缝制成的垫子，知青们就在这上面睡觉。夜晚，躺下来能闻到青草的气息。几个人躺在四处漏风的毡包，漫天弥漫的干燥的黄沙从底下钻进来，吹打到脸上，生疼生疼的。黑暗中有人打

下乡插队时的廷·巴特尔

趣道:"明早不用吃饭喽,吃沙子吃饱了!"

蒙古包内点着羊油灯,几个人围着昏暗的火苗,彼此看不清脸。坐在毡子上的知青们,刚开始还适应不了这个光度。早上起来,每个人的鼻孔和眼圈都熏得黑黑的,身上满是羊油的膻味。

"家家没有被褥,睡觉时就把蒙古袍脱了当被褥,把马靴脱了做枕头。"

"蒙古包都是大窟窿,坐在里面能看到星星月亮。"

"比想象的要落后多了。"这是初来乍到的廷·巴特尔对这片草原的真实感受。

"知青们刚开始不习惯,因为夏天在沙地里睡觉,和住在野外没什么区别。好多虫子、蛤蟆啥的,都往你的身上钻,尤其是昆虫,还会钻进耳朵里头。而且,清早的露水,会将被褥打得湿漉漉的，我们常常会被冰醒。"

这些十七八岁的城市青年，天真烂漫。在他们的想象中，内蒙古大草原应是"天苍苍，野茫茫，风吹草低见牛羊"，他们根本没想到，等待他们的是沙窝子和漫天无际的风沙。

没几天，初到草原的这份新奇就被孤寂和清冷所磨灭。他们的脸上没有了笑容。夜晚，听着外面山头上此起彼伏的狼嚎声，有的知青吓得蒙在被子里大气不敢出。深夜，在四处漏风的蒙古包里，几个人抱作一团偷偷地哭。一旁的廷·巴特尔却默不作声，他拿来白天放牧时捡拾的木头，劈成一块块木板，拼接在一起，铺在知青的羊毛褥子下面，防止雨天受潮。

每一个来到草原的知青必须过"三关"：语言关、生活关、劳动关。每一关都那么难以逾越。廷·巴特尔接受着挑战，克服来自地域和饮食上的巨大差异，慢慢地学会了很多。

阿巴嘎草原是纯牧区，当地牧民会说汉语的很少。廷·巴特尔拿出下乡时带来的蒙古文小学课本和汉语字典，每天都要在油灯下学习到很晚。识字不多的他，在给父母写信时也全凭着这本字典，查一个字写一个。

在牧区，牧民们早上喝奶茶，直到晚上才吃一顿饭。吃的主要是手把肉，常年吃不上青菜。最长的时候一个月都吃不到一粒米。食物的单一和极度匮乏，使得知青们的身体缺乏维生素，开始牙龈出血、口腔溃疡。羊肉炒沙葱是草原上最接近城市的饮食了，也成了他们的美味佳肴，这是额吉心疼这些城市来的孩子们，特意准备的一道菜。

天不亮，额吉就起来熬奶茶，蒙古包里暖暖的，忙完了，才来叫醒知青，像哄孩子似的轻轻唤醒他们。

草原上牧民们居住分散，走出去几十里难见人烟。廷·巴特尔知晓，在沙窝子里生存必须抓紧学会骑马和骑骆驼，否则寸步难行。

风沙干燥的天气里，有人开始流鼻血。

还听知青们传说，草原上有专门在人眼睛里下蛆的苍蝇，很多人都中招了。白天放牧时，经常有草爬子、蚊虫、牛虻光顾，身上奇痒无比。晚上，他们将秋衣秋裤脱了搭在蒙古包上面，早上起来看到虱子都被冻死了，灰白色鼓鼓的尸身，一抖噗噗掉落，地上密密麻麻一片。现在想来真是可以称为奇观了！

整个冬天的草原几乎都被白雪覆盖着，零下40多摄氏度。为了御寒，知青出去放牧时穿着厚厚的皮大衣、皮裤，脚上穿着用羊毛擀制的毡疙瘩，硬邦邦的鞋面车轮辗上去都轧不坏，穿在脚上要适应好多天才能在雪窝子里行走。

冬天，牲畜解渴靠啃雪，人喝水也靠雪。每天都需要化雪水熬茶做饭，知青用捡牛粪的筐把远处的雪块背回来，放在锅里煮化。融化后的雪水是奶茶颜色的，需要过滤掉上面漂浮的杂草和粪粒才能煮茶做饭。洗衣服都是用羊喝剩的水和地上的雪水。

由于缺水，牧民平常都是用勺舀水，含一口水在嘴里漱一下，然后再把水吐到手中擦一把脸。两口水就能洗漱完毕。知青们在一旁看得怔住了：这也叫洗脸？后来，廷·巴特尔在放羊时，渐渐学会了用雪搓手、擦脸，俗称"干洗"，这样既能冰天雪地里抗冻，还不容易感冒。

初到草原的知青，没有放牧经验。刚开始，他们分不清绵羊和山羊，辨不清牛羊蹄子的印记，循着蹄子瓣儿的方向可以找到牛羊行走的轨迹，他们却常常判断错误，会顺着反方向找去。牧民们会耐心地一点点教他们。

"要是在沙窝里迷了路，就得仔细观察沙丘的延伸方向和风向。阳面是光溜溜的，裸露的沙子发白，黄榆、灌木丛都生长在沙丘的阴面，凭这可以断定南北方向。咱这地方经常刮西北风，看沙丘边缘被风吹而形成的沙纹，可以分辨哪边是东，哪边是西。"

"正常下绊子移动吃草的马，蹄印相互间隔不宽，如果蹄印是敞开的，那肯定是马绊子断了。看绊马的足迹是不是新的，要观察踩踏的沙土是不是湿的，覆在上面的尿迹、粪蛋是不是新的……"

牧民告诉他们，要躲避雪填得太平的地方，有可能是沙坑，不小心踩进沙坑里，人和马都会陷进去，有的腿会被冻僵、冻伤。如果被风雪冻了耳朵、手、身子，一定不要急着进暖和屋子，更不能烤火，冻白的鼻子、耳朵要在外面用雪轻轻搓，直到发红为止，否则就会溃烂。

这些道理廷·巴特尔牢牢地记在心里，随时积累着必备的生存经验和牧业生产技能。

初春，草原的雪大半融化，羊吃不到雪，渴得要命，到处寻找带有积雪的草丛。于是，他们就把羊群赶到五里外的泉眼去，羊群咩咩叫着围拢过来，到水塘边时蜂拥而上，正巧碰上另一个浩特的羊群也拥了过来，两群羊掺群了。整个沙窝里千只羊漫山遍野，混在一起，知青们看花了眼，惊慌失措地四处找寻自己的羊群。

暮春时节，青草开始冒尖返青，熬了一冬的羊儿见到一点儿青草就会疯狂地四处跑起来。经过漫长的冬季，吃了七八个月干草的牛羊又开始"跑青"，这时候最耗费牧人的体力。

知青们和牧民交上了朋友。阿斯来、道布钦苏荣、宝音德力格尔几个年龄相仿的年轻人很快熟悉了，他们教知青如何驯服生个子马，哪儿的牧草容易上膘，开春的牛羊最不好放牧，等青草长出来就好办了，跑青时羊最怕掺群……

草原就像母亲一样，敞开了温暖的胸膛，将他们紧紧拥在怀里。"玛乃呼（我的儿子）""玛乃厚很（我的女儿）"，一声声亲切的呼唤响在耳畔。知青们很快融入亲人的温暖中，日常的语言交流也渐渐没有了障碍。

牧民们发现，廷·巴特尔身上有股韧劲，他想做的事情一定要坚持做到底。

他学会了剪羊毛。剪羊毛要找最佳的时机，才能剪出一张毛色发亮且完整的"羊毛毯"。搭建蒙古包、做牛车、用马鬃搓出各种各样的绳子，接着，他又学会挖羊粪砖，学会了用勒勒车搬家。季节性生产照常不误，抓绒、打鬃、阉割、药浴、打草、打井、搭棚盖圈……牧民不识字，他成了"知识分子"，在为生病的牛羊诊断时，他按照药品说明书，定剂量用药，加上牧民的养殖经验，治好了不少病牛、病羊。

他研究牧民用蒸馏法酿造奶酒的装置，自己做了改良：用柳条和榆树枝制成的无底桶扣在锅上，顶部放一个冷却水盆；在桶上做一个壶嘴；锅里的牛奶受热蒸发，蒸汽上升，遇冷凝结，沿槽口流出桶外，就成了奶酒。这种蒸馏法酿造的奶酒，比直接发酵的奶酒度数更高。

劳累一天的牧民，品尝着绵软可口的奶酒，唱着长调歌曲，在草地上欢快地跳起舞来。廷·巴特尔在一旁看着，开心地笑了。

廷·巴特尔尝到了劳动带来的乐趣。他样样带头干，样样干得出色，成了40多名知青的"头儿"。

"跟着斯赫腾（知青）巴特尔干，没错！"当时，萨如拉图雅大队有11位名叫巴特尔的牧民，他成了牧民喜欢、信赖的"知青巴特尔"。

每年四月末五月初，草原冰雪消融，小草嫩绿，适合夏季转场，牧民们习惯叫走敖特尔。牧民渴望下雨，草原上的雨那是"及时雨""吉祥雨"，经过雨水的冲刷，草原的植被眼看着就会茂盛起来。

每天放牧前，达日吉老阿爸都会稳稳地走来，手里牵着马，为他系好马肚带，解开马绊，然后把缰绳递到他的手上，扶上马，目送他离开。等他骑马跑出很远时，还能看到老阿爸在那儿张望的身影。

那多像是父亲远望的身影啊，那热切的目光，仿佛穿透了这片草原。廷·巴特尔的心里隐隐地有一种痛，一个男人骨子里的自觉，让他湿润了双眼……

太阳落山的时候，额仁钦玛额吉拴好归圈的奶牛，小牛犊争抢着跑来吃奶。她拿着木桶蹲下，一边挤奶，一边吆喝着。夕阳下，额吉的手上下撸动，一股股白花花、喷香的乳汁便倾泻下来，多像母亲香甜的乳汁啊！

青青的草香还有乳香，这些似乎有着神奇的愈合作用，将廷·巴特尔的心填满了。"额吉捧起了奶茶，阿爸备好了马鞍。"就像歌中唱的那样，牧民的淳朴、善良和热情抚慰了他的心灵，他们用朴实的爱温暖着廷·巴特尔，让他感觉仿佛来到了生命中的另一个世界。平时，他们会拿出家中最好的食物给知青吃，而自己却饿着肚子。出了浩特到更远的地方放牧，牧民会送来最好的马让知青骑。牧民担心他们夜里受凉，脱下身上的皮袍给知青盖上。早上起来后，知青推开毡门，经常看到门口堆放着牧民送来烧火用的牛粪和干柴，一堆堆摆放得整整齐齐。

广袤的草原，美丽而宁静，让廷·巴特尔的身心感受到了从未有过的舒展和快慰。曾经经受无数磨难和创伤的他，内心逐渐平静下来。

冬季草原的风裹着雪，刮得让人寸步难行。廷·巴特尔和两个知青往回赶羊群，白毛风转圈地刮，几步开外视线便已经模糊了。雪片落下后变成了冰碴子，无情地砸向他们，头上、脸上瞬间被砸出了斑斑血迹。几个人不敢停歇，身上落下厚厚的雪，双脚拖着笨重的毡靴。他们被白毛风围困，暴风雪越来越大，羊群无法行进。正在此时，道布钦苏荣骑着马远远地赶来，手里握着长长的套马杆，冲他们喊："快，来这边，把后边的羊轰上来！"只见他手中的套马杆一挥，羊群聚拢到一起向浩特走去。

有救了！几个知青连跑几步跟在后面，顶着风雪踉踉跄跄地行进着。

蒙古包前，额仁钦玛额吉和两个孩子还在风雪中张望。原来，天黑了，额吉看到羊群没有回来，就对老伴儿说："知青和羊群都没有回来，肯定迷路了，你们快去找找！"

额仁钦玛额吉将冻得手脚麻木的知青接进蒙古包，端来已经煮热的奶茶。热乎乎的奶茶暖着身子，也暖热了他们的心。那一天，廷·巴特尔的脸烫烫的，身上好像发起烧来，喝完茶后便沉沉地睡去。

不知过了多久，等他醒来，看到额吉在羊油灯下，一针一线给他缝补蒙古袍扯开的几个破洞，慈祥的面庞就像母亲坐在自己的身边。

他的心中荡起一股柔情，脆弱的心灵听到一声呼唤，有了一种做儿子的冲动，泪水滑过风干的脸庞。

自从下乡以来，他经常听老牧民讲起，草原遭遇"白灾"，人和羊都会被雪埋住，冻死在雪地里。若不是额吉一家人，恐怕他们几个真的被冻死了……

他与牧民的情缘再也无法割舍，他与他们的生命彼此交融！

进入冬营盘的一天，廷·巴特尔和两个知青在草原上寻找失散的马群。刚开始，天空飘落的是雪片，能见度尚可。可没过多久，雪片变成了冰碴，雪片越飘越大，风越刮越猛，卷起狂雪，像要将整个草原吞没，铺天盖地般袭来。几个人迷失了方向，奔波了一天，马群没找到。天渐渐黑了下来，他们又累又饿又冷。牧民看到后，将他们招呼到蒙古包，不一会儿，额吉做好了一锅热腾腾的面条。外面清冷呼啸的白毛风，与包内的热气形成强烈的反差。陡然的感动和温暖冲击着他们。骑马跑了一整天，他们早已饥肠辘辘，将冒着热气的面条一扫而空。这时，蹲在角落里的四个孩子一窝蜂拥上来，抢着碗，将碗里剩下的面汤舔得精光，几个人看得目瞪口呆。

那一刻，廷·巴特尔的心绞在一起，牧民生活的贫困让他的内心再一次阵痛起来。全家被赶出军区大院时没哭过，受尽凌辱，被人拳打脚踢从未落过泪的廷·巴特尔，此时却掉下了眼泪。

从心底油然而生的愧疚和责任，让他眼泪滂沱，无法抑制。从那一天起，他决定留下来。

1976年的春天来得格外早。国家落实政策，下乡知青可以返城了。消息传来，知青点炸开了锅，大家兴奋地说："终于有盼头了！可以回城了！"

其实，在廷·巴特尔刚来插队的时候，就开始有知青返城，当时好多人忍受不了农村牧区艰苦的环境，都在找门路回城。知青点最多的时候有四五十人，前前后后有60多人，走不了的就躲在蒙古包里哭。

廷·巴特尔刚来的时候，牧民们也议论纷纷。

"他是当官家的孩子，用牛车给他送回去！"

"他是来这里镀金的，镀金后就走了！"

还有牧民专门找来一块脏抹布，擦一下喝奶茶的碗，然后交到他的手里，对他说："这碗你如果不能拿去喝茶，你就没有资格在这儿当牧民。"他们是在考验廷·巴特尔留下来的决心。

别人越是这么看他，他越要做出样子给大家看看。

廷·巴特尔说："多脏的我都能吃，都能喝。你越说我吃不了苦，我就越能吃。你越说我镀金，我还一辈子都不走了。"

可是，当大家得知廷·巴特尔的父亲出任内蒙古军区政委、自治区党委第二书记负责落实政策工作时，议论声又此起彼伏。

"有老子当靠山，第一个走的准是廷·巴特尔。"

"廷·巴特尔在这儿干得这么好，先走的肯定是他。"

知青们开始躲避他，疏远他。

在生产队召开的知青大会上，廷·巴特尔站起来只说了一句话："谁有指标谁可以走，没有指标的我的让出来。大家留下来干，我领头。走，我把最后一个送上车！"

深秋的草原，肃杀凄凉，灰蒙蒙的草原上空大雁结队南飞。廷·巴特尔的回城指标一次次让出来，知青们一个个走了，没走的也心绪浮动。

他每天给知青做工作，他在憧憬着这片草原的未来。

"这个沙漠底下是有黄金的，饿不死人的。"

| 第一章 | 我要扎根草原

"留下来，我们一起干！"

但还是没有挽留住知青回城的脚步，最后他跟大家说："你们都走，我最后一个走！"

其实，他内心知道，知青都留不下。他说的全都送完再走，也没有实现。因为，他的心已经扎根在这片草原。

其实，他刚来到草原面对孤寂、寒冷时，也曾无助迷茫过；面对挫折和困难时，也曾退缩过，也曾无数次憧憬过返城的那一天。

然而，草原以博大的胸怀接纳了他，给了他温暖，也磨砺了他的坚韧意志。他感慨他们对生活的热爱从何而来，仿佛身处天地之间最辽阔的地带。

与廷·巴特尔一起下乡的知青们

他觉得自己与这片草原已经血脉相融，再也无法分割。

廷·巴特尔将最后一名知青的行李装上牛车，知青小魏抱着他的肩痛哭。

"巴特尔，你不走，我还会来看你……"

在泪眼中，车渐行渐远。廷·巴特尔回到知青点，屋子里空荡荡的。从此，高格斯台河岸只有一个孤独的背影在远望。

三、"草原之子"与牧羊女之恋

牧民道布钦苏荣和弟弟一起在草原放牧。草原上的放牧,单调而乏味,知青的到来,给这片草原带来了蓬勃朝气和生机活力。他们和知青成了玩伴。

达日吉阿爸非常尊重这些城里来的知青,他对几个孩子说:"他们念过书,知道的东西肯定比沙窝子里的人多。咱也要把牧业生产的技能教给他们。"

知青点距离道布钦苏荣家的蒙古包不远。廷·巴特尔到来之后,他们便形影不离。作为公社的套马能手,道布钦苏荣教他们骑马、放牧、下夜。

说起套马,那是草原上知青和牧民们最喜爱的活动。每个牧民家中都有五六匹可以轮换骑的马,用来放牧。几个年轻人经常挥舞着长长的套马杆,聚在一起套马。

道布钦苏荣是草原上有名的骑手,他能驯服草原上所有的生马。他骑的"阿吉乃",是最好的马。"萨日太"星斑马的额头上是一圈月亮似的白毛,煞是威风。他赶着马群在草原奔腾的气势,知青们都很羡慕。

廷·巴特尔开始学习套马、驯马、压马,手持几丈长的套马杆飞身上马,在草地上驰骋。常年劳作的廷·巴特尔身体壮实,体力好,骑马抓羊,能驯服生个子马。刚开始天天摔,但他从不气馁。

有一次,道布钦苏荣牵着一匹体形壮硕的青马找到廷·巴特尔,对他说:"这匹马别的牧民骑过,脾气烈爱尥蹶子,现在谁都不敢碰这匹马。巴特尔，你敢不敢骑？"像是鼓动，又像是考验。廷·巴特尔的倔劲儿立刻就上来了。

"那有什么不敢的啊！"说着，他抓着缰绳就跃上了马背。青马不停地上下跳跃，使劲地尥着蹶子，仰天嘶鸣着，将他从背上掀落下来。只见倒地的廷·巴特尔迅速爬起来，又跑向青马，拽起缰绳再次飞身上马。必须杀掉它的野性，才能驯服它。他沉着冷静，拽紧缰绳，嘴里吆喝着，任凭它腾跳，只将两腿夹紧，最后骑着马在草场狂奔起来。

就这样，青马被驯服了。道布钦苏荣暗暗地敬佩起这个身材瘦小不服输的知青巴特尔。

牧区一年四季没有空闲的时间，经常转移营盘，走敖特尔。

听草原上的老牧民讲，草原上最害怕闹"黑灾"，就是冬季没有雪，干冷。这时，就要把牛羊赶出很远很远去找背阴处的残雪。但这样会经常迷路，找不到来时的营盘。

有经验的老牧民基本上不用出去放牧，而是"放任自流"。他们会根据骆驼、马顶风吃草的习性，判断出它们的大致方位，比如只要掌握每天的风向和骆驼行进的速度，就可以大致知道骆驼在什么地方，每隔半个月一个月去看一下就行了。这些本事是牧民多年放牧经验的积累，是知青们难以企及的。

牧民很重视选择走敖特尔的日子，祈望一切平安顺利。选好日子后，大家抓紧时间准备东西。

道布钦苏荣的父亲达日吉有着丰富的养牧经验。廷·巴特尔常去他家的蒙古包，听他和别的牧民讲奶牛存栏、牲畜出栏、畜牧业产值等知识，他们还研究当年牧草的长势，择定夏营盘、冬营盘游牧的地点。草场不好，初冬转场，要在初雪之后，这样才能保障羊群在沿途能吃到草和雪。如果走场路途远,长途迁徙要用半个月以上,对牧人与羊群都是个艰难的考验。

达日吉老人说:"长芨芨草、隐子草的地方,水草就丰美。"

"黄羊啃过的草地,会长出新草来,黄羊行走的方向是水草丰美的草场。"

牧民们每到天气转凉的时候,就会迁移到芨芨草丰盛的地方,作为冬季营地,还会寻找黄羊的行走踪迹。这些宝贵的放牧经验,他都用心地记下来。

草原上个别浩特有骆驼和马。浩特,是牧区最基本的生产生活单位,相当于农区的自然村,浩特之间距离近的五六里,远的二三十里。每个生产队由若干个浩特组成。浩特一般有两三户人家,两三个蒙古包。每个浩特放一群羊、一群牛。浩特里的羊群晚上都会圈起来,这个称作羊圈的地方,其实就是一小块平地,四周用一排红柳条子编绑的弧形篱笆围着,篱笆仅能为羊群阻挡一下西北方向的风。男知青负责白天放牧,女知青负责晚上下夜,检查羊群不要随意跑动。

寂静的夜,可以清晰地听到牛羊的喘息声和倒嚼声。

每天入夜前,廷·巴特尔都要围着羊群转两圈,把离群稍远的羊轰一下,见它们都老老实实地卧下来后,才回到蒙古包,安心地躺下。有时候,似睡非睡地进入梦乡。遇到雷雨天气,他就打个盹儿,每晚出去三五趟,这已经成为一种特有的生活规律。一天夜晚,廷·巴特尔被雨点声敲醒,他走出蒙古包,外面漆黑一片,沙地已经被雨水浇透。漆黑的夜晚,只能听到雨水唰唰的落地声和雨点落在柳条丛中发出的噼噼啪啪的声音。他向羊圈走去。

那天晚上的风吹得蹊跷,毫无定向,淅淅沥沥的雨点儿一会儿向南飘，一会儿又向北飘，在短时间里根本没法判定风向。

不一会儿，大雨夹杂着冰雹，劈头盖脸地砸下来，圈里的羊群被冰雹砸散，从栅栏里冲了出去。廷·巴特尔在雨夜里寻找着跑散的羊。不知跑了多久，他才把羊圈回来。

廷·巴特尔围着羊群又转了两圈，选择了一簇红柳比较密的地方，将一大把红柳枝子压倒在地上，把圈门堵起来。他又摸到一只头羊，连推带拉地拉到身旁，按着这只羊卧下，脱掉沾满泥水已经变了形的鞋，还把蒙古袍脱下来，蒙住头紧紧地裹在身上。坐在压倒的柳条子上，侧面靠着那只羊，没一会儿便在羊圈旁昏昏沉沉地睡着了。

"豁日嘿！豁日嘿（可怜的）！"

"茶沃，茶沃（喝茶了）。"

"玛乃呼，赛（我的儿子，好）！"

早上，达日吉阿爸钻进了蒙古包，坐在廷·巴特尔的旁边，对他说："玛乃呼，他们都夸你呢，夸了一早上了，说你一晚上在外面雨地里下夜，太不容易了，了不起啊。好好喝几碗热奶茶，暖和一下身体吧。"

额仁钦玛额吉用勺子盛来黄黄的牛初乳，就着热奶茶，让廷·巴特尔喝下去。

"羊群都好好的，一只也不少，真是个玛乃赛汉扎路（我们的好小伙子）。"

廷·巴特尔也很幸运，幸亏羊群离开后没有遇到狼，当时浑善达克的狼还很多，狼群袭击羊群时有发生。

廷·巴特尔雨夜救羊的事很快传遍了萨如拉图雅的每座蒙古包。

"斯赫腾的衣服全被淋透了，能这样下夜的人真少见。"

"咱们的斯赫腾巴特尔真不错。"

道布钦苏荣最小的妹妹额尔敦其木格听着阿爸一直在夸赞巴特尔，她知道阿爸很少这样赞许别人。不觉间，她又多看了他几眼。

廷·巴特尔常常白天放牧，晚上乘着月色捡牛粪，准备第二天取火用。

额尔敦其木格去知青的蒙古包找哥哥，看到别人还在睡觉，廷·巴特尔已经起来烧火做饭了，煮好的奶茶溢出了香味。

夜晚，在寂静的草原上，她看到一个捡牛粪的身影。她知道，那一定是廷·巴特尔。

在野外放牧，为了抵御风雨严寒，草原上的牧民都会穿一件蒙古袍，单换棉，棉换单。

廷·巴特尔经常来找道布钦苏荣玩儿，他看到廷·巴特尔喜欢蒙古袍，便脱下来给他穿上。第一次穿蒙古袍，廷·巴特尔兴奋得晚上都舍不得脱下来，就那么裹着睡着了。

阿巴嘎式样蒙古袍很有特色，扣绊装饰是三三成排，三道窄条沿边用布子的反面做装饰，布局精巧，线条流畅。

廷·巴特尔看着蒙古袍仔细钻研，他用手摇缝纫机，熬了三天三夜，缝制了一个黑绸布的蒙古袍。当他把蒙古袍穿在身上时，知青们惊奇地围着他，争抢着说："巴特尔，巴特尔，给我做一件！"

他穿上蒙古袍，跑来让额仁钦玛额吉看。衣服上细细的针脚，完全看不出是出自男人之手。额仁钦玛额吉喜爱地摩挲着，不停地赞叹："赛因，赛因！"

额尔敦其木格正在帮额吉做奶食品，看到巴特尔穿上了新蒙古袍，竟然还是他自己缝制的，她睁大了眼睛，心里感叹着，这个巴特尔哥哥真是不一般，竟然比草原上的女人都手巧呢！这么想着，她不禁低下羞红的脸。

这时候，廷·巴特尔也开始注意到这个姑娘了。这个高额头面庞光洁的姑娘，有着一双黑亮的眼睛，平时不怎么作声，做起活儿来特别麻利勤快。她一直忙碌着，纤瘦的身体透着一股力量。

额尔敦其木格每日放牧回来后，就在蒙古包里帮着母亲煮奶茶、做饭，每天都要忙碌到很晚。拎着奶桶的她走到草坪上，浑身散发着淡淡的奶香味，羔羊、牛犊、马驹都会围着她转。她望着它们的目光里充满了爱意，夕阳也收敛了光芒，变得柔和起来，一切那么自然。廷·巴特尔有时会看得发呆。

每日傍晚时分，额尔敦其木格都要赶着勒勒车到高格斯台河旁打水。路过知青点时，她常常会看到廷·巴特尔忙碌的身影。有时候，上坡难走的时候，廷·巴特尔就像天将一样出现在车后，帮她把车子推上去。两个人没有什么话语，只是默契地对视一下，便赶紧走开了。

回浩特的路上，额尔敦其木格的内心暖暖的。

白天，她看到哥哥道布钦苏荣认真地教廷·巴特尔学习骑马、放牧、挤奶、打草、捣奶、煮肉……廷·巴特尔健硕的身姿和蓝天白云一起在眼前浮动。

远处牧点的羊群出包了。羊群从这个山坡上飘下去，又从那个山坡飘上来。羊和青草缠绵着。这位城市来的巴特尔阿哈（哥哥）似乎迷恋上了这片草原，喜欢恣意地躺在草地上，出神地望着蓝天、白云、羔羊、骏马……太阳升起来了，他坐在山坡上，遥望着无际的大草原，眼里充满了深情和眷恋。

初冬的一天，达日吉阿爸放牧回来，怀里抱着一只小黄羊，四肢瘦弱，正瑟瑟发抖。额仁钦玛额吉忙迎上去，口里叫着"玛乃豁日嘿"（我的小可怜），小心地接过来，裹在蒙古包的毡子里。额吉煮好了牛奶，细心地喂着小黄羊，"豁日嘿"（可怜）也成了额吉给它取的名字。道布钦苏荣和弟弟妹妹们围在小黄羊身边，欢喜地看着蹦着。额吉忙的时候，额尔敦其木格就开始照顾豁日嘿。她每天细心地给它喂奶，陪着它说话。

听说达日吉阿爸家收养了一只小黄羊，廷·巴特尔和哈图跑去看。在蒙古包的草地上，额尔敦其木格正在喂小黄羊喝奶，一边抚摸一边和它说话。小黄羊亲昵地仰着头，乖乖地跪在那儿让她抚摸。额尔敦其木格黑黑的长发垂下来，像柳丝一样柔软。额尔敦其木格望着黄羊露出慈爱的目光，这只小黄羊就像草原上的精灵，似乎也能听懂她说的话呢！那一瞬间，廷·巴特尔感觉这个画面好温馨。

这之后，廷·巴特尔经常去看豁日嘿，还从草场上采摘黄羊最爱吃的禾草、黄花苜蓿、三叶草，拿来喂它。

"你也喜欢豁日嘿，这些草你都认识了？！"

"我认识的比这还多呢！以后我天天给豁日嘿采草。"

额尔敦其木格看着廷·巴特尔一脸的憨实，眉眼欢喜着。

在额尔敦其木格的精心喂养下，豁日嘿长得越来越壮实。达日吉阿爸说，再喂一个月，就把黄羊放回草原。额尔敦其木格听了，当时就哭了起来。

喂了两个多月，她对小黄羊的感情也愈加深厚。

放归黄羊那天，廷·巴特尔和几个知青都来了，他们要看着达日吉阿爸将黄羊放回草原。额仁钦玛额吉带着几个孩子站在蒙古包

| 第一章 | 我要扎根草原

前,豁日嘿恋恋不舍地回头看向这边,最后在草丛里跳跃着渐渐远去。额尔敦其木格流下了泪。

那一幕,深深地刻印在廷·巴特尔的心中。草原上的牧民与生灵的情感竟然如此深厚。

初春,接羔季节是放牧最劳累的时候。白天放牧羊群,还要随时看管待产的母羊。额尔敦其木格用毡布缝制了一个接羔袋,放牧时悄悄送给了廷·巴特尔,还带去了她新制作的奶食品。并告诉他,这个可以防止他接羔时染上病,说完便转身跑开了。第一次接受女孩子的贴心呵护,廷·巴特尔的内心感觉很温暖。

晨风徐徐吹来,清风拂面,草原新的一天开始了。每天出去放牧时,他把接羔袋披挂在身上,走起路来步伐都轻快了许多。廷·巴特尔在草地上大声唱着歌儿。额尔敦其木格远远地听见,低下头抿嘴笑了。

一段时期后,廷·巴特尔和知青们对牛羊进行药洗、祛火、抓膘、舔碱、补盐、避暑、躲避蚊蝇等牧业生产技能都能娴熟地操作了。自己放牧的畜群和别人的群混在一起,也能准确地分辨出来了。

但是有项技能廷·巴特尔却很难驾驭,也是一直困扰知青们的难题。每逢春季接羔时节,放牧晚归的羊群回到浩特时,母羊寻羔的咩咩叫声不绝于耳,这时牧羊人就要准确地把羔羊和大羊找出来,"对羔"吃奶。这项技能不是有一天两天的放牧经验就能做到的。这时,浩特的女人会发挥特有的作用。在道布钦苏荣家牧点,他看到,额尔敦其木格弯着腰身在羊圈里,看到母羊不认羔的,便会蹲下来,用手轻轻摩挲母羊的脊背,一遍遍轻声唱着"劝奶歌",慢慢地唤醒母羊,直到母羊的目光变得柔和、腮边流下清泪来。母

35

羊安静下来，目光里充满了慈爱，开始找寻自己的羔羊，一下下舔它们的毛发，温柔地唤回自己的孩子，让它吃奶。知青们在一旁都看呆了。

"这可是真本领啊！"

悠扬、哀婉的劝奶歌，含着一缕缕思念的忧伤，穿透他的心扉。廷·巴特尔向这位牧羊姑娘投去了倾慕的目光。

草原上的野狼很多，经常偷袭畜群，知青们要跟群放牧，晚上还要下夜。经常遇到狼，对羊群伤害性很大。牧民说，狼在夏天是吃一个，冬天是见多少咬死多少，因为羊是人的冬季肉，也是狼的冬季粮。

每天夜里听着狼的嘶吼，草原都不安宁了。

每年四五月份，对狼群进行围剿是知青难得的大聚会活动。围剿行动通常是联合两三个浩特牧民一起进行，人员挑选一定要看骑马的本领。作为知青队长的廷·巴特尔此时已经显示出特有的冷静和果敢，他先布置好防线，将四周的大圈围好。人与狼对峙，大有一触即发之势。

廷·巴特尔手举红旗打着手势，四周往小缩圈，越缩越小，狼慌乱地向山上跑。廷·巴特尔与几个知青策马扬鞭冲向小山头，牧民四面圈围往中间赶，惊魂未定的狼群吓得左奔右突，再也跑不动了。骑马奔跑在最前面的廷·巴特尔，扬起的套马杆精准地套住一只头狼，其余的狼就胆怯了，纷纷败下阵来。但是最不敢惹的是母狼，如果惹到了母狼，整个狼群将会出动。这时，他就需要精准地判断，并做出决断。

廷·巴特尔由此又成了草原上英勇的打狼英雄。

廷·巴特尔的英勇、果敢和细腻，在额尔敦其木格心中留下了深刻而又美好的印象。

草原上的爱情不像歌曲里唱的那样浪漫，而是深沉内敛。两个人相互爱慕，但谁都不去用言语来表达。

在额尔敦其木格眼中，这位巴特尔阿哈有着各种超人的技能。无论大事小情，牧民只要找到他，几乎没有不能解决的。汽车、拖拉机、摩托车、牧业器械……廷·巴特尔什么都会修；家具、马鞍子、蒙古袍、腰带、被褥棉衣……他什么都会做。他善于学习钻研，牧民生产生活中需要解决的问题，他都尽全力尽义务帮助解决。

她亲眼看过，他怎么用废弃的零件做出精致的烟袋锅。她在放牧时，精心做了一个绣有花草的烟荷包，送给了廷·巴特尔。看到廷·巴特尔带着装烟丝的荷包，知青们都露出羡慕的眼神。夏天抽烟丝，冬天抽兔子粪蛋，兔子粪蛋里有野蒿子，一个兔子粪蛋一个锅！烟袋锅是自己做的，花荷包是心爱的女人绣的，挂在身上特别牛啊！廷·巴特尔心里美滋滋的。

那个年代，人们的思想还很保守，青年男女谈恋爱还不敢公开，谁都不知道他们早已暗生情愫。

也许是怕廷·巴特尔有一天会突然走掉，牧民们开始为他张罗婚事。一天早上，好朋友道布钦苏荣把他拉到一边，搂着他的肩膀，神情庄重地说："我的小妹妹聪明、勤劳、漂亮，我给你们做媒，就在咱这儿成个家吧！"一股热流涌遍了廷·巴特尔的全身。

其实，他不知道，廷·巴特尔心中早已装下了对这位真诚善良的妹妹额尔敦其木格满满的爱意。额尔敦其木格也对他满怀真情。

在白天出去放牧时，廷·巴特尔骑马追上了道布钦苏荣，告诉了他与额尔敦其木格的恋情，道布钦苏荣高兴地说："走，跟我到家中，我要告诉阿爸、额吉！"

廷·巴特尔却请求好友道布钦苏荣先征求他父母的意见。道布钦苏荣的父母知道后，满口应承下来，他们早已认定了这位勤劳肯干的青年。

他又给远在呼和浩特市的父母写信，征求他们的意见。父亲写了回信，告诉巴特尔，只要人品好、身体好就行，他们同意这门婚事。

静谧的夜，两个人沉浸在草原的浩渺之中，背靠着背抬头望着漫天的星星。草原上升起了一轮满月，橘黄色的明月盖住了头顶的天，光晕下，两个人的心靠得更近了。

廷·巴特尔问额尔敦其木格："结婚你想要什么？衣服、手表，还是其他的，你说吧！"

"我什么都不要，我就要跟你结婚。"额尔敦其木格低着头，羞涩地说。

廷·巴特尔被眼前这位姑娘的真诚、质朴所打动。

此时，他们的心仿若草原上两朵最美的花，灿若红霞。

廷·巴特尔做了个银戒指，上面刻有自己的名字，送给额尔敦其木格。她紧紧地捧在手心里，小心翼翼地珍藏起来。

这可能是草原上最纯朴的爱情表达了！

知道了儿子巴特尔在草原上找了牧羊女在谈恋爱，母亲来到萨如拉图雅，她要亲眼看看这位蒙古族姑娘。对于母亲的突然到来，廷·巴特尔和额尔敦其木格两个人都没有心理准备。

将军夫人来到草原看未来的儿媳妇，这个消息马上传开了，牧民宝音德力格尔骑着马跑到40多公里外，给在沙窝子深处放牧的额尔敦其木格报信。

将军的儿子——巴特尔从来没有和她说起啊。额尔敦其木格皱紧眉,这位从来没有走出沙窝子的牧羊姑娘,不知道将军是多大的官,但是从宝音德力格尔惊诧的表情中,她意识到,廷·巴特尔的父亲一定是个特殊人物。

额尔敦其木格更加紧张了,躲在蒙古包里,不肯出来见面。最后,只得额仁钦玛额吉带着奶食品前去见廷·巴特尔的母亲。

在草原的知青点,两个亲家母相见了。可是语言交流不通,一个只会说汉语,一个只会说蒙古语。廷·巴特尔便在一旁做起了翻译,他知道两位老人最想听到的话,当然他翻译的都是她们最喜欢听的话。看着两位老人亲切交流,脸上露出笑容,廷·巴特尔也暗暗开心。

巴特尔选中了草原上勤劳勇敢、善良美丽的姑娘,这让母亲胡淑荣安下心来,满意地离开了。

但是,草原上的牧民对于他们的恋情还是疑虑重重,他们知道了廷·巴特尔有着特殊的身份。这位"将军的儿子"怎么会甘心娶一位草原上的牧羊女?

"结了婚,就该变心了!谁愿意在这儿受苦啊!"

"好多城里的知青返城后,抛弃媳妇的故事多了去!"

额尔敦其木格听到牧民们的议论声,也听蒙古语说书中讲过这样的故事,就心生忧虑,偷偷地哭过好几次。

"他到时候走了怎么办?我不可能去城市。"这个念头,一直在她的内心纠结着,有时候会胡思乱想。

"后来我看这个人不会的,我相信他。"额尔敦其木格目光里闪着一丝甜蜜,语气也变得无比轻柔。在日久天长的相处中,她坚信与廷·巴特尔的爱情,她更坚信他。

这年秋天，因为在大队的工作出色，队里奖励廷·巴特尔一匹带小马驹的母马。廷·巴特尔到正蓝旗用这匹母马换了一顶六个哈那的旧蒙古包。他要在草原上安自己的新家。这顶蒙古包只有薄薄单层的外毡子，上面还有几处破损的漏洞。放牧回来，他便在羊油灯下修补蒙古包，细心地把破洞一一缝补好，在上面绘制精美的云纹图案，又把知青下乡时带来的旧木柜拆开，打制成一大两小的木柜，重新上漆，在上面描绘出牡丹花、水仙草的图案。在牧区，这些手工艺品简直称得上精美绝伦，牧民们都围着仔细观看、欣赏。宝音德力格尔说："巴特尔，你娶了我们萨如拉图雅最美的姑娘！你的心也一定美得像这花一样！"

围着的知青和牧民们都笑起来。

额尔敦其木格坐在外面的草地上，用五彩绳编织鬃绳，将绸布打成象征幸福的吉祥结，拴在蒙古包外面。这便成了他们的新婚洞房，他们的家。

蔚蓝的天空上飘浮着白云，草原深处蒙古包上面的彩幡迎风飘扬，伴着额尔敦其木格优美深情的歌声。廷·巴特尔的心完全属于草原了。

1981年深秋，一个秋高气爽、风和日丽的美好日子里，廷·巴特尔骑着马将额尔敦其木格接回蒙古包。牧民燃起了篝火，为这位名副其实的"草原之子"、扎下了根的知青巴特尔和美丽的牧羊姑娘额尔敦其木格欢庆。欢快而甜蜜的笑声、歌声在茫茫草原深处飘荡。

那年冬季，母亲又赶到萨如拉图雅嘎查，来看儿子的新家。当推开低矮破旧的毡门，看见简陋的蒙古包内摆放的一张桌子、两双筷子、两只碗、一套行李，知道这就是巴特尔小家的全部家当时，母亲扶着蒙古包的门哭了。这哪儿叫个家呀！她掏出身上带的钱塞到儿子手中，廷·巴特尔又塞回给母亲。

廷·巴特尔安慰着母亲，说："草原上的牧民都是这样生活的，苦点儿不算啥。早晚有一天，我要让全生产队的牧民都过上好日子。"

四、老将军的欣慰

茫茫的草原，一个牧人挥舞着牧鞭，追赶着牛羊，默默承受着风霜雪雨的磨砺。南飞的大雁有归期，廷·巴特尔回家却遥遥无期。他是否在孤独游牧中大声放歌，是否已经长成了草原上勇敢的驯马手？

母亲泪眼婆娑，她在想念远在天边草原的儿子巴特尔。

一封封写满思念的信笺发往阿巴嘎草原。

从呼和浩特市寄一封信到草原，需要几个月甚至半年的时间。每天，母亲看着巴特尔回家的路，望眼欲穿。

可那时候，廷·巴特尔正组织盐队远行去东乌珠穆沁旗额吉淖尔盐湖运盐，牧民叫"赶阿音"。由于萨如拉图雅偏远闭塞，原来的客商用一块砖茶就能换一只羊，甚至一头牛。牧民常年缺盐少茶，廷·巴特尔决定自己去给队里拉盐，补给生产队的支出，解决牧民的生产生活难题。

以往盐队出行，大的盐帮，二三十人同行；小的盐帮，通常两三个人结伴同行。每个人要赶上十辆牛车，最前面的勒勒车上搭着帐篷，一辆车拴着一辆车，一人赶牛车走在最前面。为了防止夜间行走时牛车掉队，要在最末尾的勒勒车车辕上挂一个大铁铃，用铃声来判断行进的方向。

从萨如拉图雅嘎查到额吉淖尔盐湖，沿途没有现成的路，廷·巴特尔一直踩荒走了300多公里行程，经过无数道山梁和沟壑。草原上运盐的牧民要有丰富的经验：夏季，要会看太阳、星星、月亮，看风向；冬季，要会看雪窝子的形状，看草的生长，确定方向。车队走一段时间就要停下来，松开牛吃草，休息一会儿，再继续"赶阿音"。勒勒车走得慢了，就往辘轳上抹点儿油，这时就得一边赶路，一边就地在草原上寻找"油葫芦"，也就是草地里的蝈蝈。牧民随着车队行进，一边走一边抓，把抓到的蝈蝈放进罐子里，等车轴转不动了，就上一个"油葫芦"继续走。

穿过茫茫的草原、布谷鸟叫的旷野，伴着勒勒车的车轮声，前行的路漫漫，廷·巴特尔穿行在山谷中。

赶着勒勒车运盐，对于远行人来说是一件非常艰难的事情。从阿巴嘎草原到额吉淖尔不仅要横穿草地、山川河流、戈壁沙滩，而且要抵抗饥饿、劳顿、困苦，还会遇到疾病和猛兽的侵袭。盐道上经常有群狼出没，威胁着人畜的安全。一次拉盐远行需要很长时间，往返快的话也要两三个月。

廷·巴特尔每一次出去拉盐，牧民们都为他担心。

20多岁的廷·巴特尔独自行进在漫长的路途中，在那样艰苦的环境下，一个人要凭借多大的毅力和体力才能运盐成功，现在我们仅凭想象是无法体悟得到的。

在牧民和知青们的翘首期盼中，廷·巴特尔载着盐车安全归来。

"廷队长回来了！盐运回来了！"

人们围上去，远行两三个月的廷·巴特尔每天都撕扯着人们心

| 第一章 | 我要扎根草原

中的牵挂。走一趟回来，牛背磨出的伤口上生了蛆，拉盐的廷·巴特尔也瘦成了骨架子，脸上被风吹得裂出一道道血口子，身上的袍子也被撕烂，大家的心揪着疼。

"快，拿这盐去换今年过冬的粮食！"廷·巴特尔来不及走进蒙古包喝口热茶，就在冷风中把拉来的盐一袋袋分给队员。

旗商业局、粮食局会给运盐的牧民奖励：拉十车盐，奖励一车盐；拉四五十袋粮食，奖励一袋面。他再把这些奖励的盐和粮食换成现金，保障队员的年底分红。

廷·巴特尔当时只有一个愿望，就是想让牧民的生活更好一些。

牧民生活得太清苦了。他和妻子回呼和浩特市带回来的橘子、香蕉，牧民又给送回来了。他们说这个东西不能吃，太苦了。原来是他们吃橘子时连皮咬了，牧民们从来没有见过这种水果。

开春，廷·巴特尔带着大家种起了树。草场周边种上了榆树、柳树、柠条和灌木丛，目的是防风固沙。考虑将来年轻人成家要盖房子，又种了杨树，因为杨树可以做木材，能打木柜、做家具。

"这些杨树种活了，明年再给他们种苹果树、梨树，这样孩子们就能吃上新鲜的水果了。"

萨如拉图雅的牧民常年游牧，草原上从来没有种过树，近处也找不到杨树苗。廷·巴特尔连夜赶着牛车，走了两天两夜到了河北张家口，可去时那儿的树苗已经栽植完了，他只要到了一些杨树权。

想象着不久以后这片空阔的草原上也能长出参天的杨树，廷·巴特尔不禁乐出了声，他使劲吆喝赶着牛车，在夜里加速行进。

知青点的一排土房经过雨水的冲刷，变得岌岌可危。他每天钻进一处废弃的窑洞里，和知青们脱起了砖坯。把胶泥和沙土按比例掺水，制成砖坯进行烧制。一天下来，他累得整个人像是散了架，双手的指肚磨得都渗血了，指甲也被磨秃了。十几天，他们扣了三四百块砖坯。

他带领大家给知青队重新翻盖房子，里面是土坯，外面的四角都固定上了砖。砖坯砌在了房子的四个外角和上半部墙脊，防止雨水冲刷，这样，半砖半土坯的新修房屋落成了。上梁那天，房梁上拴上了吉祥哈达。房子落成那天，他们还拴上红布剪了彩。

那年冬天，廷·巴特尔下乡两年后第一次回家探亲。

这时，全家人已经搬回内蒙古军区大院。这次探亲有个场面非常尴尬。廷·巴特尔穿着平常放牧时穿的羊皮袄，下身穿着羊皮裤，裤腿用马鬃绳捆扎着，塞进脚上穿的硬硬的毡疙瘩里。牧区常年缺水，平时没法洗衣服，连块肥皂都买不到，吃完饭油乎乎的手就往皮袄上擦，时间长了，皮袄和皮裤被擦得油亮油亮的，膻味扑鼻。当时，放牧回来的他就穿着这一身回家了。

廷·巴特尔穿得跟乞丐差不多，警卫上前拦着不让进门。

"你是廷政委的儿子，怎么可能？"警卫无法相信眼前这位满身羊膻味、皮肤黝黑的牧民会是政委的儿子。廷·巴特尔和他争执起来。

下乡两年多，廷·巴特尔变成了一个大家都不认识的人，身上特别脏，穿得破破烂烂。最后，还是母亲出来将儿子领了进去。

屋内客厅人头攒动，父亲正在给几个前来说情的知青讲："我儿子巴特尔现在就在牧区，他在那儿和牧民相处得很融洽！"

看到儿子回到身边，母亲不停地走上前摸摸这儿、摸摸那儿，仔细端详着，牵着儿子的手不停地摩挲着。

"这是巴特尔吗？是我的巴特尔吗？"

母亲连声呼唤着，泪水顺着脸颊流淌下来。

"您的儿子好着呢！"巴特尔抬起衣襟擦拭母亲脸上的泪水。

眼前的巴特尔瘦了，但是身子骨更壮了，也变得成熟了，黝黑的脸上绽着笑容，露出洁白的牙齿。

"这小子出去心就野了，连家都不知道回了。"

母亲边给他整理衣服，边责备着他。其实，她还不知道巴特尔的处境有多艰难。下乡两年，他连回家的路费都没挣到，挣的工分钱，他都是要得最少的，有的还接济了别的知青。但他从没有张口向家里要钱，他觉得依赖父母那是没出息的表现，路要自己走，事业要自己干。

回到家里，廷·巴特尔洗了好几次澡，但身上的膻味还是难以消除，母亲就一遍遍让他再去洗。

母亲看着被风沙吹打得脸色黑红的儿子，心疼地说："巴特尔，我和你爸年纪都大了，你回来吧，回到我们身边来。"

廷·巴特尔说："我不能回来，回城我是文盲，在牧区我算是有文化的人。再说，我一走，牧民就哭。"

"要不先把户口迁回来，你什么时候想回来再回来。"

"那怎么行呢！我已经是牧民了，得生活在草原上。牧民离不开我，我也离不开牧民。"

看着巴特尔坚定的神情，母亲沉默不语。

这一夜，廷·巴特尔与父亲促膝长谈。他向父亲汇报了这两年在牧区的生产劳动，还兴致勃勃地讲起与牧民们在一起的快乐放牧生活。几乎都是他在讲，父亲在安静地听，不时地冲他微笑着点点头。

"我不回城，我要留下来建设牧区。"

"我支持你的决定，安下心来在那儿好好干。"

父亲坚定的目光，让廷·巴特尔的内心安定下来。父亲一直理解他、支持他。

母亲的心在儿子身上，儿子的心在草原上。廷·巴特尔无时无刻不在牵挂梦中的那片草原，那里的家、那里的亲人。

当听说廷·巴特尔决定留在牧区时，母亲胡淑荣决定再去一趟萨如拉图雅，她要看看到底是什么让巴特尔对那里不离不弃。

母亲对廷·巴特尔留在草原的理由将信将疑，她要亲自来草原一看究竟。

到了萨如拉图雅嘎查，老人家才真切地感受到牧民对巴特尔的依恋之情。

这次，廷·巴特尔的母亲住了三天，每天都有牧民来找廷·巴特尔，好像大事小情都离不开他。

"廷队长，今年的冬营盘选哪里好？"

"我家的羊得病了，怎么灌药都不好。"

"今年的冬牧草牛羊不够吃了，怎么办呢？"

…… ……

牧民们有什么事情都找廷·巴特尔商量；有了什么难处，他们第一个想到的也是廷·巴特尔，把他当成了"主心骨"。如果不是亲眼看到，母亲胡淑荣还不会相信。

接羔那段时间，牧区的羊患上了传染性痢疾病，已经连续死亡20多只。牧民非常着急，来找廷·巴特尔说明羊羔病情，廷·巴特尔马上背上药品，马不停蹄地连夜赶往牧户家，帮着救治母羊。就着月光，给羊灌药打针，捉出蛆虫，又将其余的羊做了一遍驱虫。直到最后一只羊做完驱虫后，他才直起腰身，舒了一口气。

亲眼看到牧民艰苦的生活环境和淳朴的牧民与生活不屈抗争的乐观心态，母亲理解了儿子的决定，也体察到了巴特尔选择在牧区生活的辛酸与快乐。正像蒙古族谚语里说的那样，鹰飞得再高再远，也要落到草原上。这孩子的心已经属于草原了。

自那以后，母亲再也不提他回城的事了。她还经常邮寄一些药品和生活用具，让廷·巴特尔分给牧民。牧民来到首府办事，母亲都让他领回家，热情地招待。

呼和浩特市的家成了萨如拉图雅嘎查的"大后方"。很多牧民去过廷懋将军的家，将军的家成了"驻呼和浩特办事处"。每当有牧民到呼和浩特市办事、看病，老两口都会热情地邀请牧民住在家里，最多的一次同时住过七位。

每当有牧民要过来，将军夫妇就会打电话告知门岗的警卫："我家来了牧民客人，把他们请进来吧。"

廷·巴特尔的母亲在内蒙古医学院工作，有牧民来看病，她都会领着找医生、联系住院、安排手术……她还经常带着牧民上街购物，对他们的生活起居也关怀备至。父亲每天忙完工作，无论多晚都会抽时间和牧民们聊聊天，了解牧区的生产和牧民的生活，了解儿子在那里的表现。每每听到众人对儿子的夸赞，老两口都特别欣慰。

有一次，一位牧民要动大手术，廷懋将军把相关的事情安排妥当后，还风趣地对那位牧民说："去医院看病、会诊、找大夫的事，由你胡淑荣阿姨全权负责。"

牧民宝音德力格尔和廷·巴特尔一起到呼和浩特市，看到他家有值守的警卫，还有明亮的一排居室，惊呆了。眼前这位成天和他们在一起摸爬滚打放牧的青年，真的是将军的儿子，这里和草原简直是天壤之别。

这一晚，宝音德力格尔辗转反侧睡不着，几次推醒廷·巴特尔，不住地问他："你不回城市，到底是咋想的，咋想的呢？"

"草原好，很好啊，我喜欢那里。"

"我还是想不明白。"

廷·巴特尔转个身平静地说："快睡吧，明天还要办事。"

牧区的生活不如城里舒适，牧民们对于知青纷纷回城都能理解。但是看到每天忙得团团转的廷·巴特尔，牧民也有些不理解，这位本该拥有优越生活的"将军的儿子"，为啥愿意在这里受苦受累？

当所有人都不理解他的时候，他仍在尽心尽责地做着日常的工作。

廷·巴特尔的心中有他的选择，有他的不舍。

他知道这里的牧民需要他，这片草原需要他。他，也需要他们。

廷·巴特尔利用从母亲那里学到的医学知识，把一些预防小病小灾和流行感冒的方法教给乡亲们，还把母亲寄给他的药物、食物和书刊等都分给大伙儿。牧民们都喜欢这个勤劳善良、善解人意的年轻人。

牧民们更喜欢上了平易近人、对他们呵护备至的廷懋将军夫妇。

| 第一章　　我要扎根草原

"他没有一点儿大官的架子，我们见了他，一点儿都不觉得陌生！"

廷懋将军一家把牧民当作亲人，牧民也把和蔼可亲的将军一家当成自己的家人。牧民们说，将军夫妇去过草原很多次，很多牧民的名字他们都能叫出来。他们每次来萨如拉图雅都是悄悄地来，悄悄地走。但草原上的消息还是像风一样传得很远，尤其是萨如拉图雅的乡亲们，每次听说廷·巴特尔的爸爸妈妈来了，都会奔走相告，大家一起聚集到巴特尔家那顶小小的蒙古包里。

一次，牧民妇女送来一件新缝制的天蓝花色蒙古袍，给廷妈妈穿上。那是几个妇女熬了几个晚上精心缝制的，还在袖口和领边刺绣上几朵萨日朗花，这是草原的"吉祥花"。

各家各户像过节一样，杀牛宰羊，拿出自家最好的奶食，争着邀请廷爸爸、廷妈妈来家做客，他们愿意和将军拉家常、谈心事。

每次老将军来，一些牧民还是担心地问："您老是不是要把廷·巴特尔接走？"

廷懋将军和蔼地告诉他们："你们需要他，巴特尔也离不开你们。草原需要他。"

"将军的儿子可以做将军，也可以做普通老百姓。"

听了老将军的话语，牧民们这才安下心来。

面对不断沙化的草原和依然生活在半原始状态的乡亲们，廷·巴特尔无法拒绝。因为这不仅仅是挽留，更多的是情感的重托。

"哪里需要你，你的价值就在哪里。"廷·巴特尔牢牢地记着父亲说过的话，"现在牧民和草原的需要，就是我的价值！"

只要在草原上，廷·巴特尔便倍感安静、安逸。牧民的感情真诚、亲切又自然，每次当他要回呼和浩特市探望父母时，牧民会远道骑马送来刚做好的奶豆腐，让他捎给远方的亲人。每一次，不知道翻过了多少道梁，走过了灰腾梁，他感觉牧民还在那儿骑着马遥望，似乎远远看到高高举起的牧鞭正指着前行的方向。他心头翻滚着。

几年的摸爬滚打，廷·巴特尔已从"斯赫腾巴特尔"变成"玛拉沁（牧马人）巴特尔"。

1976年11月20日，在阿巴嘎旗洪格尔高勒公社，面对鲜红的党旗，时年21岁的廷·巴特尔，庄重地举起了右手宣誓入党。

他，从此选择了一条无怨无悔的路。

廷懋将军动情地说："我的牧民儿子给我长脸了。"

探亲临走时，父亲从公文包里拿出一本党章交到儿子手里，嘱咐他："好好学，别辜负了组织的期望。"他摸着那本党章，感觉沉甸甸的。

人生的每一次选择，都是对自我的挑战。面对一次次返城机会，廷·巴特尔的心却与草原贴得更近了！

草原哺育了他，让他羽翼丰满，雄鹰终究有归属于自己的苍穹——更高，更远。

五、给自己立"军令状"的人

"知青走完了，队里没有其他知青了，你的责任特别重大，牧民只认你这个队长。"

牧民表达的方式很朴实、真挚，这份信任与情感让廷·巴特尔倍受感动。

| 第一章 | 我要扎根草原

萨如拉图雅的牧民需要廷·巴特尔，生产队里有文化的人不多，牧民把这个队里唯一的知青选为他们的队长。

廷·巴特尔肩上的担子更重了。

20世纪70年代，阿巴嘎旗发生了一件轰动性新闻事件。1972年7月，国家农林部、轻工业部、商业部联合在阿巴嘎旗召开了全国乳粉生产现场会，16个省、市、自治区的百余名代表参加。这是一次盛况空前的大会。

阿巴嘎旗是纯牧业旗，大小牲畜百万头（只），其中牛就有20万头，鲜奶生产是一大优势资源。草原的牛未经改良，产奶量较低，但在夏秋的三个月中，仍可以生产四五千万斤鲜奶。这里曾经用平锅直火加热的土法制造奶粉，因为生产方法原始，生产工序简陋，生产水平低下，生产出来的奶粉质量低劣，销售不出去，亏损严重难以经营下去。

廷·巴特尔刚下乡时，是草原七八月产奶的旺季，也是草原上最酷热的季节，大队乳品厂的生产期也集中在这几个月。

乳粉厂起初没有资金买设备，全靠人工生产。队员先收奶，倒在锅里搅，然后慢慢撤火，直到搅成疙瘩，再拿到阳光下晒，晒干以后拿擀面杖擀成末子，用箩筛，然后装袋。

每天，廷·巴特尔和队里的知青在乳粉厂出工，他负责"搅大锅"，就是站在大铁锅前搅拌成坨的奶块，锅需要不断用柴火加温，直到锅里面的奶加热成像玉米面打成的疙瘩状，才拿出去晾晒。整间厂房有七八口这样的大锅，每一口锅前都得有人拿着铁锹不停地搅动。满屋热气蒸腾，温度高达四五十摄氏度，人就像浸泡在汗水里。每天24小时轮流值班，操作单一，却耗费巨大的体力。这是廷·巴特尔在整个夏季里的主业。普普通通的工作，他认认真真地做，从不会喊声苦、道声累。

廷·巴特尔每天蹲在大锅前烧火搅奶，摸索着先进的制作奶粉技术，不懂就去问工人师傅。

奶桶是牧区日常必不可少的生产生活用具，廷·巴特尔看到来送奶的牧民们的奶桶又破又旧，有的漏了都舍不得扔掉。白花花的奶子流淌到车上、草地上，他无比心疼。于是，他到公社的铁匠那里，恳求学习制作奶桶的手艺。他向师傅虚心请教，还帮忙干零活儿。铁匠师傅看着这个一心求教的小伙子，被他的真诚和执着打动，于是手把手教给了他。

原本，厂里给了廷·巴特尔买奶桶的钱，但他仅用了一点儿买了铁皮。当他从公社抱回来一堆白铁皮时，大伙都很惊讶，不知道他葫芦里卖的是什么药。连续半个多月的夜间加班，他制作了80多只铁皮奶桶。这些铁皮奶桶精致耐用，比买的还要好，他都送给了送奶来的牧民。

蒙古包没有烟囱，常年在蒙古包里生火做饭，浩特的妇女被牛粪火呛得两眼通红，经常闹眼病。剩余的铁皮材料，他又制作成80多个烟囱。做完后用牛车拉着给每个浩特的牧民家送去，还帮助牧民在蒙古包里把烟囱安上。

他教牧民盘泥炉子，再安上用白铁皮卷成的烟囱。这回煮奶茶时再不会烟熏火燎了，包里也变得干净整洁了。牧民们开心地连连夸赞，为他的这个创举感到惊奇。

大队支书看到廷·巴特尔勤劳肯干，又肯钻研，牧民们都很喜欢他，有问题就去找他帮忙解决，便让他接厂长的担子。

廷·巴特尔临危受命。乳粉厂当时的奶粉加工是"土法上马"，没有先进的机械设备。包装、过秤、排气、封口都依靠人工来完成,采用的都是传统制作流程。生产出的奶粉量不大,质量也不过关,销售不出去。乳粉厂一直处于亏损状态,艰难支撑着。

乳粉厂厂长廷·巴特尔白天搞生产,晚上点着羊油灯自己动手改造机器设备,打破了以前的传统做法。

当时使用的烘干技术,其流程是先在烘箱烘干,铁皮房后是风口,从布袋子过滤,奶粉再进到竖起的小袋子中。但奶粉不容易进入这个袋子,需要再研究排风问题。就这样,廷·巴特尔边生产,边研究,边改进,好多土办法就这样慢慢摸索出来了。

这种生产工艺虽然也还落后,但比原来完全用土法生产已经前进了一大步,生产效率、卫生条件和产品质量都有很大提高。

乳粉厂生产工艺的改进,激发了廷·巴特尔进一步学习研究先进生产经验的兴趣。当姨父在锡林浩特市开奶粉厂时,他立即带人前去"取经",学习直火加热半机械化先进生产技术和经验。他还带着队员,专程到呼和浩特市的乳品生产企业学习生产管理经验,进一步改善乳粉厂的环境,充分调动队员的工作干劲。

他四处奔走,从上级部门争取到一套更为先进的乳粉生产设备,搞来了浓缩罐、高压泵、柴油发电机。奶锅改成浓缩罐,高压泵改成宝昌泵,后来改成徐昌泵。那时,月光乳粉厂的设备已经和当地的大工厂差不多一样先进了,乳粉厂愈发像模像样了。

改造后的厂子,年产奶粉量大幅提高,经营收入明显提高。

高格斯台河畔,草原深处乳香飘。

阿巴嘎草原热闹了起来。每天,乳粉厂有20多人昼夜轮班。正蓝旗、东乌珠穆沁旗、西乌珠穆沁旗周边的牧民都往萨如拉图雅大队运送鲜奶。鲜奶用牛车来送,有的用勒勒车去收,用骆驼去运。有专门的草原"铁姑娘队",整个夏季都在牧点草地上挤奶,每天草原上欢笑声不断。乳粉厂将这些鲜奶往外销售，也有专车运送出去。牛车、勒勒车，运送奶粉的卡车、骆驼，车水马龙。人们纷纷说，这么一个偏远的牧村是怎么将几经瘫痪的乳粉厂救活了？不仅活了，而且还盈了利。廷·巴特尔到底是怎么办到的？牧民们格外高兴，他们看到了特色产品对牧民生活的提高和生产队集体经济的拉动。20世纪70年代初，牧区有几个生产队有自己的企业？有几个企业盈利五万元？当时，谁也没有意识到，他们已然走出了工业化之路的雏形。正所谓无粮不稳，无工不富，无商不活。

月光乳粉厂生产的奶粉，销往北京、天津、山西等地，供应城里人的需求。带有黄白花奶牛、绿草地封袋包装的北疆草原奶粉风靡京津地区。当时，全国大城市奶粉供应紧缺，整个阿巴嘎旗改造后的四个乳粉厂年产奶粉250吨，极大满足了城市的供应需求。

阿巴嘎草原飞出了"金凤凰"，月光乳粉厂生产的奶粉提高了阿巴嘎旗的知名度，也鼓舞了牧民抓好生产的积极性。

"知青巴特尔"救活了乳粉厂的事，在牧民中间传播开来，廷·巴特尔成为阿巴嘎草原上人人钦佩的人物。

人只有在最苦最累时有所获得才能体会到什么叫幸福，而幸福牵动着每个人紧闭的心扉。

廷·巴特尔体会到了努力和付出后的收获，品尝到了这份甜蜜。

老队长退居二线后，经社员们选举，廷·巴特尔全票当选为队长。在牧业生产的空闲时间，廷·巴特尔继续组织乳粉厂生产加工工作。春秋牧业生产时还要组织队里知青出工放牧、接羔、打草、打药、配种，这些工作样样没落下。一年下来，廷·巴特尔体重掉了十多斤，可乳粉的质量上去了，年产量由原来的几千斤增加到十

| 第一章 | 我要扎根草原

四五吨，厂子扭亏为盈，赚了五万元。这让所有人都心潮涌动。

阿巴嘎旗月光乳粉厂有一个上海孤儿毕力格巴特尔，三四岁时来到草原，被老阿爸全布拉一家收养，全布拉是大队的老队长。阿巴嘎草原传唱着牧民哺育上海孤儿的故事：20世纪60年代，内蒙古用大爱，将来自上海孤儿院的三千多名孤儿接回草原抚养。在草原上，这些孩子被亲切地称为"国家的孩子"。

乳粉厂成立时，全布拉阿爸送毕力格巴特尔来乳粉厂开车，支持大队乳粉厂的生产。廷·巴特尔听了上海孤儿毕力格巴特尔的故事，很是感动，不仅关心照顾他，还教他学习各种生产技能。当时，乳粉厂生产量加大，需要每天从外地运送鲜奶，廷·巴特尔便请求从部队调回一辆车进行运输。这辆部队的炮车是廷·巴特尔"走后门"要来的。

原来，萨如拉图雅的沙窝子，除了马车、牛车，别的车根本行驶不了。赶上刮风下雨的天气，收鲜奶的车根本走不出沙窝子。为了不耽误送奶，也怕路途时间长，鲜奶变质，他将炮车改装成运送鲜奶的货车，这辆车就交给毕力格巴特尔驾驶，来回运送鲜奶、木材。后来，这辆炮车也的确是"战功累累"，为萨如拉图雅嘎查的发展建设立下了汗马功劳。

廷·巴特尔白天在队里牧业生产一线，晚上在乳粉厂生产作业，将所有的精力都投入生产队和乳粉厂的工作中，没有休息时间。他住在距离乳粉厂四五里外的蒙古包，因为总担心机器会出故障，所以每晚都不能安心睡觉。草原安谧的夜里，他总能清晰地听到发电机的隆隆作响声。只要听不到机器的响声，他就会马上骑马赶过去维修机器。等一切恢复正常，再接着回去睡觉。

后来，乳粉厂生产量逐渐加大，廷·巴特尔干脆就铺个羊皮褥子在机器房里睡。他说，只有听着隆隆响的机器声才能入睡，回家睡不了安稳觉。

那时，廷·巴特尔既当厂长，又看发电机，还要在加热炉房每晚值班。他承担三份工作，但是在记工分时，他却规定自己挣的工分永远要比别人少1分，他们挣10分，自己就挣9分，比别人挣得少，干得却比别人多。制成的成袋奶粉，有的人想从厂子里拿些回去尝尝，被廷·巴特尔一口回绝道："不行，这是集体的财产，谁也不能动。"

廷·巴特尔处处做表率，默默付出，大家看在眼里，记在心里，都对他心服口服。

浩特每家牧户分一名知青，廷·巴特尔每天给知青出工记工分，工分累计一年结算，每月买粮钱就记账。一工分顶一毛八分五。遇到雪灾、旱灾年份，畜牧业生产收入降低，队委会就要研究给队员降工分。廷·巴特尔却坚持不让降，他说："只能涨，不能降，没钱我就给大伙儿去挣钱。"

"你是个大家长，牧民吃喝穿都需要你管，你得出去赚钱啊。"

廷·巴特尔说到做到。乳粉厂挣了钱，除去第二年生产使用的流动资金，其余部分作为社员的分红，还要上交畜牧业税。每年几乎入不敷出，非常困难。

看到生产队贫困的现状，廷·巴特尔心痛如绞，往昔的一幕幕涌上心头。

他忘不了，有的熏黑的蒙古包里一贫如洗，有的全家老小盖着一张羊皮褥子，孩子们在泥水里打滚玩耍；

他忘不了，饥饿的孩子们蜂拥抢光碗里的食物；

他忘不了，大队刚成立时没有房舍，寒冬里召集牧民们在羊圈里开会的情景；

……………

他下定了决心，在全体社员面前立下"军令状"："我退休之前，一定要给队里存上一百万，让大家都过上好日子！"

他带领着队里的知青，跟着牧民学习生产劳动技能，使他们个个成为牧业生产上的骨干。

他凭着青春豪气，干起活儿来生龙活虎，有一股玩命的劲头。接羔、砌棚圈、种菜、放羊、植树、起石头、套生马，样样都干得有板有眼，一丝不苟。

他既当生产队长，又当配种员。他大胆引进新疆改良羊，手把手教年轻牧民怎样操作。本地羊的毛质粗，产量低。新疆美利奴羊的毛细长，产量高。为提高本地羊羊毛的质量与产毛量，每年初冬季节他都会给羊配种。

配种需要每个浩特的羊群顺次进行，从羊群中分批次筛选出发情的母羊，这是人工配种的首道工序。蒙古包里，炉灶上烧着井水，配种流程不需要开水，需要的是锅盖上的蒸汽水，草原上的土法科学且很实用。将制取的蒸馏水保存在一支采精用的直径五六厘米粗的玻璃试管里。配种、杂交，这是廷·巴特尔来到草原后，接触到的第一项与科技有关的牧业生产工作。

经历艰难，那是生活配给人的一剂良药。艰辛磨砺使廷·巴特尔变得更加成熟和坚强。

当年的廷·巴特尔就是凭着一个信念、一股韧劲，从未停止过自己的脚步。

廷·巴特尔融入牧民的大家庭中，就像一粒金色的种子，在博大而丰厚的草原上吸取养分，开花结果。

而这却没有打消牧民心头的担忧，他们越来越依赖廷·巴特尔，越来越担心廷队长回城了再不回来。

当时，队里的那辆炮车坏了需要维修，廷·巴特尔打算回呼和浩特市送到部队维修。这是个四驱车，轮胎和车机体损坏，开车途中特别危险。没有刹车，他们就往刹车器里灌白酒，一路踩着离合器行驶。从武川县的蜈蚣坝到呼和浩特市的路程，沿途都是山路，特别不安全，车行驶过大青山，司机不敢再往前行驶。廷·巴特尔对他说："还是我来开吧。"

崎岖的山路上，车摇摇晃晃地行进，两个人的神经紧绷着，做好了随时跳车的心理准备。

到部队检修车时，只见四个轮胎已经爆胎三个，整个车轮都散架了。

"这车能开回来，真是命大。"检车师傅见了，替他们捏了把汗。

"都说我命大。"廷·巴特尔笑着说。

修车的零件需要去北京取，他知道队里的艰难，修车和换零件的钱都没有。这时，队里还发电报说让他们回来时带些货，把烧油钱省出来。

母亲给他出主意，说："要煤吧，牧区缺煤。"

廷·巴特尔说："不要煤，我要木头。牧民盖房子，做牛车、马车都要用木头。"

这一次，他得到了父亲的鼎力支持。

部队答应给一车松木，廷·巴特尔当时兴奋得跳了起来。平时，草原上的牧民生活中使用的只有沙窝子里的榆木，盖房子、做牛车都用榆木。谁也没见过松木板子，这太珍贵了！

| 第一章 | 我要扎根草原

廷·巴特尔激动得连续几天睡不好觉。他规划着如何用这批木材给牧民盖房子、修蒙古包。

每天一大早,他就去部队装板子,先把松木破成一条条,再整整齐齐地一块块码好。哪块木料可以做柜子,哪块板做成家具、做勒勒车……他在心里都认真规划着。有了这一车木头,牧民的生活就能改善了。他的内心有着极大的安慰。

三个月后,廷·巴特尔返程了。

然而,廷·巴特尔在家里待的这三个月,让萨如拉图雅的牧民和知青们都以为他再也不回来了。

"当官家的孩子早晚会走的,留不住!"

"他爸是自治区书记,户口都不要,肯定不回来了。"

大家纷纷传着廷·巴特尔不回来的消息。好多牧民难过得落了泪。

而此时,廷·巴特尔一直在为返回草原做着准备。他拎着两个大提包,里面装上很多吃的、妇女包头的白绸巾、蒙古袍的黄腰带,廷·巴特尔用一年挣的工分钱都买了这些物品。还有母亲给装上的两提包点心、月饼,这些都是牧区特别稀罕的食品。

当廷·巴特尔兴高采烈地开着车赶着远路回到大队时,牧民们骑着马赶来看他。"廷·巴特尔回来了!廷·巴特尔回来了!"牧民呼喊着、簇拥着围了过来。有的冲上前紧紧抱住他,生怕他真的跑了。

"你就是我们草原的孩子啊!"

贡斯玛额吉紧紧地搂住他,深情地吻着他的额头,泪水顺着脸颊流淌下来。

望着那一张张充满期待的脸,那一双双充满期许的目光,

59

中国牧民

廷·巴特尔眼睛湿润了。那一刻,他已经决定再也不会离开萨如拉图雅,他要守护建设好这片草原。

他说,草原上的鹰也有飞走的时候,而我廷·巴特尔——今生今世要永远和你们在一起!

生态家庭牧场

第二章
让草原变得更绿是我最大的心愿

廷·巴特尔：牲畜不是我们的命根子，草原才是我们的命根子，是子孙后代的命根子。让草原变得更绿是我最大的心愿。

中国牧民

一、嘎查长，差一票全票

　　1983年草畜双承包时，廷·巴特尔被推选为萨如拉图雅嘎查长。在分自留畜时，他先制定了一项"政策"：知青不能养自留畜。大家面面相觑，半天才缓过神，难不成嘎查长是给自己定的？

　　是的，当时嘎查的知青只剩下他一个人，这个土政策就是他给自己制定的。别人都有些疑惑，还有人笑他傻。但廷·巴特尔说："这牛羊一倒手就可以赚几十倍的钱。但嘎查的牧民一户能买得起几头牛几只羊？跟牧民争好处的事儿我不干。"

　　每天清早天还擦着黑，廷·巴特尔就开车下牧点，开始给牧民分牲畜。额尔敦其木格同样早起，顶着露水出去放牧，晚上回来还要接羔。两个人早出晚归，他们的日子过得又苦又穷。

　　廷·巴特尔家的蒙古包搭建在距离大队很近的地方，这是因为要忙嘎查的工作，还要照顾额尔敦其木格身体不好的姐姐，自己的牧业上也缺少帮手。蒙古包就在他们秋营盘的旁边，已有身孕的额尔敦其木格在准备过冬的奶疙瘩。廷·巴特尔知道妻子已经习惯了放牧，夜晚，他和妻子商量："咱们家用不用养些羊呢？"

第二章　让草原变得更绿是我最大的心愿

"咱们刚成家，还是先跟着一家牧户吧。你干着大队的工作，还有乳粉厂的工作，太累了！"额尔敦其木格理解丈夫嘎查事务繁重，她承担了家庭的重担，每天挺着大肚子仍在辛苦地劳作。

草原9月一个寒意袭人的夜晚，女儿降生了，取名陶格斯，汉语意为"孔雀"，寓意着他们对美好生活的向往。

额尔敦其木格一直协助姐姐家的牧业生产。小陶格斯才一岁多，每天早上出去放牧前，额尔敦其木格便用绳子把她拴在蒙古包的哈那上。怕孩子被勒死，就用绳子两面拴着；担心孩子自己不能进食噎到，一整天也不敢给孩子放吃的，只有晚上放牧回来才给饥饿的女儿喂奶。慢慢地，女儿也学会了适应，他们出去的时候，把便桶放在孩子身边，她也能坐在上面自行小便了。

一天早上，额尔敦其木格出去放羊时，照常将女儿用绳子拴在哈那上。可这天风沙特别大，漫天的黄沙刮得天昏地暗，呼啸的风把羊卷出很远，风沙迷住了眼睛。刚过晌午，额尔敦其木格便将远处的羊群急忙往家赶，她担心家中的女儿。

"这么大的风声，孩子会不会害怕啊？"

天色更加昏暗，卷起的风沙使劲吹打着蒙古包，顶上的乌尼杆摇摇欲坠。

牧民巴雅尔图老人骑马来找廷·巴特尔，远远地听到蒙古包里传来孩子的哭声。他走进冰冷的蒙古包，看到被绳子拴着的孩子正在地上边哭边爬，孩子的声音已经变得有些嘶哑，身上尿过的棉裤又冰又湿。这是大人忙得照顾不上孩子啊！老人心痛地坐下来，将哭肿眼睛的小陶格斯紧紧地抱在怀里。

天色暗下来，额尔敦其木格裹着风沙从外面走进来，看到巴雅尔图老人坐在蒙古包里，怀里抱着的女儿已经睡着了，两只小手紧紧搂着老人的脖子，不肯撒开。

看到额尔敦其木格进来，巴雅尔图老人指责道："你们这样不行啊，把一岁多的孩子拴在包里，多可怜啊！"老人说着，将孩子递到额尔敦其木格手中，神色有些激动，声音也变得颤抖起来。

额尔敦其木格低下头，搂过孩子，眼里噙满了泪水。

可是没有办法，廷·巴特尔全身心扑在工作上，他俩谁都抽不开身。

分草场那会儿，廷·巴特尔经常抱着膀子靠在车后斗里就睡着了。他实在太累了！

廷·巴特尔说："宁可孩子饿着，也不能耽误牧民的生产。"

这次重新划分草场，上面派来的测绘人员放下一张图纸就走了。廷·巴特尔开着自己的客货车在沙窝子里奔波了一个月，上沙梁，趟大河，照着图上的地址一家一户地丈量。他用的是父亲给他的指南针，在分草场时可以做精确的测量。"这是过去部队用的那种指南针，那时候还没有GPS（全球定位系统），分草场时，为了分得好点儿，就用它来勘测。"

以前，常有牧户因草场划分不均吵成一团，每次调解都要到旗里找划分图。这次重新划分草场，廷·巴特尔暗自留了个心眼儿，他翻了大量书籍，学会了绘图的基本知识。白天测量，晚上就趴在桌上挑灯夜战。

几天后，一幅装裱精致的萨如拉图雅"行政区划图"诞生了，这是一张1:50000的嘎查行政图、草原建设规划图和自家的草场建设规划图。图上，草场划分、水井位置、牧民住址，河流和树木分布，都标得清清楚楚，一目了然。

有了精确的划分图，牧户再也没有为草场划分发生争执。

| 第二章 | 让草原变得更绿是我最大的心愿

廷·巴特尔也借助这张手绘图对嘎查的发展进行了整体规划。

廷·巴特尔硬是用25天的时间，做完了别的嘎查需要数月才能完成的工作。任务是完成了，可他那辆客货车却报废了。

草畜双承包施行后，牧民手中多了一张神圣的权证——草场承包经营证。从此，牧民对草场享有经营自主权。

有了经营自主权，牧民们个个心花怒放。草场分到个人，大部分牧民都想着尽快挣钱，不断扩大畜群。

拥有云朵一样的羊群，是牧民心中的向往。由于毗邻浑善达克沙地，这片草原生态环境原本就脆弱，再加上不断增加的羊群啃食，嘎查草场植被覆盖率退化到不足30%。

"那块草场退化得全是盐碱地，变成白沙子了，连牛羊都绕着走。"

当时，他家草场上的小河由于泥沙沉积，一到春天就涨水泛滥。

"那条河道老是在改道，有的时候水旋那个弯，把那个弯道都旋得塌方了。"

分草场时，大伙儿都不想要这片挨着小河的草场，作为嘎查长，廷·巴特尔把这片草场留给了自己。

当牧民群众有了困难，身为共产党员的廷·巴特尔始终冲在最前面；当草场承包、牲畜到户时，他却退到了最后。

他家分到的草场位于嘎查最北边缘，在高格斯台河、希仁高勒河两条河中间。由于毗邻河边，周边浩特的牛羊都来河边喝水，草场践踏严重，原本的盐碱滩变成了白沙地，其实就是一个荒滩。老人们都说："那个地方牛羊都要饿死的，那里是个死窝子！"

"这样的死窝子，谁也不敢要啊，要了会死人的！"牧民们人人避之。

都是盐碱滩，沙子是白色的，有一辈子放牧经验的老人说："谁见过河边长草了？春天草刚一出来，牛羊都来喝水，就踩平了。"

"那是个冬天冻死人的地方，春天是牲畜死完的地方。"

一个春夏过去，牛马羊都要到河边喝水，等秋天草黄了，牛羊都走了，草场也踩平了，这个草场几乎是生存不了的。年年如此，所以这个不长草的荒滩，也是牧场的"死窝子"。牧民们称为"毛嘎吉拉"，汉语意为"很破烂的地方"。

嘎查的中南部是沙窝子，地势高，植被保留多，能保障牛羊的吃草问题。沙窝子里有草，所以牧民争着要沙窝子，不要河边的牧场。

廷·巴特尔站起来，说："别人不要，我要。"

分牲畜时，廷·巴特尔一直等到大家都挑完了，才将最后剩下的30只羊分到自己名下。这些羊都是别的牧户羊群里甩出的老弱病残羊。

牧民们惊呆了，私底下纷纷议论。

"廷·巴特尔家的都是'包赖羊'，肯定养不活的。"

"那片草场，怎么能喂得饱牛羊啊？"

老人们说着都直摇头。

看到廷·巴特尔带回家来的羊老得啃不动草、小羊瘦弱得走不动路、牛都趴下站不起来时，额尔敦其木格着急地哭了。

当时女儿还不到一岁，额尔敦其木格一边背着女儿，一边放羊。她从小放羊，了解这样膘情的牛羊恐怕连这个冬季都挺不过去。再看着眼前这片寸草不生的荒碱滩，更觉得生活无望，便抱着孩子坐在草地上抹眼泪。

廷·巴特尔走到羊圈,挨个扳起羊尾巴看完后,回来安慰妻子说:"咱家发了!分到的全都是母羊,明年就让它下羔。"

廷·巴特尔嘴上说得轻松,其实,家里的境况有多艰难,只有他心里最清楚。

只有自己带头去做,牧民才能信服你。身为嘎查长的廷·巴特尔事事做在前面,事事为牧民着想。

当时还是嘎查长的廷·巴特尔,把嘎查1.4万头只牲畜和数万亩草场分给每户人家,把牧草稀疏、退化严重的草场和最瘦弱的牲畜留给了自己。

在决定草畜承包如何划分时,他和老书记有了不同意见,一个坚持按家庭人口分,一个坚持按劳动力划分。双方各持己见,他在大会上和老书记争吵得很激烈,他给打个比方:

草畜双承包时的廷·巴特尔夫妇

"就拿咱两家说吧，你们家八口人，只有两个劳动力，可是八口人要吃饭穿衣啊。我家三口人，两个劳动力，三口人吃饭穿衣。"

"如果按照劳动力划分，那只能最后你们家最穷，我们家富。所以，按照人口分牲畜比较公平合理。"

"那你家可是要吃亏的了。"

"我是党员，就不怕吃亏，我要是拿我的权力分到最好的牲畜，分到最多的牲畜，我富裕了，那是丢人。"

看到廷·巴特尔这样坚持，老书记最后说："那还是听你的吧，按家庭人口分。"

当然，草场划分还是廷·巴特尔家最少。

嘎查长廷·巴特尔的牲畜最弱，草场也最差。1996年重新划分草场时，旗草原局的工作人员为补偿廷·巴特尔的损失，把靠河边的好草场划给了他，他发现后坚决换了过来。他说："宁可亏自己，也不能亏了牧民！"

但在为牧民利益考量时，他当仁不让。分牲畜时，有人提议外来户和本地牧民要区别对待，廷·巴特尔站出来，坚持说："必须要一视同仁，否则这个队长我不当了。"

他把队里的18万存款进行分红，牧民手里有了钱，可以购买自留畜。但是他却规定自己不能购买，一只大羊带着羊羔卖6元，大牛带牛犊卖45元，如果购买自留畜，他完全能拿得出这份钱来，而且能买得最多。但是，在利益面前，他又一次退到了最后。

廷·巴特尔把嘎查与牧民的欠款一次性结清，并把队里的拖拉机、牛车、马车、搂草机、毡子、打草机、草编绳全部分给牧民。他家什么都没要，连一根绳子都没要。

廷·巴特尔家一下子成了全嘎查最穷的那一家。

"现在大家都看到了，谁家都比我家富。"

"咱们就来一场致富竞赛，比比十年以后谁家能住上砖瓦房？二十年后谁家能开上汽车？"

廷·巴特尔是这样讲的，他也知道，有人不愿意听这些。对那些懒惰不愿意干的人，他在会上放了狠话，说："穷了没问题，再找我来。看你有没有决心改变？"

每天，廷·巴特尔骑着马到各个浩特，观察牧户的生产生活情况。他看到绝大多数牧户都在扩大牧业生产，羡慕满山坡的牛羊和马群。可糟糕的是大部分沙坡泛着白，就连河边的草场，也都退化了。

第二年开春，不少草场寸草不生，成了白碱滩。

有的牧民不从事牧业生产，喝酒后还打媳妇、孩子。还有的牧民只有三五十只羊，还要雇个羊倌，自己跑出去闲逛。

看着乡亲们这种消极懒散的状态，廷·巴特尔心里特别着急。嘎查好多牧民就是那个时候开始返贫，穷根儿也是从那时开始种下的。

萨如拉图雅面临不进则退的严峻考验，身为嘎查长的廷·巴特尔一时束手无策。

"草场沙化了，牛羊该怎么放牧？牧民以后的生活怎么办？"

牧民们各行其是，一盘散沙，盲目追求牲畜数量，不愿意及时出栏，更不考虑草场是否能够承受牲畜数量猛增带来的压力，生态环境日益恶化。和农村实行包产到户一样，草场牲畜从集体分到了各家各户，嘎查长失去了号召力，说什么牧民根本不听你的。谁想要东西就去队里搬，最后什么都没剩下，大队部的玻璃全被砸碎了，队部破烂不堪，被当成了厕所。

看到这些令人痛心的情景，廷·巴特尔陷入苦闷，他辞去了嘎查长的职务。

可他心里焦急啊！全嘎查80多家牧户，家家都在变穷。

"你再干下去，这一个队的牧民，有可能整体变成社会救济户，怎么干？我说反正现在我也管不了你们，你们都有本事了，你们去干，去过自己的日子，这个队长我不给你们当，你们找能当的人来干。"

廷·巴特尔辞职回家了。夜里，他坐在蒙古包里，一根根烟猛抽着，不住地咳嗽。夜深了，他依旧坐在那里望着星空发呆。

他的眼中浮现出父亲神采奕奕工作的样子。无论经历多少挫折和残酷的折磨，父亲依然神清气朗，自信乐观地面对生活。他还记得父亲的嘱托，到了那儿，就要好好地干……

寒风打着夜露，额尔敦其木格拿件衣服轻轻地搭在丈夫的肩上，靠着他坐下来，没有作声。她知道廷·巴特尔放不下嘎查的工作，放心不下牧民。

天不亮，廷·巴特尔便去了自家的牧场，一去就是一整天。

他蹲在沙窝子里，四处查看草情。眼前，是一片片裸露发白的碱滩，以前放牧牛马时，经常将马群赶到这里，让它们舔食碱滩上的盐粒。他边放羊，边规划着草原建设。

虽然卸任在家，但是他从未有过一刻停歇。

曾经，为了把牧民们建设草场的积极性引导好，廷·巴特尔开车跑遍了全嘎查的每一片草场和沙窝子，又亲手绘制了草原建设规划图、嘎查发展规划图、草场规划图、种树图、牧户分布图。在这上面，他还起草制订了嘎查的治沙计划。全嘎查83户牧民的草场和建设项目全部标注得清清楚楚，他把萨如拉图雅嘎查的一草一木和对美好未来的憧憬都装在心里，绘制出来。

他在心中描绘着未来草原的发展蓝图。

1984年，在廷·巴特尔宣布辞职一年后，他再次被选举为萨如拉图雅嘎查长。廷·巴特尔的得票数仅差一票全票，参加会议的牧民们情绪激动起来，有一位拍着桌子质问道："这一票是谁没投廷·巴特尔的？站出来！"

"是我没投。"廷·巴特尔起身说。那人这才不声不响释然地坐下。

这一票恰恰是廷·巴特尔没给自己投。

草畜双承包是国家政策，是大好事。群众在畜牧业生产上出现一些挫折，需要嘎查"两委"班子的领导当好"主心骨"，而不能任由自行其是，一盘散沙。所以，他一年以后重新担任了嘎查长……

额尔敦其木格说："我也投了他一票。那时候的嘎查，真正有文化、有头脑的人不多，他一放下，这个嘎查整个就完了。"

二、"七七"雪灾

这是历史上罕见的一次特大雪灾。锡林郭勒盟告急！

1977年10月26日至29日，锡林郭勒盟连续72小时降雪，雪深1米以上。先下雪，后降雨，地面结成一层冰盖，后期又覆盖了约30厘米厚的雪，牛羊无法刨雪采食，草原变成了茫茫"雪海"。东、中部的草场被埋在雪下，断粮、断草，牲畜处于极度饥饿的状态，万余名牧民被困。牧民称这场雪灾为"冰褥子、雪被子"，那是历史上百年罕见的"铁灾"。

新华通讯社报道："内蒙古自治区自西向东普降暴雪。其中锡林郭勒盟北部降雪量最大，锡林浩特累计降雪量达58毫米，超过该地区1960—1976年17年中10月下旬降水量的总和……局部地区达60~100厘米。雪后表层融化成冰壳，形成表层为冰的座冬雪……"

整个草原被苍凉的白色笼罩，仿佛空气被冻结，视野变得昏暗。暴风雪中，羊用力刨着已经冻成冰层的雪地里的草，四个蹄子鲜血直流，雪地上血迹斑斑，草原上到处是倒毙的牛羊。大雪夹杂着白毛风，覆盖了整个草原，牲畜无法运出，牧民被困。冰雪天气让牛羊的鼻子都冻出了血，身上驮着厚厚的雪。齐腰深的雪，使得牛肚皮下结成厚厚的冰绺，走起路来叮当作响。短短十几天里急剧掉膘，粮食运不进去，牲畜无草可食，造成大量死亡。

当时的人们还没有从刚刚经历的"黑灾"的阴影和恐惧中走出来。

1976年冬，锡林郭勒草原遭遇"黑灾"。入冬无雪，河流封冻结冰，牛羊膘情急剧下降，疫病流行。去年的灾情还未消解，又遭此重创。

锡林郭勒盟遭受特大雪灾，党中央、国务院和自治区党委政府给予极大关怀，在人民群众生命财产安全遭受严重威胁的紧要关头，党中央派来直升飞机一个牧点一个牧点空投救灾物资，慰问灾民……

怎么收不到廷·巴特尔的音信？

天寒地冻的锡林郭勒大草原，被茫茫积雪覆盖。每天看着新闻的廷懋夫妇的心揪紧了，不知道廷·巴特尔和牧民们是否安全？第一封电报发出去杳无音信。担心儿子安危的母亲开始茶饭不思，每

第二章 让草原变得更绿是我最大的心愿

天流着泪。一个多月过去了,听不到任何讯息,廷懋将军也开始坐立不安,他又发出第二封电报:如果还活着,速回信。

而此时,廷·巴特尔正在萨如拉图雅生产队的雪窝子里组织牧民抗灾自救。第一封电报发来时,他随手揣在兜里,道路阻断,而且他没有时间去公社拍电报,也就没再理会。在风雪中搏斗的他内心万分焦急,他牵挂着83户牧民的生命安全,每天算计着谁家需要牧草,谁家没有粮吃了,还有谁家需要送盐、茶叶等生活物资,孩子有没有过冬御寒的棉衣?每天,他都要在脑子里过一遍,有的需要按照尺寸准备布料。

当队长,真比当爹娘还要操心啊!这边为牧民奔波忙碌的他,竟然忘记了千里以外父母对他的日夜牵挂。此时的他只记得,全大队的牛羊需要吃草,牧民需要活命啊!

暴风雪持续着。昔日的沙窝子早已经被大雪填成白茫茫的雪原,危险一点点迫近。

浩特里出去找失散畜群的牧民,被暴风雪卷得迷了路,找不到回家的路。出蒙古包取牛粪生火的女人被暴风雪卷走,等摸回家中时,已经天黑,人早已冻得说不出话来。孩子们饿得爬在地上哇哇大哭,一家人紧紧地搂作一团。

人断粮,畜断草。飞机在空中投放粮食,坦克在地上开路救援,可是物资十分紧缺,成群的牛羊像雪雕一样倒毙在风雪中。

廷·巴特尔的内心焦灼万分。

在雪灾前,既当队长还做配种员的廷·巴特尔,踏着没膝深的积雪,顶着凛冽的白毛风,挨个浩特去给牛羊做配种。10月份的雨加雪天气,让他即刻警觉起来,他意识到今年会有严重的雪灾,当即做了一个决定,全浩特停止配种。为了提高牲畜抗灾能力,先以保膘为主。他一遍遍告诫牧民，宁可留"苏白"羊，不繁殖，首先得活命。

几天内，廷·巴特尔将要做配种的羊迅速分回牧民各自的牧点。

大雪后道路被封，无法行走，所有交通阻断。有的牧户和牧户之间打通了雪洞，雪洞成了他们特定时期的生活通道。廷·巴特尔开始行动起来，组织抗灾自救，他熬夜做铲雪用的铁耙子、木锨、铁锹，组织牧民人手一把锹，雪下要草，进行破雪放牧。他做过破雪放牧试验，用耙子一天破开的草场够100只羊吃一天。

他带领知青先把被大雪围困在秋营盘的牧户和畜群全部搬到冬营盘。牛羊的卧盘地都冻上了厚厚的一层冰，他带领牧民用镐头刨，翻出下面的干地，起羊粪砖，垒砌挡风墙。积雪下的草也是带冰的，羊只能啃食带冰碴的草。被埋在雪底下的羊，一声声地哀号着……

"能救出几只羊，就救几只。"廷·巴特尔带领大家一锹锹挖着，溅起的冰碴和雪块砸到脸上，扎得生疼。在刺骨的寒风中，他的手完全被冻僵，失去知觉，只能停下来用力地搓，直到有了知觉再继续干。

当时是秋末，牧草没有完全变成枯黄。牛马吃露出雪面的芨芨草、锦鸡儿的高杆小灌木，其他牧草全被埋在雪下。积雪"青储"了牧草，只要刨开雪，牲畜就有充足的优质饲草。马群在前刨雪开路，牛羊跟在马群后边，吃着牧草和马粪。受灾严重时，马粪也成了牛羊的上乘救急饲草，只要走到附近积雪少的草场过冬，牲畜不会遭受太严重的损失。

廷·巴特尔带领知青们与寒冷、风雪、饥饿搏斗了十几个小时。他一刻都不敢停下来。他知道,这是在与死神较量的时候,他的眼里浮现着倒卧在冰雪里的牛羊、牧民绝望的眼神、撕心裂肺的哭声……他的心在淌血。

暴风雪越来越大,随着雪灾的加重,牲畜饲草料严重不足。饥饿难忍的牛,在后面咬着马尾巴,开始啃食羊身上的绒毛。羊也相互啃咬着。饿死的牛羊肚子里挖出了碗口大的一团团毛球。马群里的马都被咬成了秃尾巴。

天天降雪,还刮着白毛风。积雪加厚,牛羊圈冻、储草冻、牛粪冻,不断有牲畜死亡,牧民缺吃缺柴。牧民每日靠雪水炒米度日,没有取火的东西,便拆下棚圈的木栅栏和蒙古包的哈那烧火,蒙古包里的箱子、柜子还有车轱辘都被烧掉取火,有的连铺的毡子也烧掉了,家里老人孩子还生着病。雪地里的蒙古包,有的几天都看不到烟火。

缺柴,断炊,牧民们挣扎在生死线上。

廷·巴特尔顶着风雪,骑马、骑骆驼挨个浩特给牧民去送炒米、肉干。

他与风雪争抢时间,挨家挨户通知牧户,将老弱牲畜过不了冬的全部宰掉,集中力量保母畜和种畜,想尽一切办法,将损失降到最低。

廷·巴特尔把知青组织起来屠宰羊,乳粉厂厂房变成了屠宰场。将羊剥掉皮,去除内脏,然后整个拿到冷库冷冻。头蹄一堆、羊皮一堆、白条羊一堆,乳粉厂变成了冷库。离得远一些浩特的牧民就在自家屠宰。廷·巴特尔又联系部队,处理了白条羊和羊皮,机动车一时进不来,决定等到第二年开春雪化路通之后运走。直到牧民有了基本生活保障,廷·巴特尔这才稍稍松了一口气。

萨如拉图雅沙窝子高处的柳条和榆树带能挡风避寒，灾年中相对于别的牧场好一些。雪灾时，东乌珠穆沁旗、西乌珠穆沁旗灾情严重，牧户便开始到毗邻旗走敖特尔。

萨如拉图雅大队一下子涌进十几户牧户前来过冬。牲畜增多了，草场被大雪掩埋，牲畜死亡很多，牧民就用死羊堆砌成围栏，一层层把羊垒起一米多高。

走场的十几户牧户灾情严重。春节前，廷·巴特尔带着牧民包饺子、包子去慰问前来走场的牧民，给他们送去救灾物资。

牧民们流下了眼泪，说："你们给我们送来的不是粮食，而是珍珠玛瑙、金米银面。"

开春，走场的牧群走后，廷·巴特尔组织牧民打扫草场，清理这些被扔下的死牛羊，组织大伙儿剪羊毛、扒牛皮。对于牧民自家死亡的牲畜，也组织他们将牛皮剥下来，剪下马鬃、马尾巴，将牛耳毛、蹄角、山羊胡子、骨头这些都换成钱，把灾年的损失降到最低。

大雪纷飞中，廷·巴特尔不仅要给牧民送吃的，还要关注谁家草料没了，及时给补充点儿。一次，廷·巴特尔在给牧民送草料的途中，不太远的路程，竟走了两天一夜。边走边挖雪，道路刚通开，转瞬又被白毛风给堵上了。他渴了抓把雪，饿了吃口炒米。

一个多月时间，一个牧点一个牧点，他全部察看了一遍。

而此时，家中第二封电报发来了。这封电报在途中已经耽搁了20多天。连续多天的降雪，交通阻断，阿巴嘎旗通往公社的多条线路已中断。冰凌已将电话线裹住，冻成像椽子一样粗的冰棒，电话打不通，电报发不出去。

廷·巴特尔知道母亲一定心急如焚，只得回去。

他处理好队里的事情，跟着春节前的最后一辆运粮货车，两天两夜才蹚出灰腾梁。

廷·巴特尔回到呼和浩特市的家，每天如坐针毡，当队长的走了，在家的社员们肯定着急啊。他每天关注着天气预报，望着窗外的积雪，他的心飞到了草原上。

"不知走场的牧民安置好了没有？"

"牧民家有没有吃的烧的？"

"雪窝子里的牛羊咋样了？"

他在家刚待了两天，就和父母说："我不能在家这么待着，我要马上返回去。"看着廷·巴特尔在家茶饭不思，每天焦急地来回走动，母亲含泪连夜给他打点好行装。

可是去往锡林郭勒盟阿巴嘎旗谈何容易，所有交通阻断，班车停运，从呼和浩特市到锡林浩特市，从锡林浩特市到阿巴嘎旗，整个路途没有车辆通行。

春节刚过，廷·巴特尔逢人就打听，怎么样返回阿巴嘎旗。可是交通已经堵塞中断，最后只得搭乘一辆运输抗灾救灾物资的六轮卡车。载重的军车在草原上吃力地前行，车后扬起的冰雪甩得他满脸满身，像披了一身白色"铠甲"。他坐在车斗里，全身冻成了"铁疙瘩"，牙齿上下打颤，身体缩作一团，已经变得麻木。途中，打听到灰腾梁有个拖拉机要回萨如拉图雅，可是当步行一天走到的时候，才知道那台拖拉机轮胎坏了，拿去锡林浩特市补胎了。没办法，廷·巴特尔只好蹚着雪路走，这一路辗转走了20多天。

开春，廷·巴特尔和六七个男知青负责寻找牧民被大雪埋住的生活用品，周围的雪深及腰，他几次摔进了河里，粘在身上的泥水结成了冰，腿上生了冻疮。

77

蒙古族有句谚语："雪无百日。"然而，这场雪灾却整整持续了150天。一位80多岁的老牧民回忆说："活这么大岁数，从来没见过这么大的雪。"

人们称这场丁巳年白灾为"铁灾"。全盟四分之一的牲畜被大雪吞噬，损失掉300多万头（只）牲畜，经济损失达1.7亿多元。很多牧户饱受重创，成为无畜户。

锡林郭勒盟四千名干部冲锋在抗灾第一线，携手共战，保人保畜。

苏尼特左旗达日罕乌拉公社芒来大队女队长宝音领着8岁的女儿，牵着骆驼车，吃住在冰雪地里，与风雪奋战十天十夜，将牲畜安全赶到冬营盘。

西乌珠穆沁旗阿尔山宝力格公社白音乌拉生产队副队长德力根带领全队931头牛走场，连续奋战21个昼夜，到达目的地后由于过度疲劳，献出了年轻的生命。

镶黄旗新宝力格公社文格其大队23岁的女社员诺玛在放牧中，同风雪搏斗了26个小时，被风雪冻伤，截去了双手。

西乌珠穆沁旗白音胡硕公社布日登生产队50多岁的牧民妇女帕格玛患有高血压病，还坚持每天破雪放养几十头牛，最后牺牲在了破雪放牧的草场上。

西乌珠穆沁旗巴拉格尔牧民白音吉日嘎拉在给牲畜清理雪窝子、筑挡风墙时，突发疾病，倒在了牲畜卧盘上。

白音锡勒牧场七分场一名牧工在风雪中运草，被暴风雪吞噬。

…… ……

这场雪灾超越了当时物质条件所能抗御的极限，是一场带有"毁灭性"的特大灾害。但由于广大干部群众团结一心，抵御灾害，

| 第二章 | 让草原变得更绿是我最大的心愿

力保了一部分牲畜,牧民们亲切地称呼奋战在一线的干部为"骑骆驼的书记""拿铁锹的主任"。

有的牧民家牛羊一只没剩,拉着空栅栏从冬营盘雪窝子里走了出来。由于雪路受阻,无法前行,没有准备烧柴牛粪,为了暴风雪中不至于冻死,牧民就把木栅栏也劈了烧火。最后回来时,两手空空,只有满脸泪水和绝望。

失掉畜群,对于牧民来说是个巨大的创伤。

那年,那雪,那场敖特尔,那场历史罕见的大雪灾……使得锡林郭勒盟的畜牧业生产遭受重挫,人们的心在滴血。

东乌珠穆沁旗原旗长那·德力格尔回忆:"我旗东部乌拉盖、呼热图淖尔、查干淖尔公社180多户牧民赶着20万只牛羊,到哲里木盟扎鲁特旗、昭乌达盟阿鲁科尔沁旗及兴安盟科右中旗的公社、林场走场。"

用铁锹挖,用骆驼车开辟积雪,挖雪路前进,一条又细又长的

阿巴嘎旗"七七"雪灾老照片

敖特尔队伍行进在茫茫的雪海，像秋天天空上南归的大雁。但他们却不知前行的路，是凶是险，何时是归期。

　　从冰路前进，由水路返回，冰雪中人畜混成一片。本场敖特尔从出来到回去用了整整五个月时间，最多的一次共走了34场敖特尔。

　　这场雪灾成为人们心里永远抹不掉的记忆。

　　长达五个月的特大雪灾中，廷·巴特尔一直忙碌在雪窝子里，磨坏了两双毡靴，耳朵冻得直流黄水，冰碴刮得脸上出现了一道道血痕。

　　罕见的暴风雪过去了，廷·巴特尔的内心却始终无法平复下来。原先超过百万头（只）牲畜的阿巴嘎旗，灾后仅剩下25万头（只）。萨如拉图雅1.4万头（只）牲畜，仅剩4400头（只）。牲畜遭受严重损失，1977年阿巴嘎旗乳品厂全部停产。灾害带来的巨大损失和生活的突变，人们的恐惧和无助，以及那绝望、求助的眼神袭击他的心头。撂在风雪中成堆的死牛羊，这些是牧民的家产和希望啊！

　　泪水迷蒙住了廷·巴特尔的双眼。

　　与暴风雪抗争，与风沙战斗，他原本可以不选择这样的生活。

　　廷·巴特尔的心胸比草原还宽广，他把博大的爱献给了草原。

三、喜看沙地换新装

　　8月，原是草原最美的季节，然而阿巴嘎草原到处裸露着沙石，风吹过，扬起一阵阵黄沙。草原像榨干了乳汁的母亲，满目疮痍，难堪重负。

| 第二章 | 让草原变得更绿是我最大的心愿

萨如拉图雅沙丘起伏不断，连片的沙窝子时刻威胁着这片贫瘠的草原，也给这里的人们带来了沉重的灾难。

20世纪80年代，由于过度放牧和连年干旱，草场退化沙化严重，寒潮大风多发，成片的沙包，光秃秃一片。沙丘平均高度10~15米，土壤类型以风沙土为主，多为流动、半流动沙地，几乎寸草不生。这里成了人们眼中"进去就出不来的沙窝子""能要人命的雪窝子"。

当地牧民这样形象地描述：过去因为草长得高，打狼时撵着撵着就不见了；现在满地跑的老鼠，出溜出溜的一个个都看得一清二楚。那种"天苍苍，野茫茫，风吹草低见牛羊"的景象，再也看不到了。

"羊群走过，寸草不生，啃一口，草就被连根拔起，再啃一口，就是满嘴的沙子。"大片荒漠化的草原让廷·巴特尔心痛不已。

哪里出现沙坑，他都会担心这些沙坑会越来越大，越变越多，终有一天，会吞噬整个草场。

是啊！廷·巴特尔又怎能放下对牧民的牵挂，他常说："我不管谁管？我不做谁做？"

蒙古包外，看着孩子在泥水里打滚，手上脸上沾满了泥巴，廷·巴特尔陷入了沉思。牧区的生产生活面貌什么时候能得到改变？改变不了的原因在哪里？如果对天然草场只知利用而不注重保护和建设，任由草场退化，那牧业生产谈何发展？

廷·巴特尔意识到了问题的严重性。

在嘎查会议上，廷·巴特尔亮出自己的观点，草原最大的危害是沙化，如果现在不保护，十年以后，不用说萨如拉图雅，或许阿巴嘎草原都已经被风沙吞没了，那时候我们就彻底失去家园。

"沙尘暴一来，牧民的房子都要被埋掉一半！最糟糕的是草原上没有打草的地方，沙丘裸露，牲畜就会被饿死，牧民就没有了收入！"廷·巴特尔忧心忡忡。

高格斯台河经常断流，查干淖尔的湖岸连年后退，经过连续三年的大旱，2002年春季全部干涸，80平方公里12万亩的湖面全干了！

查干淖尔干涸的湖底白茫茫一片，盐碱粉尘漫天飞扬，吸进人的肺里使呼吸困难，落在衣服上成了厚厚的一层白色粉尘。牛羊吸进粉尘，不停地打喷嚏、咳嗽，身上覆盖的白末好像下了雪一样。网围栏都被锈住了。

浑善达克沙地生态急剧退化恶化。仅2000年春，短短一个月时间，沙尘暴就11次肆虐华北、殃及京津，成为京津地区最近的"大沙盆"。浑善达克沙地沙丘连绵，方圆千里，个别区域出现了沙进人退的现象，每年以1.8公里的速度向北京方向推进，名副其实成为距离北京最近的风沙源。浑善达克沙地的荒漠化，严重制约了地方经济发展，威胁人畜安全。

浑善达克沙地，成为难以驯服的狂躁的"野马"。

烈日下，廷·巴特尔踽踽独行的身影，长长地印在了沙地上。

"治理前，几乎每天都刮沙尘暴，被风沙吞噬的牧场，能见度不足50米。"

"走到对面都看不清人，路上也根本走不了车，全是沙子。到了秋天，牧民也打不上草。"

廷·巴特尔和妻子放牧回来，脱下靴子，里面的沙子倒出来满满的一个小沙堆。他家新盖的一间半土房，也被埋掉只剩半个房顶了。

原本郁郁葱葱的草原被掠夺得变了模样，所有这些灼烧着廷·巴特尔的双眼。

浑善达克沙地滚滚沙丘正在吞噬着草地，干旱和过分的掠夺，导致优质牧草逐年减少。1975年，锡林郭勒盟草原管理部门工作人员到萨如拉图雅普查，当时草原上有720种牧草。2001年，内蒙古农业大学师生过来普查时，这里仅剩下240种牧草。有三分之二的牧草已经消退甚至绝迹，而这消失掉的豆科类牧草，正是牲畜抓膘的优质牧草。眼下，密度下降到1亩能打10公斤干草的草场都没有多少了。

草原荒漠化后，有一种叫狼针草的植被疯狂蔓延，这种草的种子就像针一样，扎进牛羊的肚皮里，使牲畜无法吃草。

廷·巴特尔的牧场是人和牲畜都不光顾的地方。秋天打不上草，可以拉草，可以围栏。把河边圈了起来，可还是没有草。

不断递减的草原对牧民的生计构成了威胁。由于缺少其他收入来源，牧民们只能将更多的牛羊赶入退化中的草原，形成恶性循环。

这个蒙古族汉子望着眼前沙化的草原陷入了沉思……

"没有草场，我可以种出草来，我一定要让这片草场恢复原貌。"他一边干活儿，一边给自己打气。

曾经，在草原上骑马驰骋是一件多么惬意的事情。这里曾是一望无际的草原，108眼泉水汇聚而成的高格斯台河从这里流过。草深过膝的大草原，弯弯流淌的河水，这是无数次出现在他梦中的场景……

那时，累了可以在草原上嗅着花草的清香，放眼蓝天白云休憩。

何种放牧方式才能保护草原生态环境？才能彻底改善草场生态呢？

他苦苦地不断地思考。

在当知青下乡的那几年，廷·巴特尔已经熟悉了牧区逐水草而居的传统游牧方式。

走敖特尔是草原上规律的生产生活习俗。

牧民把草场分为春夏秋冬四季牧场。春营地选择可以避免风雪灾害的草场，达到保膘保畜的目的。夏营地选择山丘、平川的细嫩草场，可乘凉。秋营地选择凉爽、草质好的草场，增强牲畜的耐寒能力。为了保证牲畜安全度过漫长而寒冷的冬季，冬营地要选择向阳、适合卧地的地带。四季游牧还要考虑畜群吃草的习性，山羊、绵羊、马群选择有营草、苇子、山荒草、蒿草的草场，牛和骆驼要选择茂盛的带刺的高草。每年6月中旬，是阿巴嘎草原水草丰美的季节，8月中旬再回到嘎查。

"每年这个时候正是牲畜长膘的好季节，在自家的牧场逐水草迁徙，选择不同的地方放牧、生活。"牧民世代相传的游牧生活，冬夏营盘的走场，对草原也起到了一定的保护作用。廷·巴特尔熟悉这片草原。

草场牲畜承包到户后，以往的游牧变成定居放牧，很多牧民盲目追求牲畜头数，加剧了草原退化、沙化的程度。草场退化严重，牲畜处于饥饿状态，廷·巴特尔看到饥饿的羊刨地吃着沙土。

草场生态的恶化，直接导致了牧区的贫困。萨如拉图雅嘎查成为全苏木生态条件最差、经济最落后的嘎查。他思考着：草原生态不治理实在不行了，不仅是一年多于一年的沙尘暴，一年甚于一年的自然灾害，就连牧民的生存也受到了严重威胁。

| 第二章 | 让草原变得更绿是我最大的心愿

廷·巴特尔还记得知青下乡刚来时，下过雨的草场，一晚上就能披上绿装。在寂静的夜里，似乎能听得到小草拔节生长的声音。

骆驼爱吃一种枯黄带刺的草，在雪上随风滚动的团状的扎蓬棵，随处可见。

芨芨草就像沙地的卫士，为这片荒凉萧瑟、植被奇缺的沙地草原增添了一抹色彩。如今，连芨芨草都很少见了。

牧民赖以生存的草原环境每况愈下，连狼都能饿死在草原上。

失去了水草丰美的草地，就是失去了美好的家园。牧民们有些绝望了。

"有些地方草退化得连黄鼠的肚皮都遮不住了。草原生态不治理实在是不行了，说不定再过十几年或二十几年，这里就是一片荒漠。沙漠吞掉了家园，我们怎么向子孙后代交待啊？"廷·巴特尔的忧虑并非杞人忧天。

对草原真挚的爱，已经成了他生命的一部分。

草原秃了，沙漠就来了，地下水脉就会随之减少。只有地表植被恢复了，沙化才能遏制住，水脉自然也会有效涵养，生态才会好起来。

萨如拉图雅沙地草原是介于沙漠和草原之间的一种地貌，生态环境十分脆弱。

廷·巴特尔意识到，要改变现状，必须实行"围封轮牧"。可是，牧民们仍然延续着传统的靠天养畜的生产方式，发展生产与治理生态发生了矛盾。如果不改变畜牧业的生产方式，就永远摆脱不掉贫困和生态恶化的恶性循环。

他每天在草场、沙窝子里转，为了弄清楚草场植被的种类和产草量，在沙窝子里一蹲就是一整天。他在沙窝子里数植被的棵数，

中国牧民

这里每平方米长草100棵，那里每平方米长草20棵。他一株株仔细数着，现在，每一株草在他的眼里是如此的珍贵，这可是牧民生存下来的希望啊！

"不能再无节制地放牧了。"

可当时很少有人能接受他的观点。千百年来形成的习惯和传统游牧方式，很难改变。廷·巴特尔苦口婆心地劝说牧民："牛羊不是牧民的命根子，草原才是牧民的命根子。"

"草场一旦破坏了，用金子也买不回来了。"

"没有吃的草，不能抓够膘，这个冬天牛羊就熬不过去了。"

"没有草场，哪还有牛羊，哪还有牧民，哪还有家园？"

可说哑了嗓子，磨破了嘴皮，响应着仍旧寥寥无几。改变畜牧业生产方式，说起来容易做起来难。牧民们对此有争议：

"自己家的羊，自己家的地，爱怎么放就怎么放！"

"搞围栏？谁爱围谁围！"

怎么转变牧民的"死脑筋"？必须有人带头。廷·巴特尔眉头紧锁。

他知道要改变牧民们长期形成的自然放养习惯，必须用事实说服他们。

"他们不信你说的，只信你做的。"廷·巴特尔决定就在自家那片全嘎查"最赖"的草地上种些植被防止继续沙化，封育轮牧恢复生态。过度放牧导致生态恶化，继而导致了牧区的贫困，这个恶性循环的怪圈必须打破！

建设草原需要水。生活在浑善达克沙地里的人祖祖辈辈吃水困难，牧民要去几十里地外去打井拉水。再加上这里十年九旱，每年的春旱造成牧草难以返青。水，成了制约草原生态建设的根本问题。廷·巴特尔带头在自家草场上尝试打井引水，走建设养畜的路子。

在沙地里打井可不是件容易的事儿，常常发生塌方伤人的事故。历史上牧民们有在沙地打井的传统，多利用柳条编织成井套，随着井的深度，接套而成，防止井壁塌陷。柳条编织的沙地井费时费力，年久还容易塌陷，牧民们对此也束手无策。

廷·巴特尔反复琢磨试验，总结出一个简便易行的打井办法——用水泥和钢筋浇铸成一个个圆形的井筒，打井时就把井筒放到选好的井位上，人在水泥井筒中往下挖，随着沙土坑越来越深，水泥井筒也慢慢下沉，到一定深度后，再续接一个同样的水泥井筒。

阿巴嘎草原上用新式打井法挖的第一口井就这样喷涌而出了！

这种打井法省时又安全，很快在锡林郭勒草原上普及开来，在草原生态建设中发挥了重要作用。牧民们形象地称之为"廷·巴特尔打井法"。

变柳条井套为水泥井筒，是一种跨越式的革新。

"廷·巴特尔打井法"很好地解决了沙地草原流沙塌方的难题，牧民们纷纷效仿。

有了水，就可以种青贮；有了青贮，就可以更多地封育草场。封育的草场逐步恢复生机，恢复生机的草场就有了条件进行放牧，这成为一个良性循环。

他根据草场的实际，在草原生态建设上又带头做了几件大事。

头一件事儿是围封草场。就是把草场围起来，封闭起来，不让牲畜采食。"把自家承包的草场用围栏分成不同的区域，实行四季轮牧，不同的功能划分用于打草、接羔、种植树木等，让草原休养生息。"

"划区轮牧要根据草场的地貌划分，比如有河的怎么划分，有路的怎么划分，沙化严重的怎么划分，这样有针对性地划分，合理利用，哪一块草场不好，就恢复哪一块。"

"划区轮牧还有一个重要的作用就是对牲畜的防疫，如果有疫情可以进行隔离，预防牲畜之间互相传播。"

"喊破嗓子，不如做出样子。"他开始因地制宜，带头搞起了围栏封育。

但是当时他家中非常困难，做网围栏的费用很高，需要买铁桩，拉网围栏。不能一次完成，就一点点拉，每年围封一块草场。没钱买铁丝，廷·巴特尔和妻子就去野外、垃圾堆里捡铁丝、铁条。两个人还一起出去掏过喜鹊窝。喜鹊搭窝时，常会叼来一些细铁丝固定巢穴，他们掏喜鹊窝就是为了得到那几根细铁丝，可以做围栏时使用。

廷·巴特尔把草场用网围栏围了起来，让草场休养生息。牛羊按照季节进行轮流放牧。他把自家的5926亩草场分成9块，两片禁牧，一片种青贮，一片种杨树，一片生活区，其余四片分春夏秋冬轮牧。面积最大的是夏季草场，冬春季草场、秋季草场、打草场、两块牛犊放牧草场、备用草场、经济区及生活区，这些区域间都隔有围栏，互不相属，相对独立。

为什么把草场划分为大小不等的9块呢？廷·巴特尔在心里早已算好了一笔账。

每年9月底，全部牲畜进入冬春季草场，直到第二年5月底，放牧期为8个月；从5月底到7月底进入夏季牧场，放牧期为两个月；从7月底到9月底进入秋季草场，放牧期为两个月。这里还有两个好处：一是母牛产犊后将牛犊赶到专用草场放养，避免牲畜数量增加而对夏季草场有所破坏。另外，牛犊单放能够保证膘情，安全过冬有保障。二是7月底就把畜群转移到秋季牧场上，这时正是草籽成熟时节，为自然播籽创造条件，牲畜不会把带有草籽的牧草全部吃掉，这样可以使草场始终处在有效保护中。

科学地划分，使每块草场都能得到相应的修复时间。冬季贮草全部实现自给，牲畜放养基本是零成本，但效益却是成倍增长。

"先做出个样子，给大家看，吃亏就自己先吃。"

他做的第二件事情也与众不同，是卖掉自家的60只羊，圈起300多亩草场封育。

卖羊的时候，妻子额尔敦其木格拦着说："咱自家有这么大的草场，为啥要把羊卖了？这可是这么些年辛苦攒下的。"

从小就放牧的她，对羊群的感情太深了，她搂着娘家送的几只羊，抚摸着羊的额头，伤心地不让抓走。那是几只从羔羊时就一点点喂大的"黑头羊"。

这可是两个人结婚后辛苦打拼、攒起来的60只羊。当初承包到户分到的那些老弱病畜，是怎样一点点饲养，这其中包含着两个人多少心血啊！

廷·巴特尔看着伤心欲绝的妻子，安慰说："先让草恢复生长，才能保证牛羊能活命啊！相信我！要哭就哭一场吧，我给你和羊群最后照张相，你以后再想它们了，就看这个。"

看着丈夫的努力坚持，额尔敦其木格不再作声了。

"一开始我不太同意，我们一直养羊，我觉得养羊好像是比养牛挣钱似的。后来我想想他说得也对，就卖了。"最终，额尔敦其木格还是支持了丈夫的做法。

中国牧民

只是每天日出,她还是习惯性地走向羊圈,抚着圈门,看着空荡荡的圈舍,几度落泪。

廷·巴特尔每天在牧场忙碌,在各处测量青草和植被的长势……划定每平方米范围种不同类型的草,做产草量试验,详细地记录下来。在草场上,他一蹲就是一整天。

刚开始搞围栏,牧民们还不适应,觉得拉上围栏,牲畜就过不去了。"虽然草场是你的,但过去没有界线,我的牛还能过去吃。你一拉网围栏,牛就过不来,他就有意见了,感觉你把我这个路给挡住了。"

牧民们质疑廷·巴特尔的围栏封育这个举动,议论着:"把钱都扔在荒滩上,太不划算了!"

在锡林郭勒草原的大旱之年,廷·巴特尔家秋季的牧草长势最好,他和额尔敦其木格每人拿着一把长钐镰刀,左右抡动着,正在忙着打草。草甸子上,铺满了一条条割倒的弧形排列的羊草,一天时间,竟然打了一东风车羊草。他家当年仅卖饲草就收入了几万元。

这样一来,廷·巴特尔的信心更足了,他又不断地扩大围封面积,开始在草场上划区轮牧。继续分成9个小草场,有禁牧的,有种青贮的,有种树的,还有分季节进行轮牧的。

他种植沙蒿沙柳,封固了沙丘向前蔓延的步伐,还种上了沙打旺、草木犀、紫花苜蓿等优良的牧草。固沙植物高过了沙障,柳条可以扎围羊栅栏,树干还能盖棚圈。

给优良的草场提供充足的营养,同时严格执行轮牧制度,并有防灾用的备用草场,另外建设储草棚一处,采用全封闭遮光式结构,可储备20吨青干草备用,保证在大雪灾年时牛羊能有足够的草料。

　　草好，膘情也好。一年过去了，廷·巴特尔围封的300亩草场竟打了9马车饲草料，相当于其他牧民1000亩草场的打草量。同样出栏，别人家两头牛卖1000元，廷·巴特尔家一头牛就卖了1200元。

　　廷·巴特尔围封草场时，牧民们并不在意，围封的结果和卖牲畜的差别却让他们大吃一惊。他们纷纷找廷·巴特尔请教。廷·巴特尔抓住时机，拿出几本草牧场产草量的记录本，把围封和不围封草场的产草量、草的质量和密度讲给牧民们，引导他们增强保护生态的意识。

　　人们开始认识到生态环境恶化的后果，沿途很多草地被设置成禁牧区，让枯竭的草场得以休养生息。

　　"我们要善待草原，保护生态，走可持续发展的路子。"

　　牧民们从观望到关注、参与，有了积极性，这让廷·巴特尔看到了希望。

　　"一定要好好引导，并帮他们规划好。"廷·巴特尔又忙开了，开上他的车整天在草场上、沙窝子里转。

　　草场的自我修复能力是超强的，只要给它一定的修复时间。

　　划区轮牧，让草原休养生息，实践证明了廷·巴特尔的远见卓识。

　　他家草场上的白沙地几乎全被改造过来，植被恢复了50%，成了全嘎查最好的打草场，每亩平均产草达到了1000公斤，他家每年的青贮、饲草都能打几十万公斤。这种差别让牧民们从心里服了，他们都学着廷·巴特尔搞起了网围栏和划区轮牧。

　　看到草场有了改善，他又开始种植青贮，补播草籽，在水源丰

廷·巴特尔家庭牧场

富的地方种树，还在自己房后建暖棚，夏季种蔬菜，冬季接羔。

经围栏轮牧，自家用不了的草，他还分给其他牧民。禁牧期间，贡斯玛、巴·乌兰家正为没有饲草料发愁，圈里下羔的羊嗷嗷待哺，大羊没有奶。廷·巴特尔给他们送去自家贮备下来的几万斤饲草料，还对其他牧户说："谁家缺草料，到我家的牧场打草。"

短短几年，他家曾经是全嘎查最差的草场就变成全嘎查最好的草场。

牧民们这回信了，纷纷拿出钱搞建设，拉起网围栏，植树、种草、轮牧。

牧民们按照廷·巴特尔的规划一项一项地实施，轮牧区、休牧区都很明确。

那一年，全嘎查所有牧户都建了网围栏，一共打水井49眼，建棚圈4820平方米。嘎查在畜牧业基础设施建设上投入达200多万元,增强了防灾抗灾能力。围栏草场的总面积达到16万多亩,有三分之二的牧户在围封的草场上进行了划区轮牧。

大片的草场封育轮牧,草原渐渐恢复绿色。

又一次大雪灾后,萨如拉图雅嘎查的牲畜这次没有挨饿受冻的,牧民们信服地说:"跟着廷书记干,准没错。"

四、愿驰千里足,送儿还"青绿"

草畜承包后,廷·巴特尔非常忙,有一年多没有回去探望父母。廷懋将军夫妇很思念草原上的孙女,这年深秋,夫妇俩来到萨如拉图雅嘎查。

只见廷·巴特尔骑着马远远地赶来,身着蒙古袍,脚蹬马靴,皮肤被草原的碱风吹得皴裂,脸色暗黑。他们几乎认不出这个早已被风沙打磨得变了模样的儿子,他已经成了一位地地道道的牧民。

儿媳额尔敦其木格在忙着往回圈羊,一岁多的孙女坐在外面的泥塘里玩耍。母亲走上前,抱起孩子亲吻她冰凉的脸和沾满泥巴的小手,噙着泪水搂紧孩子走进蒙古包。

夜很深了,一家人围坐在一起商量着,母亲说:"孩子这样养不行,我们带回去给你们养吧,让她好好上学。"

额尔敦其木格咬着嘴唇,低声啜泣着,廷·巴特尔的烟袋锅一闪闪地亮起。暗夜中,炉子上的火苗舔噬着黝黑的茶壶,奶茶在茶壶中嗤嗤冒响。

前些时日,廷·巴特尔和妻子赶着牛羊去赶秋营盘。一天一大早,浩特里的一户牧民来找他帮忙宰杀牛。他赶紧收拾完就出去了,妻子着急出去放牧,就把姐姐家的5岁女儿和小陶格斯留在家中。等忙到中午回来时，发现两个孩子不见了。额尔敦其木格在营盘里四处找着，哭喊着孩子的名字。见蒙古包四周没有孩子的身影，额尔敦其木格顾不上骑马，急忙跑着出去寻找。孩子会不会掉进沙窝子里，掉进井里？她翻遍每个沙坑，又连忙跑到井口旁，掀开井盖查看，没有。额尔敦其木格又继续向前寻找。

已经是深秋，草原的风沙刮得人站不稳，冷风吹得人身体直打战，不一会儿手指就冻僵了。两个幼小的孩子，到底去哪儿了呢？

"高娃——陶格斯——"

"我的女儿啊，你们在哪儿啊？"额尔敦其木格在风中呼喊着孩子的名字，谁能体会一个母亲此时焦急的心情啊！

冷风无情地撕扯着这位母亲的心。

廷·巴特尔骑着马追上来，在沙窝子里寻找，他发现了两个孩子留在沙滩上的足迹，不远处还有掉落在地上的黄纱巾和女儿的小靴子。两个人的心收紧了，他们顺着两个孩子的脚印焦急地找寻着，在前方的一处草滩处，终于发现了两个孩子。姐姐抱着周岁的妹妹，头发散乱，瘫坐在地上，正哇哇大哭。

找到孩子的额尔敦其木格从马背上跳下来，冲向两个孩子，边抽打着她们的屁股，边哭了起来，廷·巴特尔赶紧在一旁劝慰着。原来，两个孩子饿了，姐姐带妹妹想回家喝奶茶吃馃条，从蒙古包走出来后就迷路了。姐姐一直抱着妹妹，天黑了也找不到回家的路，她们又冷又饿。额尔敦其木格心疼地将两个孩子紧紧地搂在怀里。

从此以后，只要出去放牧时间长，额尔敦其木格就会背上女儿一起出去。

这些年的辛酸只有他们自己能真正体会得到。

| 第二章 | 让草原变得更绿是我最大的心愿

"我当时是队长,一个嘎查都指望我。一遇到困难就撤退,那我原来说的想把牧区改变,不是胡说吗?"当说到女儿时,廷·巴特尔满怀愧疚,强忍着没让眼泪流下来。

廷懋将军夫妇看望廷·巴特尔一家

这是嘎查最艰难的时候,也是事关全体牧民生存攸关的时刻,他不能退缩,他们必须在这儿坚守!

这一晚,廷·巴特尔和额尔敦其木格商量了一整晚,决定将女儿交给父母带回呼和浩特市照管。

分别时,女儿陶格斯的哭声撕碎了母亲的心,也撕碎了草原的夜空,连草原的风都呜咽起来。

就这样,1岁10个月大的陶格斯离开了草原,离开了父母。

额尔敦其木格知道,她的内心在流泪,而廷·巴特尔的内心是在流着血啊!

可是草畜承包划分不能等，草原荒漠化治理不能等，划区轮牧后的生态修复更不能等。为了彻底改善草原的生态环境，廷·巴特尔继续行动着。

他带着牧民在牧场打流沙井、平整沙窝子。打流沙井是当时最先进的打井方法，也是最苦最累的活。夏天晒，冬天冷，特别是数九寒天从晚上干到凌晨一两点钟，队员们穿上很厚的棉衣、皮衣，还是冷得直打哆嗦，冻得脸色发白。他们干的是重体力活，每天泡在汗水里，每个人都要掉几斤肉，脱几层皮。

草原上的天气变幻无常，特别是春天风沙迷漫，人们在野外干活儿，被风沙吹打得眼睛都睁不开，到晚上回来满身满脸都是沙土，就这样也没有一个人退却。

草原就是牧民的家。如果沙化得不到治理，或许沙子会将整个家园覆没。廷·巴特尔采用条播和穴播两种方式种草，种下的草籽90%都死掉了。风沙吹过来，种子会被风卷走，有的埋在沙子里，也会被阳光炙烤得烧掉。

廷·巴特尔又尝试种植改良盐碱滩的植被。

第一遍种碱蓬。碱蓬耐干旱，将碱蓬栽种到干涸的沙地，用种植碱蓬草改良沙地草原，就会使干涸的盐碱地重现绿色。碱蓬是一年生的草本植物，能在贫瘠的盐碱地上生存，他希望能将已经荒漠化的沙地草原恢复生机。

雨雪的滋润也让播种的碱蓬生长得格外好。碱蓬不仅能很好地适应盐碱化的土壤，碱蓬的植株还可以降低风速，阻挡沙土，等到盐碱土被沙土覆盖之后，次生植物也开始繁茂起来了。

第二遍种草木犀，旧草经过自然腐化后会释放出酸，而酸又会中和碱，经过一遍又一遍的改良，草场上的碱滩慢慢消失了。

廷·巴特尔在自家草场的碱滩治理中付出了常人难以想象的心血和汗水。

无论在转变生产经营方式的探索中，还是在防沙治沙植树种草的行为中，廷·巴特尔理性又不缺乏激情的特性，不断激发着他的聪明才智。

廷·巴特尔想方设法引进优质牧草品种和优良树种，反复进行发芽试验，慢慢摸索出"春季黄柳扦插、雨季草籽播撒、秋季平茬复壮"的种植经验。

他研究的柳条扦插方法别具一格。专家说柳条截留30厘米长，他却截留为70厘米，因为沙地草原比较干旱，干旱期又长，70厘米长的柳条埋在沙子里的部分，可以用来当吸水的管道，利用地下潮气做供水水源。等根部生长出来以后，就能续接到潮湿的地方，如果太短容易死亡。这是他在实践中摸索出的经验，也是在一次次失败中总结出来的生动实践。

为了确保不出现失误，他又一次进行试验。他和妻子种了2000棵树。先是按照理论说法的正常深度种植1000棵柳条，又按照自己的计划种植1000棵柳条。一半是正常插条的树苗，一半是比正常插条长3倍的树苗。天旱无雨，他叮嘱妻子不要浇水。他想试验这些树种在自然状态下的生存能力。秋后，正常深度下的柳条全部枯死，而插条深度更深的柳条在地下30厘米处生根，往下深埋70厘米的部分成为吸取水分的吸管，有了充足水分的保证，深埋的柳条全部成活。

在实践中，廷·巴特尔掌握了沙柳"平茬复壮"的特性，三至五年内如不进行平茬则会自然休眠死亡，平茬过后则会越长越旺。秋季，他要将沙柳的上部剪掉平茬，等两年再抽出粗壮的新枝来。

廷·巴特尔对妻子说："我们亲自做过试验，心里有了谱，再向牧民推广，牧民就不用花冤枉钱了，自己损失点儿、累点儿，值得！"

种树与种草兼顾。在草原上种草，这是千百年来闻所未闻的事儿。但是草原上的草籽很少，这么大的草牧场还远远不够。

那几年，锡林郭勒盟的生态环境大不如从前，苏木、嘎查都在搞生态建设。每次探亲，廷·巴特尔几乎不在家闲待，每天去林业厅、畜牧业厅、园林局联系草籽，一打听到有什么好的草籽、树种，他就大包小包地带回来。

知道廷·巴特尔急需草籽、树苗，廷懋将军联系人从阿拉善盟捎来一捆树苗，还到处收集、购买草籽，他还把家里种蔬菜、花卉的地，改种草、栽树。

廷懋将军弯着腰，拎着锄头，一下一下往土里砸。汗水从他的额头渗出，滴在地里。

"直直腰，喝口水吧，歇口气。"

"没事，抓紧种上！"廷懋将军继续弯腰干着活儿。大家一起动手，平整土地，把新拿来的草籽种上。

放学回来的陶格斯，放下书包就跑来浇水。爷爷栽下的小树，她都给起了名字，"小鹿""小花""小老虎"，孩子天真的世界里充满了对草原的热爱。还有一棵盆栽的石榴树，她给起名"咩咩树"，每天做完作业后就守在那儿，和它小声地说话。爷爷奶奶知道，小陶格斯想家了，想草原的家。

廷懋将军夫妇在自家的院子里种上了鲁梅克斯、沙打旺、苜蓿等草本植物。廷林、廷丽到外地出差考察，带回来草籽、树苗，弟弟阿拉坦下乡时也会带一些树苗回来。

| 第二章 | 让草原变得更绿是我最大的心愿

到了秋季，廷懋将军夫妇把收获的草籽细心地装了好多个口袋，他们要把这些珍贵的草种带给廷·巴特尔。

父亲年纪大了，廷·巴特尔劝他不要再来草原。但是，每年母亲都会收集一些草种，大包小包地给他背来。他们知道远在草原的巴特尔视这些为珍宝，需要它们来改变草原的命运！

从这之后，哥哥、姐姐和弟弟，不管家里的亲人谁来看廷·巴特尔，都不会空手，带上各样的草种和树苗，他们知道这是给巴特尔最好的礼物！

1996年春，听说廷·巴特尔盖了砖瓦房，哥哥廷林想来看看巴特尔远在草原上的家。廷林是第一次去巴特尔家，而且这次有一个重要任务，他要把一车新买到的草种和树苗带给弟弟。

前些日子，刚从草原回来的父母，四处托人购买俄罗斯沙棘、冰草、糙隐子草草种和植被幼苗，并动员家里所有人，说巴特尔现在正是治沙的关键时期，草原上最紧缺的就是这些草籽和树苗。

一袋袋盛载着亲人思念和牵挂的草种，运送到了萨如拉图雅嘎查。廷·巴特尔高兴地和牧民抱着草种走向草场，顶着风沙开始种草栽树。

原来，知道哥哥廷林要来送树苗，廷·巴特尔早就带人挖好了一排排的树坑。

廷林看到巴特尔家新盖的三间砖瓦房，收拾得干净整洁，生产用具摆放得整整齐齐，草牧场绿茵茵一片，树木高矮不一，开始抽出了新芽，牧场上的十几头西门塔尔牛膘肥体壮，惹人注目。

这就是父母心心念念的巴特尔家的草原啊，一派生机勃勃。这些年下乡，他去过不少牧区，看到有些地方草场退化得很严重。

廷林在外面参观，转了一下午。一整天，廷·巴特尔就在外面栽树，没时间陪哥哥。晚上，结束一天的劳动，他这才走进家坐下来，兄弟二人开始叙旧。

"你说草原上养什么品种的牛好？"

"怎么解决奶制品的保鲜问题？城市里现在推广什么树种？"

哥哥成了他的生产技术顾问，廷林经常下乡，而且当过知青，熟悉草原。巴特尔的话题句句不离草原，句句不离牧民。和草原有关的他都关心，问题一个接着一个。

哥哥廷林有点儿生气了，兄弟俩四年没见过面，最起码也该问问家里的事儿，关心一下父母的健康吧！

但到第三天，廷林不怪巴特尔了，确实像母亲说的那样，巴特尔在牧区实在太忙了，种草种树，每天处理大小事务更是烦琐，牧民连拌嘴这样的小事都找巴特尔解决，巴特尔和牧民的感情实在太深了。

是啊！二十多年的时间，廷·巴特尔已经完全融入这片草原，草原就是他的家，牧民就是他的亲人。在他心中，牧民最重。

这些来自家人的爱，播在了千里之外的阿巴嘎草原上！

为使沙化的草场得到有效治理，为了多种树、种好树，廷·巴特尔在自家院子附近建了一片苗圃做试验田，种下了这些草籽、灌木的种子，开始了试验。

——他每天仔细观察柳枝的发芽情况，进行黄柳插播实验，不断总结经验，并将取得的实验结果进行推广；

——他在自己承包的草场划定经济林带，栽种沙棘获得成功，为有效防沙治沙找到了一条新的途径；

——他利用自制输水设备对栽种的树木及牧草进行浇灌……

这都是嘎查的科学试验田。这些年来，他还有意识地把各种草

第二章 让草原变得更绿是我最大的心愿

籽、树种播撒在草场上，增加草场的产草量。防沙的乔木、灌木种，核桃树、杏树、苹果树这些经济林也种。在试验田的草木生长成功了，第二年，他就开始移栽到草原上。

他家的院子里，每到夏天，一派生机勃勃的景象。有从山上移植来的山丹花、黄花、野山杏、沙枣树，还有自己栽下的成行柏树。

从此以后，年年都做这个尝试。草原沙化治理的脚步一刻都没有停下来。

种草，就是播种一个希望，收获的也是一种希望。

经过廷·巴特尔多年的栽植、播撒和精心养护，这些苗木、草籽都深深地扎下根，旺盛地生长着，尤其是他家庭院中的丁香树，每到开花的季节，树冠葳蕤开满鲜艳的花。他还移剪了母树的一个枝条，利用插条技术，又栽种了一棵新的丁香树。

这散发浓郁香气的丁香树，也寄予了他对父母的深深思念。还

盐碱地种植出的沙棘

有那一片沙棘树，秋天金黄或鲜红的果实，挂满了枝头；脚下还有黄花苜蓿、披碱草、羊草等很多优质牧草，种类繁多。

春季，几次沙尘暴加上持续干旱，阿巴嘎旗许多地方出现沙进草退的状况，可在廷·巴特尔的草场上，密集丛生的多年生牧草却因祸得福，草根下平添了四五寸浮土。

2001年春，廷·巴特尔到阿巴嘎旗林业局跑草籽时听到一个消息，旗里正准备招标搞一个生态项目。

"嘎查若能争取到这个项目，那可是造福子孙的一件大事啊！"廷·巴特尔放下自家的活儿，几次去找林业局局长。

在当知青下乡时，廷·巴特尔曾兼任林场场长，由他发起种植了萨如拉图雅嘎查最早的一片人工林。如今，这60多亩林已成材，有的高达20多米，成了萨如拉图雅嘎查的标志树。

在沙窝子里种树成功的经验，让他信心十足。

廷·巴特尔组织牧民开始建设草库伦。他们在那里种草种树，绿化沙漠。用草皮垒、打土墙、挖沙蒿柴墙子，在草原上筑起一道道长长的围墙，筑起一道道绿色生态屏障。

第一年，他在草库伦上种植的榆树、沙枣、柠条，只有柠条活了，其余的树苗都死了。沙枣和榆树在干旱的沙地草原，不容易成活。而柠条耐寒，插上枝条就能成活。当年，他围绕牧场栽植的一圈柠条都成活了，成了一道"绿色围栏"。

"这些沙柳是我们牧民自己种的，是90年代大家一起种植的。现在不养羊了，开始养牛了。过去这里是白茫茫的沙地，牧民养了牛以后，生态也逐年改善了。"

在种植的实践中，廷·巴特尔不断摸索出植被的成长规律和生活习性。黄柳、青柳、红柳，三种柳树的种法各不相同：红柳在湿

第二章 让草原变得更绿是我最大的心愿

地容易成活，而在沙地草原成活率低；青柳则适宜在潮湿的河边种植；黄柳在有草的沙漠里难活，在白沙子上却能成活。

牧民会选择在距离榆树二十几米外的地方种植。大榆树的根系能延伸几十米，把地下的水分都吸干了，所以在大榆树下面的白沙子上种植黄柳不容易成活。牧民逐渐掌握了更多的种植经验。不久，两个黄柳采条基地、一个爬地柏基地、三个占地1.8万亩的项目区在萨如拉图雅嘎查落户，随之落户的是科学的甘霖。

"前三年种草，后三年种树。"廷·巴特尔年复一年地种草，也年复一年地收获，草场覆盖的密度也越来越大。这一年，他与妻子一共种植了5万棵树。

据有关专家介绍，沙地自然育生的表层浮土，一千年也就积存1厘米左右。几场沙尘暴后，廷·巴特尔的草场集大自然数千年所赐沃土于一刻，草的长势可想而知。

在沙漠中挖坑种草，如果不是活生生的例子摆在面前，相信很多人都不信。但廷·巴特尔把麦草、稻草和芦苇等种子硬扎在沙丘中，愣是种出了一窝窝的抗旱植物。这些植物起到固沙作用的同时，也为草原提供了最佳绿化带。

廷·巴特尔在实践中总结出适合当地的种植经验，然后在全嘎查进行推广。2002年春天，廷·巴特尔的母亲又一次从650多公里外的呼和浩特市赶来，给他带来了他的老父亲收集的草籽和树种。母亲身形消瘦，面容清癯，头上又增添了几缕白发，捧着这一袋袋的草籽和树种，廷·巴特尔看得掉下了眼泪。南北朝民歌《木兰诗》中写木兰得胜而归，天子问木兰有什么要求，木兰不愿做尚书省的官，只希望骑上一匹千里马，送自己回故乡。而他的父母一年又一年奔赴千里，送给儿子绿色的希望，送来满满的希冀。

103

母亲临走时告诉他，父亲患了重病。听到这个消息，廷·巴特尔半天说不出话来，他紧紧地拉着母亲的手，多么想和她一起回去看望日思夜想、卧病在床的父亲啊！可是，治沙工程到了节骨眼儿上，他怎么能够离开呢！

开春的接羔时节，牧场上还有大面积的白沙地和碱滩，他和妻子额尔敦其木格赶着马车给每一户牧民分发草籽，鼓励大家种植适应碱地生长的一些草籽，手把手地教他们如何种植。

治理生态、保护草原需要精心的科学培育。他请专家、办讲座、搞试验，马不停蹄。

春秋两季，廷·巴特尔组织牧民开展植树造林活动，沿路种植黄柳、沙棘，还帮助其他嘎查进行多次植树造林活动。妻子额尔敦其木格带着全嘎查的妇女在路边种了上万棵杨树，谁种树就给谁树苗，种树还有每棵五元的补助。路旁浅绿的是杨树，黑绿的是沙棘，各种速生杨树长势喜人，有效遏制了草牧场沙化、退化。

廷·巴特尔挽着妻子的手，欢喜地看着精心抚育的小树，看围栏封牧的草场，看满山坡的牛羊在悠闲吃草，带着她像孩子似的在草原上，踏着软软的天然草毡疯跑。牛羊停止了吃草，惊愕地望着他们。

廷·巴特尔种树的成功经验得到了盟旗两级林业部门的高度重视，一些种树项目先后落户到萨如拉图雅嘎查。萨如拉图雅嘎查的沙地柏种植基地、黄柳种植基地，每年能向全盟提供40万株种苗，为防沙固沙筑起了一道生态屏障。

"深埋插条法"被牧民们称为"廷·巴特尔插条法"，成为全盟沙地种树的模式。

内蒙古农业大学、内蒙古师范大学的专家教授来了，廷·巴特尔认真请教生态项目建设的治理方法。当问到他还有什么需求时,廷·巴特尔说:"我不要上面的资金、设备,只要技术指导。"

别人在"疯狂"增加牲畜的时候,他却在种草种树。有的牧民有了钱,缝在裤子里、压在毡子下,而他却精打细算,一点一点积累,不断增加草场建设的投入。

旗林业局准备招标搞一个生态项目,技术人员到嘎查考察后吃了一惊:萨如拉图雅嘎查牧草过膝,绿波荡漾,黄柳、红柳、沙棘、爬地柏或疏或密,沙地围封全面启动,植树造林也初具规模。萨如拉图雅嘎查把生态项目提前实施了两年。

几年间,廷·巴特尔在治理生态环境中,成功总结出树木种植经验,在沙地治理中采取行之有效的办法栽割红柳,进行插条育苗。嘎查90%以上草场都在进行封育和划区轮牧,户与户小畜数量在不断压缩,而牧民的人均纯收入增加到3800多元。生态环境历经了治理、恢复和保护三个阶段,盐碱地覆盖上了植被,进入了保护阶段。旗、盟、自治区的专家学者来了,国家民政部、中国科学院、中国草原学会的专家学者也来了。他们在改良后的草场上,看到了萨如拉图雅升腾起来的绿色希望。

草原上,一场透雨淅淅沥沥下了两个多小时,仅一河之隔的呼格吉勒嘎查却滴雨未下。牧民们都服气地说:"廷书记让咱们保护生态环境,这话一点儿都不差!"

廷·巴特尔还把治沙经验和红柳黄柳的幼苗无偿提供给正蓝旗、正镶白旗等兄弟旗县和蒙古国来宾,来他们嘎查取治沙经的人络绎不绝。

五、牧民学他的"减羊增牛",草原渐渐恢复"元气"

夏末秋初是草原最繁忙的打草季节,人们都在积极准备打草。

一大早,廷·巴特尔用拖拉机拉着搂草机去打草,今年雨水好,他家夏营盘的草长得十分茂盛。这样,今年冬季就可以有充足的牧草储备了。

冬季一旦遭遇雪灾,买草的开销对于牧民来说是个沉重的负担。由于草场植被退化,牧草成本昂贵,如果遭遇天灾,牧民只能贷款或借钱买草,经常造成一个家庭好几年陷入债务缓不过来。

怎样开辟出一条生态保护与牧民致富并行的路?

这些年,廷·巴特尔精心呵护着这片草原,守护着这里的一草一木。他对草原的热爱是从内心生发出来的,就像呵护自己的孩子。

"草原就这么大,让老百姓的生活一天比一天好,就要凭书记队长的本事。"

"怎么才能改变现状?怎么才能带领大家过上好日子?"这是廷·巴特尔在心里问了无数遍的问题。为了进一步恢复草原生态,廷·巴特尔结合自己的观察思考,琢磨着改变养殖结构。他发现,牛是卷着舌头吃草尖,不影响草的生长,羊喜欢刨着草根吃,会破坏植被。显然,养一头牛对草原的破坏程度远低于5只羊。研究明白这一点后,他反复和牧民们讲,要"减羊增牛",少养羊,多养牛。

"一头牛的收入顶不顶5只羊?"

"一头牛4条腿,5只羊20只蹄子,哪个对草场破坏大?"

| 第二章 | 让草原变得更绿是我最大的心愿

"养200头牛费劲还是养1000只羊费劲？"

廷·巴特尔走到哪儿说到哪儿："草原生态不治理不行了。一年多于一年的沙尘暴，一年多于一年的退化沙化，草原是牧民的命根子啊，千万不能毁在我们的手里。"

作为嘎查书记的廷·巴特尔特别着急，他开着车挨家挨户地向牧民们解释分析"减羊增牛"的好处，帮牧民们算这笔"草原经济账"。道理通俗易懂，可让牧民们跟着他这样干，并不那么简单。

在老一辈牧民眼里，廷·巴特尔的做法有些大逆不道，老人怒斥道："这些孩子都跟着他这样做，那家都被败光了！要卖掉羊，除非等我死！"好多老牧民固守传统的放牧方式，他们认为，一片草原上五畜俱全才是正常的。

牧民们企盼"五畜兴旺"的观念难以一下子改变，舍不得卖掉成群的羊，因为这是他们的财富，他们的命根子啊！

传统生产方式并不是一朝一夕就能改变的。特别是"求富"心理导致过量繁育小畜，使得草畜矛盾十分突出。咋办？"草原不堪重负，需要休养生息，我得给大家带个头。"前些年为了恢复草地卖掉了60只羊，廷·巴特尔又和妻子商量，要把自家这几年发展起来的200只羊全部处理掉。

额尔敦其木格很不理解，哭着问他："凭咱家的草料，再养它几百只羊都没问题，你怎么把羊都要卖了？以前，你卖羊是草场不好，现在草场都变好了啊！"

廷·巴特尔最能体会妻子的心情，他安慰道："草场受不了这么多牲畜的压力，需要喘口气了。我们要救救这片草原。"

救救这片草原！

这句话深深打动了妻子额尔敦其木格，就像是阿爸阿妈在天边的呼唤,从小生活在这片草原上,她对这草原爱得深沉。

这些年,她目睹了草原的退化,绿茵茵的草地变成了白色的"斑块",看到风雪中无助哀号的牛羊,她曾无数次心痛地落泪。

"我先做试验,成功了,再在全嘎查推广实施,牧民才服气。"

多年来,额尔敦其木格一直对廷·巴特尔高度信赖,这种信赖来自丈夫对事业的执着,对这片草原的挚爱和守护。也正是这种信赖,让她最终支持了丈夫的"减羊增牛"计划。

廷·巴特尔去通辽买回来16头西门塔尔牛,开始在自家牧场放养。听说廷·巴特尔买来了从国外引进的"洋牛",牧民们都聚集到他家的牧场。这些身形壮硕、毛色发亮、黄白花色不同的西门塔尔牛,一下子吸引了众人的目光。看到大家都很关注,他开始介绍牛的品性和特征。

"西门塔尔牛主要看牛的品种、骨架和长势,每一代品种的价格是不一样的。第一代西门塔尔牛,最显著的特点就是它的面部、额头部位有一块白。它的生长速度和抗病能力都一般。第二代西门塔尔牛额头到鼻子部位都是白色的。第三代西门塔尔牛的面部全部都是白色的,只有眼睛周围不是,所以我们有时候会称呼这种牛为'乌眼牛'。第四代的西门塔尔牛不仅整个面部是白色的,它的四个蹄子和尾巴也是白色的,抗病能力和生长速度是四代里面最好的。"

西门塔尔牛还分为一代、二代、三代和四代?听到廷·巴特尔的这些讲解,牧民们更为惊奇了。对于世代养殖本地黄牛的牧民来说,这简直是闻所未闻。

廷·巴特尔细心地照料西门塔尔牛。春季是母牛产犊的时节,为了照看陷在河水淤泥里临产的母牛,他在河滩上守了一天一夜。

他观察到牛的尾部开始坠落黏稠的胎液,知道牛快生产了。临

| 第二章 | 让草原变得更绿是我最大的心愿

产的母牛在阵痛的哀叫声中，一次次卧下又站起。随着撕心裂肺的哀鸣，一个生命降生在草滩，发出第一声哞叫。母牛挣扎着站起，转身为小牛舔净湿漉漉的身体。寒风吹干了头顶黄白的皮毛，吹硬了柔嫩的蹄甲和骨骼。这个新降生的小生命跪伏在地上，用稍强健些的后肢奋力蹬着站起，去寻找母牛的乳房，一次次拱着，一次次又前屈跪下。母牛低头亲吻着小牛的头，目光温暖、安详。这是他为买回来的西门塔尔牛第一次接生，改良的牛有了新生第二代，就像一个孕育的希望在这片草原冉冉升起，给他带来了前行的动力。

改良的西门塔尔牛

额尔敦其木格也喜欢上了这些进口牛，不仅肥壮，产奶量也多。听巴特尔说这牛奶的蛋白质含量高，她虽然听不懂这个科学词汇，但是每天的挤奶量比平常多了一大桶，也让她高兴起来。

每天早上，妻子挤完牛奶后，廷·巴特尔要把牛赶到草场去吃草，然后开始清理棚圈。"草好，膘情也好。"看着在旱灾之后完好无损的牛，妻子的眉头也舒展开来。

"以前的养殖是不科学的，不仅支出增加，对生态破坏也大，导致了畜牧业的恶性循环。现在，我想把他们引到良性循环的轨道上来。"廷·巴特尔在牧场补播草籽，在水源丰富的地方种树，还在房后建起了暖棚。夏季种蔬菜，草地上长出了青菜、萝卜、大葱、南瓜等各类蔬菜；冬季用来接羔，采光好，保暖性强。

秋季，沿着草场网围栏往外一看，光秃秃一片，围栏里却是一片金黄厚实的牧草，嘎查的牧民来参观，都不敢相信还有这么好的草场。廷·巴特尔说："这儿原来全是白沙子，现在几乎看不到白花花的沙子了。"廷·巴特尔家草场植被的高度和覆盖度，四年翻了一倍多。可以看到沙狐狸、旱獭在草丛中出没。灌木是牲畜的直接饲料，在雪灾之年，草地被雪覆盖，树木的枝叶和灌木便成了牲畜的"救命草"。

"我们队里最好的灰腾梁打草场，最好的年份每亩打5捆草，我家的草场打草26捆。草场越好，对养畜越好。"

到秋冬季，多数牧民的草不够用，而廷·巴特尔家的草却用不完。他便把树苗、草籽无偿提供给其他牧民。同样出栏，别人家的两头牛卖8000元，他家的一头牛就卖了1.2万元。通过"围栏轮牧"和"减羊增牛"，他家的收入不断增加，排在了嘎查前列。

额尔敦其木格看到，当初他们家那块谁也瞧不上的盐碱滩，奇迹般地实现了生态"逆转"，她非常佩服丈夫当初的坚持。

他们家的日子越过越红火，客货车、摩托车、搂草机、青贮粉碎机、收割机一应俱全，还建成标准化青贮窖，基础设施配套，盖起了四间砖瓦房和两处库房。

廷·巴特尔在草原上的大胆实践，为总结出一套科学化、规模化的畜牧业养殖提供了理论与实践相结合的土壤。

他发现了减轻草原生态负荷的"金点子"，将其总结归纳为

"蹄腿理论"。

"养牛是我们处于沙地边缘草原的最佳选择。"

廷·巴特尔向牧民们现身说法，讲他的"减羊增牛"理论的施行办法。无论是养殖观念，还是他自己研究的诸如设计科学合理的棚圈等建设项目，都是为了更好地让牧民们受用。

行动胜过千言万语。廷·巴特尔在牧民们面前保证："如果养牛赔了，我来给大家赔偿损失！"

牧民们终于接受了他的"蹄腿理论"，开始主动减少羊的数量，改养殖牛。

"廷书记养牛，草场恢复了，收入也增加了，我们看在眼里服在心里，就跟着他改养牛了。"牧民苏乙拉其木格备受鼓舞。

苏乙拉其木格家过去养着500多只羊，收入抵不上支出，养牛之后，虽然只有60头，但仅养牛一项纯收入就比原先翻了几番，再加上搞乡村旅游收入，一家人的日子过得红红火火。

住在沙窝子深处的牧民那顺格日勒，家里干净整洁，木质的地板上还铺着地毯，装修精美，书架上整齐地摆放着书籍。

"我是廷书记来的那年出生的。"

那顺格日勒今年50岁。他说，1974年廷·巴特尔来到了阿巴嘎草原，与这里的牧民患难与共50年。小时候，经常听父母讲草原来了位"英雄巴特尔"，那是自己一直很崇拜的人。

他家的羊曾经发展到400多只，家里2200亩的草场超载放牧，日渐贫瘠，每年入不敷出。两年前，他从廷书记那儿学习"减羊增牛"，将家中的羊全部卖掉，买回品种牛，现在发展到40多头，每年纯收入达到20多万元。

"以前我们的草场生态不好，靠近河岸的草场被践踏，退化严重，整个嘎查的草场都在严重沙化。实践证明，'减羊增牛'是正确的。廷书记没有私心，只要我们去找他，他都会知无不言。"

看到那顺格日勒嫁接"蹄腿理论"的实践成果，其他牧民也自愿加入恢复草原生态建设的行列中来。

2018年4月，阿巴嘎草原在禁牧期一直没有下雨，草原没有返青，牧民心里非常着急。禁牧期过后，牧民还是自动封育，为了保护草原，他们宁愿花钱买草料，也不让牛羊去啃草。

越来越多的牧民开始学着"减羊增牛"，草原植被渐渐恢复，嘎查草畜平衡的老大难问题随之迎刃而解。

在廷·巴特尔的带领下，萨如拉图雅嘎查的畜群结构、生产经营方式发生了根本变化，羊的数量由2000年的1.2万只，减少到2013年的不足400只，牛的数量达到万头，萨如拉图雅成为远近闻名的养牛嘎查。

牧民特木尔呼激动地说："生态好了，我们的收入也高了。以前全嘎查60%的土地都已经沙化，现在生态就好多了，白的地方都变绿了。现在人均年纯收入到了两万多元。"

在一次特大雪灾及各种自然灾害频繁侵袭下，萨如拉图雅嘎查的畜牧业生产还好于常年，没有因雪灾损失一头牲畜。牧民的小畜数量少了，收入却不断看涨。亲眼看到"减羊增牛"带来的生态效益和经济效益的鲜明对比，廷·巴特尔的"蹄腿理论"已经化作广大牧民的自觉行动。他们还请来技术员，加快牲畜改良进程。

草原生态的恢复是大事，廷·巴特尔利用一切机会教牧民，让他们学习种树。早先，他和妻子种草种树，把原来草场上的白沙地几乎全部改造了过来。远远望去，他家的草场明显好于周围牧户的草场。

他开展工作从来不是压服式的，而是尽量采取感召式，做工作也随时随地，十分讲究策略。一位牧民家的几头牛跑进了他家的网围栏，吃了大半天，还破坏了网围栏。廷·巴特尔把这几头牛圈了起来。

那位牧民去要牛时，心里忐忑不安，认为一定会让他赔偿。而廷书记却抱来两捆柠条、沙棘树苗交给他，只对他提出一个条件，就是让他回去把这些树苗栽在自己的牧场，保证它们的成活率。他还手把手地教给他种植的技术要点，语重心长地说："为啥你家的牛跑进我家的草场，是因为你家的草不够吃了。退化的草场该去恢复了。"

牧民赶回了牛，还抱回了恢复生态的"种子"。后来那位牧民便开始跟着廷书记在河岸边学起了种树。

在廷·巴特尔"蹄腿理论"的影响下，洪格尔高勒苏木在加强生态环境保护与建设的同时，积极调整和优化畜牧业结构。全苏木90%以上的草场都进行了封育和划区轮牧，小畜数量在不断压缩，仅三年时间，牲畜总头数减少5万头（只），下降43%，而牛的比重提高了6个百分点。

萨如拉图雅嘎查的牧户实现定居并拥有了棚圈，草场全部实现划区轮牧。草原生态越来越好，牧民也慢慢融入现代生活。

正值初春，乍暖还寒，牧草还未返青，黄柳还未吐出新芽。廷·巴特尔带领牧民筑起的生态屏障上，那茂盛且充满生机的杨柴、柠条编织的地下治沙网在脚下蔓延着，接连成片的灌木丛、沙棘的红果在风中摇曳。草原上的人们看到了绿色的希望。

在廷·巴特尔的影响和带动下，洪格尔高勒苏木建成了全盟第一个沙地保护区，成为全盟的生态示范苏木。

逐水草而居的大草原上，一个现代畜牧业的雏形开始显现。

内蒙古测绘院几位工作人员下乡到阿巴嘎旗洪格尔高勒苏木，开展10万亩"防治草原沙化、沙尘暴"项目区地形测绘，由于不熟悉当地道路情况和缺少交通工具，工作开展得很艰难。

廷·巴特尔主动担负起了义务向导兼司机的工作。

每天往返30公里，接送测绘工作人员，十几天的朝夕相处，这位书记的豪爽、真诚、热情以及对草原建设与保护的真知灼见，深深吸引着他们，廷·巴特尔的勤劳能干，更是令他们赞不绝口。

一天晚上，测绘人员在苏木招待所看电视，恰逢内蒙古电视台播放采访革命老人廷懋同志的镜头，老人在谈起廷·巴特尔时非常自豪地说："他留在了草原深处，正用双手建设着自己的第二故乡。"

测绘院的工作人员这才知道，十多天为他们辛辛苦苦操劳服务的人，竟是原内蒙古军区政委、自治区党委第二书记、中央顾问委员会委员、开国少将廷懋的儿子。

他们抑制不住内心的激动，对苏木党委、政府的干部说："以前在银幕上看到过不少英雄模范的形象，总觉得离我们很远，这次认识了廷·巴特尔，使我们目睹了一个活生生的优秀共产党员的风采。"

他们感叹道："雷锋、焦裕禄和孔繁森似的优秀共产党员，就生活在我们身边啊。"

第三章 喊破嗓子，不如做出样子

廷·巴特尔：扶贫公司赔了算我的，赚了都分给牧民。喊破嗓子，不如做出样子！

一、流动"扶贫羊"

每一次春风掠过草原,都会冲破一个又一个阻力的束缚,哪怕白雪皑皑的寒冬,廷·巴特尔也从未停下脚步。无论多么艰难,他都笃定前行。

"当年有个牧民喝醉后骑着马,叉着腰来我家说,书记你给我出来,你不是不让喝酒嘛,我喝多了,你能把我咋样?我们家羊,一只羊换一瓶酒喝了,咋了吧?"

"咋样?你们家以后最穷。"廷·巴特尔气愤地答道。

看到那个牧民的样子,他心里既痛又气。

物质上的贫穷不可怕,思想的贫瘠最可怕,就怕连"心"都穷了。

还有个别牧民把分到的牛羊换了钱,挥霍一空,并且理直气壮地说自己的日子自己来做主。

"这辈子就这样了,翻不了身了。"一位被贫困愁苦击穿、生活无望的牧民,扔下妻儿老小,开枪自尽,老婆孩子生活举步维艰。

"为什么会穷?队里的牲畜都是平均分给各户的,这是自身懒惰才变穷的。你不管自己死活，难道不考虑子孙后代，不考虑祖祖辈辈生活的家园吗？"牧民对生活绝望的眼神，似乎也快将廷·巴特尔击倒。

"好汉的胸膛，能容下全鞍马。"廷·巴特尔的胸怀像草原般辽阔。

廷·巴特尔不能倒下，这些年他和牧民们一起饱尝了多少风风雨雨，他对这里的牧民、对这片草原有着深深的眷恋，他必须要尽自己所能帮助牧民寻找致富路。

什么叫铁汉柔情？我们深深感受到了硬汉内心的柔软。那一刻，被困顿和迷茫压弯了腰、蒙住了眼的牧民渐渐体会到了嘎查长对他们的关爱，那是他的一片良苦用心啊！

廷·巴特尔没有再退缩，相反更加坚定了信心。

1993年，已连任四届嘎查长的廷·巴特尔接过了党支部书记的重任。

当时的党支部几乎处在半瘫痪状态，集体经济一穷二白，尤其是赖以生存的草场超载、沙化严重……几年下来，嘎查的贫困户骤增。

担子重了，问题和困难像一摊乱麻摆在他的面前，他要捋出头绪，才能一点一点地打开困局。

他带领党员走进每一家牧户，了解嘎查牧业生产的最新情况。

萨如拉图雅曾是洪格尔高勒苏木最贫困、最落后的嘎查。草畜双承包时，嘎查牲畜总共1.4万多头（只）。由于经营不善，加上自然灾害的影响，十年间，嘎查牲畜下降到7000头（只），人均收入不足700元。嘎查83户牧民中有一多半是贫困户，其中三分之一是特困户。

117

这些沉重的数字重重压在党支部书记的心头。

面对这种情形，廷·巴特尔的内心比牧民们更急，他走包串户，倾听大家的意见和想法，开始着手整顿和规范嘎查"两委"工作。他知道如果不从畜牧业生产方式上变革，贫困和生态恶化的阴影就难以摆脱。

廷·巴特尔上任后的"第一把火"是遏制返贫。他说："我们要让牧民们都富裕起来，一个也不能掉队！"

他做了一个大胆的决定：把1983年草畜双承包后牧民拖欠的6万元钱和200多只牲畜收了回来，作为拿在手上的集体扶贫畜群。

作为党支部书记，廷·巴特尔主动扛起了帮扶贫困户的责任。他带头捐出50只基础母羊，带动嘎查"两委"班子成员共捐100只羊，组成300只"流动扶贫羊群"。并约定，以定期承包的方式交由贫困户饲养，每年的羊毛收入和80%的成活羔羊归贫困户所有，20%的成活羔羊归嘎查集体。

"羊不好，我可以进行改良，改良羊毛值钱，品种也是一步步改良过来的。"

有一户牧民，女主人和五个孩子都是高中毕业，有文化，可就是因为懒惰，穷得家徒四壁。当时，旗畜牧业部门扶持她家200只羊，可过了两年后，剩下的羊不到60只。下来调查的干部问她原因，她振振有词："你们没给种公羊，怎么下羔啊？"

廷·巴特尔任党支部书记后，她又找过来申请再次扶持。

为了让她家尽快脱贫，廷·巴特尔答应给她家100只流动"扶贫羊"。一个月后，他带着嘎查干部去牧点调查，当走到她家时，看到羊圈里的"扶贫羊"一只都不见了。走进蒙古包，只见一家人围坐在一起，有说有笑，喝着茶摸着纸牌。

原来，这些"扶贫羊"都被她家转包给了别人，现在一家人什么也不干。她还辩解说："放羊多累呀！现在我们啥也不用干，坐在家里就能拿转包费。"

看到这种情形，廷·巴特尔非常生气，就把她家的"扶贫羊"收了回去。

入冬一场大雪过后，廷·巴特尔牵挂着那户被收回"扶贫羊"的牧户，不知是否断米断炊了？他开着车，冒着风雪去给她家送米面、棉被，在沙窝子深处，他用铁锹挖了三个多小时积雪，天黑了才赶到她家。当他往蒙古包里拿东西时，家里却没有一个人出来，也没有人对他说一句话。

临走时，廷·巴特尔鼓励他们说："五个孩子都成劳动力了，可以出去找活儿干，给别人放牧，要一半工钱，另一半要羊，回来几年就繁殖起来了。"

他想用这种"反激励"方式，让他们早日自食其力。正如廷·巴特尔所预想的那样，没了扶持，这户人家反倒白手起家，自己干起来了，一年时间就积攒了50多只羊，保障了全家人的正常生活。

这件事深深触动了廷·巴特尔，他意识到"造血式"扶贫的重要性。先治懒后扶贫，扶贫要切合实际，要因人而异。

嘎查后来的200多只流动"扶贫羊"分散在众多贫困户，由于责任不清、管理不善，这些"扶贫羊"并没有起到应有的作用。他召集"两委"一班人商量后决定，把"扶贫羊"以承包的形式集中扶持两户，每年的羊毛收入和50%成活的仔畜归承包户所有。如果当年经营不善，人为造成损失或无发展，则将牲畜全部收回，嘎查不再扶持。

这两户承包户要通过全体牧民的评比产生。廷·巴特尔设定的评比项目，各项条目的制定直接契合生产实际：

是否主动交税；

是否积极参加集体劳动；

是否积极参加嘎查会议；

是否酗酒、是否占用别人草场；

是否送孩子上学；

是否重视家庭卫生；

家庭和邻里关系是否和睦。

做得好加一分，否则减一分。分数最高的两个贫困户可以得到一年的扶持。

如此循环，在贫困户逐户脱贫时，嘎查"流动扶贫羊"的"雪球"也越滚越大。

用心良苦的"评比式扶贫"见到了成效。扶贫激励机制不仅促使人上进，而且激发了贫困户经营的责任感和致富的主动性，也使一些贫困户彻底走出了困境。

牧民宝日莱丈夫早亡，她独自拉扯三个年幼的孩子，家里没有劳动力，生活无依无靠。廷·巴特尔把她们接到自己的浩特，为她家盖起两间新房，还从自家的羊群拨给她家20只基础母畜，送三个孩子上学。

夫妇俩教宝日莱学会了驱虫、打草等牧业生产技能。放牧回来后，额尔敦其木格还教她做新鲜的奶食品，炸牛油馃条。放学回来的几个孩子围着她们转，欢声笑语不断。

宝日莱勤劳肯干，几年下来，她家的羊发展到了200多只，购买了三轮车、风力发电机，还有一万多元的存款，牧业生产已经超过廷·巴特尔家。看到她家的生活越来越殷实，廷·巴特尔感到很欣慰。

这一年，她回到自家的牧场，建了崭新的住房和棚圈。

他们一起生活了八年，朝夕相处，风雨做伴，宝日莱目睹了廷·巴特尔夫妇的辛勤付出。临别时，宝日莱和三个孩子都哭了。廷·巴特尔夫妇的眼眶里也噙满了泪水。

草畜双承包后，有的牧户经营不善，再加上风雪灾害，一些牧户成了无畜户，失去了维持生计的能力。

有一年冬天，大巴特尔家遭遇了雪灾，家里没有牲畜棚圈，也没有准备过冬的饲草料，100多只羊全部饿死、冻死。家里没有了生活来源，大巴特尔就和妻子仁钦商量着两人出去打工，给别人家放羊。

廷·巴特尔走到大巴特尔家的牧点，看到蒙古包里面空荡荡的，蒙古包上面的毡布被掀开，雪不停地从被风撕扯开的大口子往里灌。

大巴特尔夫妇给别人家放牧也攒不下钱，每天还非常辛苦。在外乡凄苦的夜里，两个人心酸地望着自家的方向，欲哭无泪。

廷·巴特尔颠簸了100多公里找到他们打工的牧场，看到在沙窝子辛苦放牧的夫妇俩，对他们说："你们回来吧！我绝不会让你们受冻挨饿。"

望着风尘仆仆赶来的廷书记，大巴特尔夫妇感动得落下泪来，两人回到了自家牧场。廷·巴特尔帮着他们修好了蒙古包。当时，他家除了这顶旧毡包，什么都没有。

当晚，廷·巴特尔召集嘎查所有党员开会，商量如何解决大巴特尔家的困难，最后决定从嘎查拨给他家100只流动"扶贫羊"，并向全嘎查的牧民发出倡议书：伸出友谊之手，帮助大巴特尔一家走出生活的困境。

廷·巴特尔带头出钱为他家的2000亩草场拉上了网围栏，还把自家那比三间房还要长的暖棚送给了大巴特尔。

"帮助咱们牧民兄弟，廷书记的号召，我们大家都支持。"

全嘎查牧民都动员起来，有的牧民送来刚卖完羊的钱，有的家给拿来毡子、马鞍、衣物，几天之内，收集牧民的捐款2000多元，为他家解决了燃眉之急。

大巴特尔夫妇感动地连连说："一年后，我家脱贫了，我一定宰羊感谢大家。"

冬季，全苏木遭遇特大雪灾时，他家的羊毫毛无损，安全过冬。大巴特尔夫妇看着暖和的棚圈里百余只肥壮的羊，激动地说："这多亏了廷书记对我们的照顾啊！"夫妇俩感动得落下泪来。

牧民苏乙拉图和娜仁花刚成家时生活困难，廷·巴特尔就把嘎查的"流动扶贫畜群"放在他们家，传授经验，还无偿提供饲草，并为他家盖起了现代化暖棚。那年冬天遭遇雪灾，廷·巴特尔冒着暴风雪给他们送去饲草料。

第二年，牲畜营养不良，基础母畜没有繁殖，生活又开始捉襟见肘。他家开始"减羊增牛"，并且改建暖棚圈，拉新网围栏。廷·巴特尔自己开车去30多公里外的牧场送这些设施，并且帮助他们把暖棚搭建好。

2000年，苏木遭遇特大雪灾，全苏木牧户损失了2万多头（只）牲畜，而苏乙拉图家的羊群安然无恙。

每次提起此事，苏乙拉图、娜仁花都会激动地说："廷书记是好人哪。"

"拧成一股绳才能拔穷根,如果全嘎查只有我家有钱,就算我把家里的钱分光了,也不一定能让牧民们都过上好日子。如果通过我的扶贫,困难户在思想上和行动上有了变化,全嘎查拧成一股绳,牧民家家都有钱了,嘎查经济实力也增强了,那我这个嘎查书记的责任也尽到了。"

廷·巴特尔带领大家脱贫致富的决心更为迫切。

拖拉机、打草机、搂草机、捆草机、剪毛机、洗羊机,一大批牧业机械化设备源源不断运送到萨如拉图雅嘎查,曾经最贫穷落后的嘎查呈现一派欣欣向荣的景象。

辽阔的草原不再沉寂和肃寥,机械打草走入牧民的视野。萨如拉图雅嘎查走在了全苏木的前列。

牧区劳动力严重不足,牧业生产季节性又很强,机械的出现减轻了人们的劳动强度,这是萨如拉图雅嘎查牧民思想观念和生产方式上的一场革命。

廷·巴特尔意识到,牧民的传统游牧观念需要改变,思想观念也需要改变。

建起棚圈,夏季种草,冬天接羔。承包草场时,廷·巴特尔要了最差的草场,但经他建设,成了嘎查最好的草场。草好牲畜的膘情就好,市场的价格就高。

对于棚圈,就是围绕省钱、美观、合理这三点进行设计建设。现在牧区养殖提倡专业化,牛、马、骆驼、羊所需的棚圈各有不同,要根据牲畜的种类合理设计。

对于贫困户,廷·巴特尔总是热情地给予无私帮助和扶持。他家的草料、蔬菜、草籽、树苗,只要牧民打声招呼,想拿什么拿什么。嘎查的牧民几乎都得到过廷·巴特尔各种各样的扶助。

几年来，廷·巴特尔自己掏腰包资助牧民10多万元。

他还动员富裕户和党员与贫困户"结对子"，以"富"带"贫"，共同致富。他自己带头帮扶两户贫困户。

50多岁的牧民苏雅拉其其格，身体患有多种疾病，家庭贫困，一家三口早年外出打工，给别人家放羊，每个月收入仅二三百元。廷·巴特尔把他们找回来，分给她家100只流动"扶贫羊"。第二年，这群羊接了70多只羔羊，年收入七八千元，生活有了基本保障。

"是廷书记救了我们全家，要不我们一家人还在外流浪呢。"

对一些无畜贫困户，廷·巴特尔把嘎查的种公羊集中起来交给他们养殖，每年除付给工资外，还视羊的膘情好坏奖励若干只羊羔。他在脑中不断盘算着其他致富的出路，考虑怎么尽快帮助贫困户走出困境。

时令进入深秋，廷·巴特尔看着沙窝子里日渐丰郁的红柳、黄柳出了神。他想起前些日子妻子去赶苏木的集市时，买回的五颜六色的柳条筐。有了！他一拍大腿，利用柳条资源也可以增加牧民的收入啊。他回到家，拽起正在做奶食品的额尔敦其木格，说："其木格，你会编这个吗？"

"那有啥不会的啊，很简单。"

"太好了，明天就选你做小组长，带领全嘎查的妇女编柳筐。"

额尔敦其木格眼睛一亮，说："这真是个挣钱的办法啊，我怎么没想到呢。"

两个人说干就干，第二天一早，廷·巴特尔就带着几户牧民去沙滩割柳条，再将柳条分下去。

心灵手巧的额尔敦其木格组织妇女们学习柳编技术。加工出售柳筐、柳笆，让贫困牧民又多了一份收入。这是第一次，萨如拉图雅嘎查的妇女们除了牧业生产收入外有了其他经济收入。牧民阿玛、格日勒看着自己用编柳筐换来的钞票，心里乐开了花。她们就是靠这种方式脱了贫。

廷·巴特尔发现嘎查多数牧民家没有棚圈和畜圈。他便组织召开"两委"班子会议，由嘎查出资55万元，为牧民新建暖棚、敞棚、蓄水池，打机井，让嘎查80%的牧户有了标准化棚圈。

对贫困户科学合理地帮扶，创办集体牧场的新举措，让人们看到了实实在在的收益。大灾中，萨如拉图雅嘎查的保畜率在全旗名列前茅，嘎查从最初的几十只基础母羊发展到千余只。

几年后，这一举措大见成效。2001年，全嘎查牧民人均收入达到3600元，嘎查集体羊发展到994只，嘎查的24户贫困户全部实现脱贫。集体资金也跃升为11万元，跻身阿巴嘎旗五强嘎查之一。

村务公开时，廷·巴特尔拿着存折让牧民们相互传看。嘎查集体经济的壮大，让人们对牧业生产有了信心和干劲，看着牧民们的笑容，廷·巴特尔的眉头也舒展开了。

"流动畜群"扶贫，是萨如拉图雅嘎查独有的一种扶贫方式。由"输血式"扶贫转变为"造血式"脱贫，这种全新的扶贫思路和扶贫方式，彰显了廷·巴特尔——一个嘎查党支部书记的决策能力和政策水平。这项措施产生了明显的成效，获得了锡林郭勒盟"科技发明奖"。

水草丰美，牛肥羊壮，牧业生产稳步发展，牧民住进新居。萨如拉图雅嘎查旧貌换新颜。

70岁牧民赛汉巴拉坦说："廷书记带领大家致富，我真心感动，从内心里喜欢巴特尔。我们都要感谢廷书记，非常感谢他！"

二、准备赔钱的公司

萨如拉图雅嘎查生态日渐好转，牧民的收入提高了，牧民的生活水平有了提升。但是几年之后，嘎查的工作又遇到了难题。

牧民承包的草场是有限的，在草场对生产的制约出现之前，牧户的牛羊增长过快；草场的制约出现后，在一家一户的粗放经营中，牧户的牛羊不但很难增长，而且需要削减。这些问题和困难，仅靠小户经营难以解决。但是出路在哪里？该怎样解决这个困境？

那一年，廷·巴特尔去新西兰考察，让他开了眼界。他看到，那里的牧民把房子都建在水、电、路、通信俱备的地方，牲畜和草场统一规划，牲畜随草场好坏流动。不像家乡的草原上，明明草场正在沙化、退化，牧民还在建房子。过上两年，生态移民又得拆房子，造成重复建设。

这次考察使他更加意识到，凭牧户各家各户单打独斗，搞生态畜牧业太困难了，只有把牧民联合起来，形成规模，走公司化、集约化经营的路子，才能达到草原生态恢复和牧民致富齐头并进的目标。

廷·巴特尔有了新的设想：他准备建立股份制企业，搞牧业生产养殖和畜产品加工业，再把草场和牲畜集中起来统一规划、统一管理，轮流放牧，引进优良品种。他还设想着重新建立乳粉厂，把萨如拉图雅嘎查建成一个社会主义现代化的新牧区。

此时，廷·巴特尔有些兴奋，他的思路越来越清晰，信心也越来越足了，一个萨如拉图雅嘎查新牧区的蓝图已经在心中绘制成形。

第三章 | 喊破嗓子，不如做出样子

廷·巴特尔又开始每天早出晚归，开着那辆客货车冒着风雪往沙窝子里赶，挨家挨户地跑牧户家，向牧民们宣传他的"公司化、集约化和规模化"发展思路。牧民听了，感到新奇、不解，他耐心地一户户讲解。

有些事情想起来容易，但真正做起来很难。

牧民的议论也多了起来："公司能开起来吗？要是倒闭了，我们的牛也都赔进去了。"

想一下子扭转牧民的生产方式太困难了，偏僻落后的牧区，牧民的头脑里根本没有"公司"这个概念。廷·巴特尔焦虑得几天几夜睡不好觉。

已经临近春节，每天看着丈夫疲惫忙碌的身影，额尔敦其木格知道这个春节他又回不了呼和浩特市的家了。她默默地收拾自己和孩子的行装，给丈夫做了新鲜的奶食品，还炸了满满一箱馃条。

这个春节，廷·巴特尔没有回家，没顾上回去探望年迈的父母。

年底，他对萨如拉图雅嘎查的发展思路做了重大调整，注册了萨如拉牛业公司。集体财产全部划入公司，牧民以牛和草场自愿入股。廷·巴特尔带头拿出自家80%的改良牛作为股本，引导牧民成立合作社。

全嘎查有30户牧民入股，其中6户以现金方式加入，每户入股2000元，其余以牲畜和草场方式加入，注册资产92万元。

萨如拉图雅嘎查党支部书记廷·巴特尔被选为公司董事长。

为了推动这种集约化经营模式，廷·巴特尔用他在全国巡回演讲时，一些地方政府和企业家资助他个人的35万元和牛业公司的部分资金共计40多万元，购买了25头西门塔尔种公牛牛犊，交给

牧民饲养，并和牧民签定了合同。

贫困户以承包为主，承包的前三年不收租金，三年后公司按承包基础母牛头数20%的比例向承包者收回牛犊，基础母牛的其他收入和80%的牛犊归承包者所有。

"别人办公司是为挣钱，我们办公司是准备赔钱的。"廷·巴特尔面色轻松地笑着说。可谁能知道，这背后他承担了多少沉甸甸的责任与压力。

办公司是为赚钱的，因为公司的本质属性就是追求利润的最大化，可廷·巴特尔却不这样想。

"我的目的，就是让公司最大限度地投资，牧民最大限度地受益，让改革的成果真正惠及广大牧民群众。"

在一次全体牧民大会上，他掷地有声地承诺："公司赔钱算我的，赚了都分给牧民。"

这种以公司模式运转的创新扶贫方式成为锡林郭勒盟建设社会主义现代化新牧区的重要举措，廷·巴特尔大胆地迈出了第一步。

他随即召集牧民股东开会。"公司挣钱了，就帮扶给牧民，咱们不拿工资，全是白干。"

股东们面面相觑，入股赔钱公司，股民还没有工资，这个公司经营有什么意义呢？此时，好多入股的牧民开始动摇。不到两个月时间，30户牧民全都宣布退股。

萨如拉牛业公司，只剩下廷·巴特尔一人。

但是他没有改变初衷，还是按照最初的规划、最初的承诺，风险和支出都由他自己来承担，挣到的钱分给牧民。

一个月时间，嘎查牧民把羊都卖掉了，全部改成了养殖牛。

廷·巴特尔继续酝酿新牧区建设的发展思路，公司现阶段的主要任务就是全力帮助和支持牧民致富。等牧民富裕了，生产发展到一定规模，自然就有联合的愿望，有扩大公司的要求。那时，搞集约化经营和公司化管理的条件就成熟了。

他为牧民算了一笔账：一头良种牛与一头土种牛相比，土种成年牛只能卖2000元，一头良种成年牛多卖3000元；一头土种牛犊卖200元，一头良种牛犊卖1000元。廷·巴特尔已经做好利润比对，公司化运作能达到"一石三鸟"的效果。改良牛品种，牧民零成本投资，公司的效益最大化，利润还可以买更多的良种牛交给牧民饲养，达到良性循环，让牧民更快地致富。

"到那时，传统的牧业生产方式将被彻底地改变。生产集中了，分工更细了。从经营管理的意义上讲，嘎查转换为公司，牧民转变为员工，草原上的牧民也将过上更现代更幸福的生活。"

他对萨如拉图雅嘎查的未来充满憧憬。

但是，在偏远的牧区，传统和习惯往往表现为一种惰性，即便是面对明晰的利益，也未必有人心动。

牧民巴苏雅拉图就不支持，他说："我们刚进行草畜承包，牛羊归了自己，现在又是咱说了不算了。羊都卖了，养牛我不会。"

廷·巴特尔便把牛送到他家，还送去了满满一车饲草料，告诉他如何饲养以及注意的事项，对他说："你试养一年，一年后你就会看到成效。"

74岁的贡斯玛是嘎查的贫困户，老人体弱多病，跟小儿子一起生活，在偏远的沙窝子里居住。廷·巴特尔经常去她家帮忙干活儿。为了帮助她脱贫，公司给她家分了5头改良牛和5头土种牛。

廷·巴特尔开着客货车把牛送到她家。

"每年公司只收回一头牛犊，其余的牛犊全部归你们。"

贡斯玛老人感激得连连点头，上前抚摸着一头头肥壮的牛，简直不敢相信自己家里也有牛了。

廷·巴特尔绕着棚圈走走停停，想看看老人家里还有什么困难。他发现老人家里没有机井，回来后，又帮助她家申请了全套机井项目。

机井安装那天，他除了带来设备，还有几袋水泥。原来，他要给老人家里修建水泥饮水槽。

外面的风呼呼地刮着，廷·巴特尔低着头干活儿，微寒的天气，头上却冒着汗。

"快歇会儿吧，喝点儿热茶，玛乃呼。"

贡斯玛老人来到他身边，轻轻地召唤着。

"快了，快了，这个很快就砌完了。"廷·巴特尔抬起头笑着说，手中的活儿依然没有停下。他照着自己设计的图纸，一点点垒着水池，一直干到天黑。长6米、宽2米的长方形水泥池，这是他设计的蓄水池。"额吉，这个水池装满水，牛能喝四五天呢。"

"现在好了，只要池子里有水，把这个开关打开就可以了。"

廷·巴特尔起身给老人做着示范，看着水槽里哗哗流淌的水，贡斯玛老人开心地笑了。

这个池子解决了老人的大问题，以前小儿子有事出去几天，她一个人在家就没办法饮牛。

廷·巴特尔接着修补棚圈的破损地方，给老人解决了所有难题。

"好了，额吉，这个冬天不用怕了。"

"过几天，我再来。"

廷·巴特尔拍了拍身上的灰，如释重负，放心地开车离去了。

给牛驱虫灌药、做冷配、补充营养，廷·巴特尔一年时间到她家不知多少趟。

几年时间，贡斯玛老人已经拥有了50多头牛。她知道，这里含着廷书记多少心血和汗水啊！

在廷·巴特尔的帮助下，牧民巴苏雅拉图养牛后收入逐年提高，让他对廷·巴特尔从不信到信服，廷·巴特尔怎么做，他就跟着怎么做。两年时间，他不仅摘掉了贫困的帽子，生产致富还走在了嘎查的前列。

一种梦想，一种目标，只有付出艰辛和勇敢拼搏的人，才能将梦想变为现实。一步一个脚印，那是用真诚和艰辛所换取的啊！

在萨如拉图雅嘎查，有很多贫困牧户在廷·巴特尔的带领下和萨如拉牛业公司的帮扶下脱了贫。

自此，一个现代化的公司管理模式，出现在了偏远闭塞的草原上。

廷·巴特尔的公司化运作，让牧民最大限度地得到了改革的实惠。他还有更长远的谋划，他说："我是放水养鱼，而且是养一条大鱼。这条大鱼就是富裕、和谐，具有小康水平的新牧区。这一天并不遥远。我们计划用三五年的时间完成这个过渡。"

建设好新牧区，让牧民过上幸福的新生活，一直是廷·巴特尔的梦想。

在带领嘎查牧民致富的同时，他还思考着牧区应该怎样发展建设？他认为，牧区地广人稀，如果以乡镇苏木为单位，则可以在资源整合、资金使用、人员配置等方面宏观规划，为将来的长远发展打下扎实的基础。可是牧民居住分散，逐户实现通水、通电、通路困难大，成本高，每个嘎查通一条路可以实现，但每户通路实现不了。

"在集中居住试点的基础上,以公路建设为主线,路边拉电通水,沿线分布居住点,实施远放近养,建设具有牧区特色的现代化新牧区。"

国家提出建设社会主义新农村后,廷·巴特尔开始思考牧区的建设模式。

他向上级领导汇报了自己的远景规划。

嘎查的牧民整体上实现了富裕,但是还有部分牧民居住在沙漠边缘。为了彻底改善这部分牧户的生活条件,廷·巴特尔开始四下奔走,从政府部门申请了专项资金,建成了一个牧民集中居住试点新区。

廷·巴特尔心目中的社会主义新牧区,不但要环境优美、生产发展,而且还要牧民生活富裕,生活质量上去,让城里人"眼红"。

"住上新家了,咱也要按照城里人的住房设计。"

牧民迁入了新居,廷·巴特尔鼓励他们要享受上城里人的居住条件,并每户资助二三万元用于室内装修。

萨如拉牛业公司成立不久,廷·巴特尔又注册了旅游公司,资助牧民建了5个旅游景区,并进行广告宣传等旅游前期开发。他带领村民们发展起了多种养殖,鲜奶、风干肉加工销售、"牧家乐"等旅游产业。花费20万元资金,在希拉河上修筑了一座漂亮的桥梁,解决了牧民的来往车辆陷入泥泞无法通行的困难。架起十几个配备齐全的蒙古包,打通了乡村旅游线路,为牧户们开辟了销售鲜肉和奶食品的新路子。

以前,牧民们在草原上分散居住,交通不便,牛奶根本就卖不出去。奶站建成之后,仅销售牛奶一项,牧民的收入就比原来增加了一半。

好的发展模式和成功经验，总能带动一方，造福一方。

每当夜幕降临，萨如拉图雅草原之夜，五彩灯光环绕着蒙古包，点缀着夜幕的星空。"知青故居游""冲沙旅游""孟都之泉""希日都海"和"哈日乌素"特色旅游部落，向游人展示了萨如拉图雅嘎查搏克、套马、潮尔、那达慕、民俗礼仪、民族饮食、歌舞等独具风情的民俗文化。

浑善达克沙地有很多红柳，牧民用柳条编织成筐放肉食，或者放在"崩克"里面，那是用柳条细密地编制的箱子，肉会自然通风阴干。每年农历10月中旬，牧民开始准备冬储肉，在10月25日之前结束。这样风干的肉经历了冬日寒风的洗礼，血水完全脱干，肥肉的胶质细密醇厚。风干肉成为锡林郭勒的特色美食。

每户牧民家都有自己做的"崩克"，没有一个妇女不会做风干肉和奶食品。合作社生产的食品，蕴含着这片草原的时光岁月及人与自然的故事。

草原上的旅游热起来后，洪格尔传统奶食品和风干肉被推向了市场，呼格吉勒嘎查牧民创办了"洪格尔传统奶食品合作社"，打造传统特色食品品牌。合作社把嘎查牧户制作奶食品和风干肉的原材料都集中起来，用标准化生产车间和流程进行生产加工，统一上市销售，不仅保证了产品的质量，还提高了附加值，合作社生产的奶食品和风干肉供不应求。

牧民照日格图想创办草原旅游点，廷·巴特尔鼎力相助。旅游点开业了，不仅旗内外游客络绎不绝，就连日本客人也慕名而来。

牧民收入年年翻番，牧民们住上了新房子，开上了小汽车。萨如拉图雅嘎查成了远近闻名的富裕村、生态村。

廷·巴特尔成了牧民最信赖的致富带头人。

萨如拉图雅嘎查成了新牧区典型，呼格吉勒嘎查书记苏乙拉图在全体牧民大会上，宣传廷·巴特尔的先进经验和做法，他说："实现畜牧业产业化发展和廷·巴特尔的先进理念是分不开的，这些年从改羊养牛开始，到生态恢复、发展旅游、成立合作社，一步步走过来，现在取得了阶段性成果，我们应该认真地总结好的经验，把好的方式方法运用到牧区建设中，廷·巴特尔就是我们身边的榜样！"

2007年，廷·巴特尔从自治区争取来资助牧民养殖牛改良项目，引进西门塔尔牛。他召开嘎查委员会研究，这批牛先分给生活困难、牲畜少的牧户，给贫困户每家发放5头西门塔尔牛。

贫困户苏雅拉图、乌兰其其格家，孩子正在读大学，生活上很拮据。

乌兰其其格说："廷书记争取的项目款买的牛自己一头没要，全给困难的牧户分了，最后的5头也分给了我们家。"

从最开始争取项目，引进改良牛，到给牧户一家家分，廷·巴特尔不知跑了多少次，磨破了嘴皮，操碎了心。全嘎查牧民都有了项目牛，而他自己却

规模化养殖的西门塔尔牛

一头都不留。

"让牧民跟上这个步调，更快地富裕。要给后人奠定基础，让后人站在这个台阶再往高走。"廷·巴特尔因户制宜，一步步实施扶贫举措。

苏雅拉图、乌兰其其格家当初的5头扶贫牛，如今发展到了40多头，每年收入10多万元。还有很多和他们一样的精准扶贫户靠着养殖牛摆脱了贫困。

"为了扶持牧民，廷书记解散自己的公司，把全部的资产都给牧民分了。"乌兰其其格说起来，感动地流下泪来。

合作社步入正轨后，为了更好地带动牧民发展养牛业，发展嘎查牧业生产，廷·巴特尔做出了一个让人震惊的决定，2018年他解散了公司，把合作社里自己应得的235头牛和16万元全部分给了牧民。

"我们的每一项工作都要考虑牧民的利益，首先得保证牧民有收入。我们的扶贫才能见成效啊。"

廷·巴特尔把牛业公司当成了扶贫公司，公司的收入不仅用来给牧民缴纳医保，为鼓励牧民子女上学，公司还推出帮扶支持政策，对考入大学的牧民子女每人一次性奖励一千元。

廷·巴特尔实现了当初为集体赚到一百万的承诺。超额实现！

一夜之间，这个蒙古族汉子又一无所有了，可他格外高兴！

三、乡亲们的主心骨

妻子额尔敦其木格说："巴特尔老早就说过，人的一生不是为钱而活着，是为了让所有人都过得更好而活着。"

为了牧民，廷·巴特尔无所不能。他帮助困难户设计适用于沙窝子地带的活动暖棚，刻苦自学掌握修理技术，免费修理牧民的各种机械和家用电器……他到底帮助牧民们做过多少事儿，牧民们数都数不清。

他们早已把廷书记看作自己的主心骨。

过去，牧民们过日子没有计划，缺钱了就卖牛、卖羊。现在，在廷·巴特尔的影响下，他们精打细算，每年生产生活需要支出多少钱，哪些用于发展生产，哪些用于改善生活，都安排得妥妥当当。

牧民经常走营盘，廷·巴特尔都要提前规划，生产工具、住宿，考虑得周到细心。他勤劳，有规划能力，动手能力强，大队好多牧民都找他来做马笼头。

深秋的一天，天已经转冷，额尔敦其木格干活儿回来，看见蒙古包里堆放着满地的马鞍子、马笼头，孩子却不见了踪影。廷·巴特尔连忙起身跑向牛棚圈，找到了忘在牛棚里的孩子。看到躺在牛棚地上打盹儿的孩子，额尔敦其木格哭喊着发疯似的追问："你这狠心的家伙，孩子被牛犊子踩到了怎么办？这个女儿你不想要？"

廷·巴特尔见妻子发火了，赶紧跑了出去。等额尔敦其木格把孩子哄睡了走出去后，他又赶紧走进蒙古包，凑近孩子身边，用手轻轻探着，看看孩子有没有呼吸，脸上露出愧疚和不安。

这是他们夫妇唯一的一次吵架。

对自己的孩子无暇顾及，廷·巴特尔的心却无时无刻不在牵挂着牧民。在牧业生产中，廷·巴特尔经常以这样忘我的行为帮助牧民，全身心投入，事事为牧民着想。

| 第三章 | 喊破嗓子，不如做出样子

贫困户巴·乌兰家的两个孩子正上初中，因为连年的旱灾雪灾，家里的羊所剩无几，还有一个卧病在床的老人。家庭的变故，致使两个孩子面临辍学。

廷·巴特尔听说后，马上从家里拿上两千元钱，连夜骑马赶到她家。

"拿着吧，先送孩子去上学。有困难就说。"

接过钱时，巴·乌兰激动得双手颤抖，说不出话来。

苏木党委原书记宝力格说："在萨如拉图雅，他像是一位家长，牧民们无论大事小情都要找他，两口子闹矛盾、孩子不听话，也要找他。牧民们把他当作最贴心的人，觉得有事找廷·巴特尔是天经地义的事，不找他找谁！"

有一户牧民夫妻二人因为生活琐事吵架闹离婚，女人一气之下喝了毒药，嘴里吐着白沫子，人躺在地上挣扎，孩子趴在身边号啕大哭。男人慌神了，连忙去找廷书记。

廷·巴特尔骑马迅速赶到，叫人用酸马奶灌，把她吃进的药物催吐出来，女人被救了过来。过了一阵，两人又吵起来，女人开始绝食，男人跑来对廷·巴特尔说，他媳妇三天没吃饭了。廷·巴特尔又跟着他去做工作："为啥不吃饭，自己命不要，孩子也不要了吗？"

廷·巴特尔劝说着女人，让男人赶紧去给媳妇做面条。

女人坐起身，吃了一碗面条后，还是不搭理男人。廷·巴特尔赶忙催着男人，说："去，再去做一碗。"

男人答应着，赶紧又去煮。

看着男人小心照顾着，女人的气也消了。廷·巴特尔又扶持他家的牧业生产，增加了家庭的收入。看着日子一天比一天好，夫妻关系也和睦了，他们从心底里感激廷书记。

一个寒冷透骨的冬夜，有人来告诉廷·巴特尔："查汗塔拉牧点有个牧民跳井了。人们聚集在那里，下井捞尸的人是从苏木所在地用五百块钱雇来的，可是那人突然迷信起来，死活不敢下井了。"

廷·巴特尔拨开众人，说："我下去捞吧！"他用一条缰绳拴紧腰身，下到井里。等他把人捞出来时，身上的棉袍已被井水浸湿，从井里上来后，冻得浑身哆嗦，上下牙打起架，咯咯作响。

天黑了，这些人吃喝怎么办？只有这一口井，泡了一整天尸体的井水，大家都不敢喝。廷·巴特尔带着一帮人淘井，把那口井的水彻底清理了一遍。

看着大家还是不敢喝，他说："我先喝，我能喝，你们就能喝！"

晚上，外面天寒地冻，牧点就一个蒙古包，死者的家属第二天才能来。现在，尸体只能存放在蒙古包里。

活人要和死人一起睡，没人敢迈进蒙古包。

廷·巴特尔招呼大家说："你们别怕，我挨着他睡。"

谁也不敢进放尸体的那顶破蒙古包，又是廷·巴特尔独自一人守了一夜的尸体。他从小就经历过流离失所，受人歧视，为了挣钱吃饭，他还曾从医院的太平房里往外背过尸体。

第二天早晨，廷·巴特尔等着那家人到来，又跟着到他家帮忙料理后事，天黑了才往家返。

他不仅是牧民的福星，也是牧民的"救星"。

有一天，廷·巴特尔到萨布干营子，突然听到有一家传来撕心裂肺的哭声。原来这家刚过一周岁的孩子夭折，一家人哭成了一团。

女人撕心裂肺地哭喊:"萨日娜,都怪我们家穷,没钱给你治病啊!是阿爸阿妈对不起你!我苦命的孩子啊!"

男人叫照日格图,他说:"可怜的孩子,生下来就体弱多病。就刚才,哭着哭着就没气儿了……"

听到他们的哭诉,廷·巴特尔突然产生了疑问:"怎么说死就死了呢,是不是他俩过于惊慌,把孩子抽风当成死了?"

廷·巴特尔走到放孩子的地方,发现小姑娘还有微弱的脉搏,就急忙把孩子抱回蒙古包,脱下她的衣服,想起小时候跟妈妈学的偏方,用白酒擦她的胸口、脚心,做人工呼吸,捶打她的后背……慢慢地,小女孩恢复了呼吸,睁开了眼睛。

"萨日娜活了!萨日娜活了!"

"廷书记救活了萨日娜。"

夫妻俩"扑通"跪下,感谢救活了他们女儿的廷·巴特尔。

从那以后,小萨日娜有了再生父母。廷·巴特尔叔叔给了她第二次生命。小萨日娜到了上学的年龄,由于家庭生活困难,只能眼巴巴地看着同龄的孩子们背着书包去上学。

这时候,廷·巴特尔叔叔来了,将崭新的书包、作业本、铅笔、文具盒等一整套学生用具摆在她面前,她高兴地跳起来,叫着巴特尔叔叔……

"再有困难也得让孩子读书,咱们大家一起想法子!"廷·巴特尔说。原来,他是到学校把小萨日娜的学费交了以后来接她的。

萨日娜的父亲照日格图,在乳粉厂出工时就得到廷·巴特尔的照顾,他是20世纪60年代被送到内蒙古大草原的三千孤儿之一,在这片草原长大。

中国牧民

在国家最困难的时期，勤劳朴实的牧民们伸出大爱之手，抚养三千个无家可归的南方孤儿，今天更不会让他们的孩子们上不起学，落在人后。

"现在，我们家的变化可大了。我们有了自己的羊群，有了北京吉普车，有5000多亩草场，还实现了定居。我们家的每一点变化都离不开廷·巴特尔叔叔的帮助，都凝聚着廷·巴特尔叔叔的心血。也正是这样，我阿爸这个当年的南方孤儿，才真正在草原上扎下了根，成为一个地地道道的草原牧民。"

"我只是讲了廷·巴特尔叔叔帮助我们家的故事。其实，在我们那里的牧民中，每个人都能讲出许多有关巴特尔叔叔的故事。萨如拉图雅草原虽然很广阔，可是哪里有牧民，哪里就有廷·巴特尔的名字，他与我们同欢乐，共患难。从他的身上，我看到了一种既平凡又伟大的精神，这精神也使我更加热爱自己生活的这片草原，因为我知道廷·巴特尔叔叔是属于这片草原的，他把自己一生中最美好的青春年华都献给了它。"

廷·巴特尔先进事迹报告团归来

那是在2002年6月,"草原之子"廷·巴特尔先进事迹报告会在全国巡回宣讲,萨日娜以"爱心铸就骨肉情"为题深情地讲述了巴特尔叔叔的故事,两代人情感汇聚,故事里故事外,观众无不为之动容。

四、两张发明图

上级要来给廷·巴特尔家拉长电,他一口回绝。他说自己有个请求,希望能给萨如拉图雅嘎查的牧民都拉上电。让牧民用上电,这是他深藏心底多年的心愿。

廷·巴特尔还清楚地记得刚来萨如拉图雅插队时的情景,整个锡林郭勒盟只有盟行署所在地锡林浩特市有一座小电厂。阿巴嘎旗里当时只有一台小型柴油发电机,也只是在天黑之后才发电供应亮一会儿,夜晚的街上又黑又静,人们很少出来走动,街上零零落落的几根电线杆变成了牧民进城拴马的拴马桩。牧区没有电,一到晚上两眼摸黑,啥也看不见。

"牧民们没看过电灯,也没看过汽车,看到给汽车加油,都很是好奇。"

蒙古包内没有电灯,只有昏暗的羊油灯相伴。知青们晚上起夜要拿着手电筒,脑袋经常磕碰到蒙古包低矮的门框上。牧民的孩子白天放牧,晚上回来在羊油灯下玩羊拐骨"嘎拉哈"。那时候,半导体收音机就是牧民家的唯一奢侈品。公社放一场电影,牧民要徒步走三五十里地,有时候赶到电影放映机坏了维修,还要几十里地摸黑返回。

以前每天挤的牛奶、羊奶无法保鲜贮存,都得当天运到百里外销售。车马劳顿，长此以往，卖奶的钱还抵不上往返支出。

牧民不仅受风沙的侵袭，还有偏僻落后带来的精神上的匮乏。好多年轻人宁愿外出打工，也不愿固守贫瘠的草场。

"牧区要发展，没有电肯定行不通。"

这已经成为廷·巴特尔心里绕不开的一道坎儿。他来牧区插队之前，家里已经使用上了家用电器，电灯更不用提了。这些巨大落差，激发了他改变牧区现状的决心。

他时常想起，一次春节回家，带回来半导体小收音机，那是嘎查的第一台收音机，牧民都来他家听。那个时候，他家的蒙古包就立在大队部附近。

他憧憬着，牧区打了深水井，又通了电。有了电便可以看电视，这样沙窝子里的牧民们就能看到外面的世界了。

在空旷的草原上，每户牧民都有几千亩草场，方圆数十里没有别的人家，用电是个大难题。直到20世纪80年代初，因为萨如拉图雅大队工作突出，旗政府奖励了一台风力发电机。这个奖励来自廷·巴特尔设计的两张发明图。

一个是他的"廷·巴特尔打井法"设计图。他设计的那张草原打井图，用水泥圆柱做井筒，上下两个备用移动，设计独特，解决了牧民在沙地草原打井难的问题，具有非常好的实用价值。

另一个是能在草原上移动的"迁移式蒙古包"设计图。里面设计有厨房、客厅、卧室，下面安上四个轱辘，推着可以迁移，一同设计的还有行走的"崩克"。牧民走场时可以牵着迁移式蒙古包迁徙，尤其在冬季，搭建蒙古包时地面都是冰冻的，迁移式蒙古包很好地解决了这个问题。

两张发明图解决了牧民在生产生活中的大难题，也是廷·巴特尔多年经验的集成。

于是1985年，廷·巴特尔家有了第一台风力发电机。

当运载风力发电机的汽车到达萨如拉图雅嘎查时，牧民骑着马去各个浩特报告喜讯，草原沸腾了。牧民们早早等候在那里。一些人还从很远的地方赶来，像过节一样，每个人脸上都洋溢着笑容。他们聚在一起热议：

"太好了！盼望这么多年，我们这里终于要有电了。草原的孩子们也可以在电灯下写作业了。"

"有了电，还能买电机器来剪羊毛，这样又好又快。"

"以后有了钱，我还想买电视。不用走出去，就可以知道外面的很多事情。"

牧民们陆续购买了风力发电机，远在几十里外的浩特里也用上了电。蒙古包上面的套脑透出点点灯光，与天空中的繁星相映。蒙古包外，高高安装在柱子顶端的小型风力发电机，像小型飞机的螺旋桨，随风刷刷地转动，成为草原一道别致的风景。

从此，这片偏僻落后的草原，结束了世世代代用羊油灯照明的历史。

风力发电给牧民带来了光明，更给草原带来了未来发展的希望。但是风力发电仅有一百瓦，电量只能满足基本照明。风力较小的天气，照明还得点羊油灯和蜡烛。

第二年，他家有了第一台电视机，是内蒙古电视机厂生产的天鹅牌14英寸黑白电视机。因为牧区偏远，没有交流电，廷·巴特尔建议电视机厂将其改装成直流电视机，一批一共6台，发放到内蒙古、新疆、西藏。这是嘎查的第一台电视，也是阿巴嘎旗的第一台直流电视机。全嘎查的牧民都来他家看电视，蒙古包里

143

挤得满满的。额尔敦其木格不停地给大家续茶。

廷·巴特尔握起两段电视天线在蒙古包上支起来,牧区电视信号弱,看着看着中途就会中断,每到这时他就会出去修理天线,画面出来了再接着看。那时演的是电视连续剧《八仙过海》《西游记》,大人小孩都看得入了神。

虽然只能收到旗台,但全嘎查的牧民都会过来看。廷·巴特尔看着大家聚精会神地看电视,脸上洋溢着幸福的笑容,不禁想起了当年牧民骑马徒步去看电影的情景。他想,要是有一天牧民都能坐在家中看电视就好了。

他期待着有一天能为嘎查牧民都拉上长电。

1997年,他终于盼来了洪格尔高勒苏木要拉长电的消息。但是,由于缺少资金,迟迟不能开工。廷·巴特尔在苏木开完会后,回到嘎查连夜召开牧民大会。苏木进行电网、程控电话、电视接收和有线电视入户等项工程建设,资金缺口3万元。他把苏木的困难一说,大家围坐在草地上,借着月光商议。

廷·巴特尔说:"咱们的孩子都在苏木念书,苏木通了电,他们就不用在油灯下看书了,以后也有了安装电话、电视机的基础,咱们嘎查将来通电也方便。到时候,我们的家电再不用受风力发电机限制了。洗衣做饭都可以。"

"廷书记,我们支持您!"

"我们同意,支持苏木拉电。"

听到牧民们朴实的话语,他的内心暖乎乎的。嘎查决定拿出4万元支持苏木拉长电,得到全票通过。"廷书记会安排资金,又事事为我们考虑,听他的没错。"

第二天,牧民们齐刷刷将卖牛打草凑来的钱交到廷·巴特尔手上，连一张借条都不让打。他攥着厚厚的钞票，特别感动。

这是牧民对党支部的信任，是对他廷·巴特尔的信任啊！

2002年，大电网终于覆盖到嘎查。通电那天，牧民们太高兴了，围在通电的变压器下，拉着安装电网工人的手不让走，非要宰只羊招待他们。

"户户通"工程的实施，让牧民的生活彻底得到改变。牧民家的电器也越来越多，电视机、洗衣机、冰箱……牧民们知道，这都要感谢处处为他们着想的廷书记。

当时，廷·巴特尔骑马走沙窝子，一走就是一天。冬天刺骨的寒风冻得人受不了。但是一想到牧民还等着用电，无论多难他都要坚持。

廷·巴特尔还特别谈到了对牧区供电模式的看法。他认为牧民居住过于分散，在现有基础上实现"户户通"投入很大，而且维护成本也很高，建议供电企业结合当地实际，逐步探索有牧区特色的供电模式。

他的目光看得更远。他深知，改善牧民生活，不仅要增加收入，还要丰富精神生活，养成文明风尚。"当年我刚插队时，为了使自己像个牧民，故意把自己弄脏弄黑；现在反过来了，我这个当支书的，要带头做新时代的新牧民。"无论干多脏多累的活儿，他都要保持衣服的干净整洁。

曾经，草原上的文化生活比较单调，许多人靠喝酒消磨时光。因喝酒误事、伤害身体的事情常有发生。廷·巴特尔反对酗酒，便带头戒酒，一有机会就宣传酗酒的危害。但是"禁酒令"一出，就遇到了阻力，有的人天天喝酒，还向他叫板："我又喝酒了，你怎么着？喝你家的酒了？"

渐渐地，人们听从了他的规劝。现在，萨如拉图雅嘎查很少有牧民喝酒，这已经成为一个文明约定。

草原的牧民居然不喝酒，这真是个令人难以置信的事。但是，廷·巴特尔做到了。

萨如拉图雅草原发生了日新月异的变化。这个变化潜移默化，这个变化内化在牧民心里。

在廷·巴特尔的提议下，嘎查出资将闲置了很久的队部改建为集理论学习、文体娱乐、科技推广、普法宣传为一体的多功能文化活动室。"牧民的文化活动太少，好多年轻人只能前往苏木找娱乐项目。"他与支部成员商量决定，每月开一次牧民大会，会后举行舞会。听说还有交谊舞，大家目瞪口呆，这可是国际舞，牧民都不会跳，好多人提到还偷着笑。

"好，我先去学！"

回到家，廷·巴特尔拽起正在忙碌的额尔敦其木格，说："先别干活儿了，换上漂亮衣服，我带你去城里跳舞。"

额尔敦其木格甩开手，嗔怪道："跳啥舞，那是城里年轻人跳的，我可不去。"

廷·巴特尔说："这是任务，咱俩学会了，回来给他们当老师。"

看着他那认真的表情，额尔敦其木格勉强答应了。

第一次走进舞厅的额尔敦其木格有些羞涩，不敢迈进舞池。随着舞曲响起，额尔敦其木格伴着音乐，腰肢轻快地舞动起来，廷·巴特尔的步伐倒显得很僵硬，几次险些踩到妻子的脚。

廷·巴特尔说："还说学不会，我看你跳得比他们还好呢。"

额尔敦其木格笑着说："当然了，我们蒙古族姑娘从小就在草原上跳舞。"

廷·巴特尔和妻子连着学了两个晚上，三步、四步、慢步，很快就都能熟练地跳起来。

这一天，嘎查文化活动室，会议结束后，廷·巴特尔宣布，大家都不要走，下面还有个重要活动。说着，他转身走出门去。

大家正疑惑间，廷·巴特尔换上一身蓝色蒙古袍走了进来，手里还提着录音机。身后，穿着一身玫粉色蒙古袍的额尔敦其木格也走了进来，服装上镶嵌了金色亮片，端庄秀丽。

"真漂亮啊!"

廷·巴特尔弯下腰，一只手背后，绅士地邀请妻子走到活动室中央。随之屋子里响起了圆舞曲。伴随着舞曲，两人轻快地舞起来。旁边的牧民都看呆了。

"来，都过来，你们也来学。"

廷·巴特尔招呼着几个年轻人。有人捂着嘴笑着跑开了，还有人趴在外面的窗户上，偷偷地往里看。

廷·巴特尔把他们都叫进来，让额尔敦其木格一步步地教他们。

大家开始模仿着步伐跳起来，活动室里的乐曲、欢笑声起伏不断。

草原的夜晚不再寂寞。廷·巴特尔把舞会发展成晚会，开展唱歌跳舞、技巧展示、男女混合特技赛跑、击鼓传花等活动，好多年轻人都积极参与进来。在活动中，也增进了感情交流，平时因为有矛盾隔阂的在娱乐中也得到了化解。

健康的文化生活，使牧民眼界大开，健康文明的生活理念渐入人心。廷·巴特尔还买回了许多有关科学养畜、种草种树、脱贫致富的录像带、录音带、书籍，组织牧民学习，遇到不会的，牧民就来请教廷书记。

大家都盼着活动日这一天，每月1日、15日，牧民们就会汇集到文化活动室，开会、学习、娱乐，这两天成了他们法定的"节日"。

因为大家都想着外出参加活动，后来廷·巴特尔不得不宣布：谁家不留看羊管牛的，要扣分！

廷·巴特尔还别出心裁地制定了一些特殊的"奖励"规定：今后凡是不收拾家的，奖励一把笤帚；不洗脸的，奖励一块肥皂；酗酒后随处乱吐的，奖励一个痰盂……当然，直到现在，还没有哪一个牧户得到这样的"奖励"，健康文明的生活理念已经深入人心。

廷·巴特尔夫妇参加嘎查庆"七一"活动

牧民们争做文明事，争当文明户。只要有修路、植树等义务劳动，不用催，每户必出代表，有时还全家上阵。

"咱不能给廷书记脸上抹黑，不能拖累我们嘎查！"

全嘎查80%的牧户都挂上了"十星级"文明小康户的牌匾。由牧民选出的第一批小康文明户共15户，他们个个喜笑颜开。

嘎查党支部的战斗力、凝聚力不断增强。牧民们都说，萨如拉图雅的生产生活的每一个进步,都和我们的廷书记分不开。廷·巴特尔却说:"功劳绝不是我一个人的,是大家的。许多人做得比我多,比我好。比如嘎查长那顺陶克陶,他话不多,但干得多,贡献大。"虽然身为书记,但他从不滥用权力。计生工作难度较大,他与妻子年轻时在嘎查率先领取了独生子女证,由于书记带头,许多困难便迎刃而解了。

萨如拉图雅,蒙古语意为"明亮的霞光",牧民们认为廷·巴特尔就是那明亮的霞光,是给牧区带来文明和希望的亮光。

萨如拉图雅嘎查村委会会议室的正前方,赫然立着"榜样就在身边"人物事迹宣传栏,上面有三位典型人物:"草原之子"廷·巴特尔、实现生态经济丰收的典型牧户呼日勒巴特尔、"文化传播的使者"岗根希力嘎查牧民道·图门巴雅尔。

在阿巴嘎草原深处,"布仁唐斯嘎"草原书屋远近闻名。这是道·图门巴雅尔自费创办的自治区首家个人"草原书屋"。道·图门巴雅尔一家四口,儿子叫布仁,女儿叫唐斯嘎。"布仁唐斯嘎"草原书屋是以儿女名字命名的,他希望孩子们长大后能够成为一个有文化、有知识、有用的人。

国家恢复高考制度,道·图门巴雅尔如愿以偿地考上了大学,但由于当时交通通信不便,录取消息延误,等他赶到旗里时,上大学的机会已经被耽误了。旗教育局将他安排到德力格尔苏木学校当了一名代课教师。后来,他辞去工作回家放牧。

夫妇俩萌生了创办一间书屋的想法。他们嘎查地处偏僻,交通不便,学习环境差,青年牧民的业余文化生活十分单调。为了改变这一现状,本就生活拮据的他们,自费购买了大量书籍,创办了不足30平方米的草原书屋。在书香的熏染下,两个孩子从小就养成了爱读书的习惯，一家人常常坐在一起看书、交流，其乐融融。

后来生活条件改善了，道·图门巴雅尔又投入40多万元新建三间砖瓦房，扩大书屋规模，由原来的图书借阅，变成了集图书阅览、文化讲堂、民族文化藏品展示于一体的多功能型文化服务场所，为更多牧民开启了一扇知识大门。书屋不定期地举办内容丰富、形式多样的活动，向牧民宣讲党和政府的政策措施以及环境保护、科学养殖等方面的知识。他被推选为阿巴嘎旗基层讲师团的一员，获首届全国"书香之家"及"全国最美家庭""全国十大读书人物"殊荣。

"布仁唐斯嘎"草原书屋是阿巴嘎旗实现全民阅读的缩影。全旗已建成两家"万村书库"、69家"草原书屋"，全旗71个嘎查实现"草原书屋"全覆盖。嘎查有文化室，牧民家庭中有很多文化户，大多数牧民家中都有藏书。

文明之风吹拂着阿巴嘎草原。

这里不仅走出了廷·巴特尔，还涌现出了全国"书香之家"等一批国家级、自治区级文明典型。广大农牧民不断用党的理论路线武装头脑，用科学文化知识充实自己，建设社会主义新农村新牧区蔚然成风。

第四章 让草原上的人们世世代代都能生存

廷·巴特尔：要像保护眼睛一样保护生态环境，像对待生命一样对待生态环境。让草原上的人们世世代代都能生存。

一、"冰凌花"美丽绽放

在北国原野，你是否见过，有一种花破冰而出，向阳而生，金黄色的花朵显得格外耀眼迷人。

"这种花白天开花，夜晚结冰，非常罕见。"又是一年的初春，廷·巴特尔拿出手机给我们看。

大家惊呼。这种花别说见过，连听都没有听说过。去年来了几位国内外植物学专家也说没有见过，他们让廷·巴特尔命名。

廷·巴特尔说："就叫草原冰凌花吧。"

这几位专家说有一种植物已经灭绝，非常可惜。廷·巴特尔笑着说："我们草场里有。"接着，他又快速从手机里翻出了图片。

草原上出现了罕见的冰凌花，还有一些多年未见的植被。

廷·巴特尔说："生态环境好了，飞禽来的就多了，它们就是种子的传播者，我们草场每年都有新物种出现。"

今年，他家的牧场又增加了四种植物。他仔细地拍摄这些植物各个阶段的生长期并做成标本留存下来。他细心地观察牧场上的每一株花草，走过时，轻轻地绕过去，不忍心踩到它们。这里的每株花草似乎都能与他对话，都在向他微笑。

多么相似，几十年来，这个身影执着地坚守在这片草原，治沙固碱，播种绿色。治沙三四十载，他从未停止过脚步。这里的花草和树木都是他亲手种下的，就像他的孩子一样。种活一棵树，比养活一个孩子都难啊！他对它们充满了怜爱……

曾经阿巴嘎草原的沙带像一条黄色巨蟒横亘在南部苏木镇，风沙危害侵袭着牧民的生产生活，贫困和土地沙化成为牧民挥之不去的梦魇。"黄风"是当地牧民的叫法。这种风十分强劲，瞬间风力能达到七八级以上，多发生在暮春时节。草原上只有稀疏的干草，残雪已经化尽，地表干燥。就地起沙，遮天蔽日，天昏地暗。人的耳朵、脸上粘满了沙子，牛羊也满嘴都是沙子。阿巴嘎旗一年中有一百多天刮六级以上的西北风。

牧民回忆："以前春天刮风的时候，对面看不清人。草原上没有路，都是铺天盖地的黄风。一到春天，看不到多少绿色。"

浑善达克沙地主要分布在内蒙古锡林郭勒盟九个旗县市和赤峰市克什克腾旗，总面积5766万亩。20世纪五六十年代，浑善达克沙地区域曾经两次大规模开垦，随着人口、牲畜数量快速增长和资源开发，使原本脆弱的生态环境急剧恶化，浮尘、扬沙和沙尘暴天气频发。浑善达克沙地由于自然、地理、历史等原因，草原牧区仍然是经济发展的滞后区，民生改善的薄弱区。遏制风沙，恢复生态，内蒙古各族儿女关切，全国人民关注。

那是2000年5月，据专家预测，浑善达克沙地再不进行治理，危害会越来越大，将成为第二个腾格里沙漠。

京津风沙源治理工程启动。为了加快草原的保护和恢复，锡林郭勒盟根据不同地区的生态状况，分别采取了禁牧、休牧、轮牧等治理方式。经过治理，到目前，浑善达克实施草畜平衡的草场面积达3508万亩。

廷·巴特尔挨家挨户走访，走遍萨如拉图雅嘎查方圆百里沙窝子，亲手绘制了治沙地图。40多年来，他在这片草场上播撒了草木犀、苜蓿、德国黑麦草等多种草籽，种植了红柳、沙柳、杨柴、榆树、沙棘等乔灌木百余种，积极改良草场。

廷·巴特尔的治沙种草经验在草原传开，他的治沙精神感染了更多的人追随他，坚守在沙窝子里，一代代赓续奋斗，做保护生态环境的实践者。

查干淖尔，地处浑善达克沙地北部边缘，在那儿，草原和沙地握手交界。那里有一片北京知青郑柏峪心心念念的"红海滩"，人们称之为草原上的"中国红"。

郑柏峪1968年到查干淖尔公社红旗大队插队，有十年之久。

前些年，他回到曾经插队的草原，看到大片大片枯死的树木，眼前成了一片黄沙丘，一棵红柳都看不见了，惊呼落泪："这就是巴扎图？"他不敢相信，曾经水草丰美的巴扎图，成了鼠害聚集地，羊都吃老鼠了。据牧民讲，屠宰的羊胃里面有时会扒出老鼠来。而连续干旱之后，沙地上铺满了蝗虫，汽车一过，碾得就像肉酱，噼啪作响。

曾经水天相接的查干淖尔湖碧波浩瀚，周边草原遍布着沙泉、沙湖、小溪、沼泽，好似梦中的江南水乡，这些回忆深深地烙印在郑柏峪心中，在梦中萦绕。

草原的变化让他无比忧虑：浑善达克沙地一步步走向荒漠，查干淖尔湖正在干涸。湖底白茫茫一片，沙尘暴来临，浓烈的盐碱味迎面扑来，白色粉尘侵入肺部。

| 第四章 | 让草原上的人们世世代代都能生存

"那时,高格斯台河经常断流,查干淖尔的湖岸不断后退,连续三年的大旱,2002年春季全部干涸!12万亩的湖面干了!"

眼前的一切,令郑柏峪无比震惊。

拯救查干淖尔!拯救正在荒漠化的草原!

第二故乡的变化让郑柏峪痛心疾首,1999年在国家轻工业局体制改革时,他选择提前退休,回归草原,做了一名治沙治碱的生态环保志愿者。

这一驻扎,就是20多年。第一年,郑柏峪搞了四个苗圃,他想用传统的植树造林对抗荒漠化。他四处求援,申请企业赞助。他干劲十足地去种树,最后,四个苗圃只有一个建在沙窝子里泉水旁边的存活下来,能为自己提供点儿树苗,另三个全部夭折。他又栽下加拿大速生杨树,但是第二年就被虫子吃光,而且不耐冻的树苗在冬天被冻死了不少。他在湖边又重新建起苗圃,种了约十万棵树苗,因为天旱无雨,从湖里抽的水泛着盐碱,浇完水后的树苗变得白花花的。不久,树苗全部死光。

建苗圃失败,他去抢救沙地柏。20多年以前,沙地柏在浑善达克沙地多处可见,根系扎在沙地里,爬蔓大片地覆盖着裸露的沙丘,不但防风固沙,而且还是野生动物的栖息地。

栽种沙地柏时也遇到了盐碱的问题。他开始怀疑:治理草原荒漠化,植树造林到底行不行?锡林郭勒草原是古代海洋沉积出来的,50厘米的表层风沙土之下,全是盐碱土。植被遭破坏之后,表层土被大风刮跑,变得很薄,甚至有的地方盐碱土直接暴露出来。因此这一带根本不可能种活树,浇水就会返碱。

他找到专家请教学习,最终找到种植碱蓬这个办法。郑柏峪开始奔走立项,如今,项目的第一个五年计划已经种植碱蓬近4万亩。他带领牧民播种碱蓬超过10万亩，每年平均可阻拦风沙尘土厚达20厘米。经过治理，植被覆盖面积已达到三分之二以上。

草原上铺展了大片的绿色。碱茅、赖草、碱蒿等次生植物陆续出现，骆驼来了，牛羊、成群的鸟儿、昆虫也都来了，甚至还有狐狸出现，生态系统开始恢复。

面对困难和无数次挫折，郑柏峪未曾退缩、放弃。他把这片度过青春岁月的草原视为自己的故乡、自己的心灵牧场。"我愿用自己的有生之年守护这片绿色。"曾经花白的头发，已经被风霜染得雪白。这位被风沙打磨的老人依然在前行……

每到秋季来临，查干淖尔湖碱蓬由绿变红，像一片红色的海洋，美丽壮观，被称为草原的"红海滩"，引来许多外地游客前来观赏。"红海滩"的名气越来越大，越来越多的志愿者和郑柏峪一起在查干淖尔种碱蓬、栽沙障，同心协力共建"中国红"。

查干淖尔镇乌兰图嘎嘎查党员中心户胡玉龙，2004年开始参与郑柏峪及中国科学院科学家开展的查干淖尔盐碱干湖治理项目，带领志愿者种植碱蓬，发起"守护那片清澈蓝"志愿者活动，开展水域生态保护服务。"志愿红"守护"生态绿"，守护查干淖尔湖的志愿服务队从最初的7人发展到现在的112人……

站在阿巴嘎旗吉尔嘎郎图苏木乌力吉图嘎查牧民特古斯家草场上，只见繁茂的黄柳和柠条向远处绵延，在微风吹动下，交错生长的灌木泛起阵阵绿波，簇簇金黄艳丽的花朵摇曳跃动，刚刚冒出的柠条枝丫迎风挺立。

"我站的这个地方，叫麻黄沟儿。十年前，这里还是寸草不生、光秃秃的沙地，我便开始种树，到了今天这个规模。当时就想着种树试试，没想到长得挺好。"特古斯当向导，向我们介绍道。

| 第四章 | 让草原上的人们世世代代都能生存

  草原经历持续干旱，频遭沙尘暴袭击。从那时起，特古斯家的草场有了沙化迹象，植被稀疏，青草间的沙土清晰可见。

  2008年夏天，一场暴雨引发洪涝，他家的牧场受到洪水侵蚀，沙地猛然扩张到了400亩。他开始在沙地种树。第一年栽植幼苗，第二年树被风连根拔了出来。他又重新栽植，第三年长出来了，长得越来越好。草场上这些锦鸡儿和柳条已经10多年，锦鸡儿最高的有4米，柳条最高的有3米。草场上原先裸露的白花花的沙地，全部被绿色覆盖，茂密的牧草好多都叫不上名字，灌木丛里又见到野兔、獾子、狐狸这些野生动物在此安家。

  为了保护和巩固治沙成果，特古斯调整生产经营方式，控制牲畜头数，将羊存栏量压减至600只，牛存栏量稳定在20头，开始少养精养，保护生态。

  不负艰辛，经过10多年的治理，他家牧场上的沙地变为郁郁葱葱的绿洲，他将这片沙地划入打草场区域内，进行封牧。打草场当年产草33万斤，卖草收入17万元，超过了当年的牧业收入。

  "以前多半院墙、棚圈都能被沙子埋掉，草地退化严重，牛羊也养不活。现在牧草长好了，水泡子变多了。""我计划收割这些树加工成有机饲料，明年再试着种植梭梭和苁蓉，有绿化草场意愿的人可以来我这里，我免费传授经验。"

  特古斯现身说法，讲治沙带来的惊奇变化。

  毗邻萨如拉图雅的巴彦淖尔嘎查，自治区"最美家庭"乌尼巴图家就在这里。十几年前，他家的草场荒漠化严重，乌尼巴图从那时起开始治沙，7000多亩草场变成了如今的一片绿洲，他成为远近闻名的治沙榜样。

  当我们赶到他家时，两口子正在忙碌。乌尼巴图和妻子换上崭新的蒙古袍，抱着新生的小牛犊，来到一人多高的沙柳旁拍照留念。牧场上留下一家人幸福的欢笑声。

"以前这里都是白茫茫的沙地，经过全家人十几年的努力，现在成为一片绿洲。如今，狍子等野生动物也时常出没。"

乌尼巴图每年在自家的草场上种植黄柳、红柳、柳条等防沙固沙的灌木，从刚开始加入嘎查植树协会集体种植，到后来动员全家老小一起种植。他现在是远近闻名的治沙"专家"。

"我们全家人每年在4月底到5月初，都会腾出十几天的时间，种植黄柳等灌木，这两年将适合种植的地方都栽种了。"乌尼巴图指着眼前的黄柳说道。虽然正值初春，天气乍暖还寒，牧草还未返青，黄柳也未长出新枝，但站在他家的草场，看着接连成片的灌木丛，我们依然能感受到勃勃的生机。

从2000年开始，他改变牲畜结构，把羊全部换成了牛，从外地购买了西门塔尔良种肉牛，计划朝着少养精养的方向发展。现在共有70多头牛，每年随着季节变化和成活的黄柳保护区的变动进行划区轮牧。

我们又去了洪格尔高勒镇伊和宝拉格嘎查"治沙先锋"乌日根达来家。一路上，拓宽的路面、错落有致的沙丘、苍翠葱郁的草原，映入眼帘。

乌日根达来拿出几本厚厚的相册，上面记录着他家草场从黄沙弥漫到绿意葱茏的蜕变，记录着他治理草场生态的全过程。

他指着20世纪90年代的一张照片，说："那时草场沙化非常严重，草原上的鲁苏台淖尔都干涸了，基本生活都成问题。"

"我想让这里重新绿起来。"

"那时，我才20多岁，看着沙化的草场心里很难受。如果不能拯救这片草原，我就没脸继续在这里生存下去了。"

他和妻子商量后，变卖了家里仅有的170只羊，去乌兰察布、赤峰等地学习治沙绿化技术，并购进树苗在草场上尝试种植。即便面临着资金短缺等问题，他也没有轻言放弃。除去日常生活开销，他把外出打工赚来的钱也全部投入到生态治理上。

开始种植人工牧草。采用免耕技术种植和滴灌带技术，成功种植了百余亩苜蓿草、燕麦草，每亩地产量达到两吨。他又尝试种植食叶草，它的蛋白质含量很高，是名副其实的蛋白草。牲畜食用后不仅抗病能力强，而且增膘快。

20多年来，他在草场上种植杨树、榆树、柳树12万余株，修复生态环境，投入70余万元。现在的这6000多亩牧场，牛羊成群、流水潺潺、杨柳青青，如此好风光吸引了不少游客。一年接待中外游客3000多人。第二年，乌日根达来又新立三顶蒙古包，新增了沙滩摩托、游艇、垂钓等娱乐项目。

从荒漠到绿洲，从粗放式传统畜牧业到如今的现代化畜牧业之路，乌日根达来一路走来。

"有了国家的好政策，我们治沙的信心更足了！在今后的日子里，我会继续发挥好'带头人'的作用，让我们的草原越来越绿，牧民的日子越过越好！"

茂密的草木覆盖了草场，看不到昔日的荒芜。听几位治沙人讲起治沙故事，语气平静，但从他们长满厚厚茧子的双手、被风沙打磨得黑红的脸庞，我们依然感受到，他们曾经战天斗地的场景。

站在查干淖尔镇巴彦淖尔嘎查芦苇旁，目之所及的每一份绿意，都来自无数治沙人进与退的抉择、封与放的博弈、沙与草的较量。迎风挺立的柠条、坚韧挺拔的沙棘、纵横交错的灌木带……

野生动物重现草原

巴彦淖尔嘎查地处浑善达克沙地北线，与周边嘎查相比，几乎属于纯沙漠地带，全嘎查61万亩草场，沙地占到90%以上，防沙固沙任务十分艰巨。

莽莽荒漠，该如何治理？

嘎查把防沙治沙作为荒漠化、沙化防治的重点，相继投入到京津风沙源治理项目及草原生态修复、草畜平衡、退牧还草工程，一场保护生态的防沙治沙"大会战"由此展开。

种树有多难？

"比养活一个孩子还难！"巴彦淖尔嘎查牧民格日勒巴特尔，用我们听过的熟悉的话语形容在荒漠上种草的难度。

"别看灌木栽种起来容易，其实养护起来是最难的，生长阶段需要精心呵护，还得小心被风吹走，一般养个三年才能养活。"

栽种后的抚育管护也很重要，补植、浇水、封禁、预防病虫……栽种后需要在三年内完成五次抚育，以达到最高的成活率。

一片一片地变绿。

流动沙丘全部被固定，植被也开始恢复，生态慢慢开始变好。

人与沙的对垒，是人们生产方式的转变和思想观念的提升。

"我们不仅要让生活在'沙窝子'里的牧民生活下去，还要生活得好！"

这一天，由阿巴嘎旗防沙治沙协会、检察院、林业公安、查干淖尔镇政府干部职工、"毕力彻尔"志愿者治沙绿化团队和当地牧民群众组成的治沙大军，在黄白色沙丘地带劳动。寒冷的天气无法冷却他们热血沸腾的心。在这里，他们满心欢喜地种下了驼绒藜、沙柳和柠条等生命力顽强并适合在沙地生存的树木……

阿巴嘎旗退休干部和治沙典型牧户组成的治沙协会，为牧民免费发放11万粒驼绒藜幼树。

查干淖尔镇乌兰图雅嘎查嘎查长达西满都呼一大早赶来，捧着驼绒藜，说："听科学院专家说它的营养高，我们也想拿回去尝试一下，先小面积种植。"

新时代聚焦浑善达克沙地。

科尔沁、浑善达克两大沙地的歼灭战吹响了号角。2023年6月6日，习近平总书记考察内蒙古并主持召开加强荒漠化综合防治和推进"三北"等重点生态工程建设座谈会，全面部署"三北"工程十年攻坚战。党的十八大以来，内蒙古切实践行"绿水青山就是金山银山"理念，累计营造林1.31亿亩、种草3.18亿亩、防沙治沙1.38亿亩，规模均居全国第一。实现了由"沙进人退"到"绿进沙退"的历史性转变。

逆转，浑善达克沙地在修复。

绿意，在浑善达克沙地蔓延。

中国牧民

盛夏的锡林郭勒草原

从高空俯瞰,锡林河、乌拉盖河、滦河、查干淖尔四大水系蜿蜒成飘舞的蓝色哈达,河流湖泊像珍珠般洒落在草原上。

由东南向西北,锡林郭勒草原如一袭华美的绿袍,在低山丘陵、盆地湖泊间盘绕。

数十年来,这里的一草一木印证着他们的艰辛,岁月的年轮铭刻着他们的坚守,在讲述着这片土地昨天经历的和今天正在发生的故事。

我们在查干淖尔镇信息平台上偶然读到一首诗:

伊和那木嘎河蜿蜒流淌,百转千回,随遇而安
希日呼拉苏畔的芦苇静谧辽阔,拔节生绿,迎风起舞
查干陶陆盖山陡坡林立,沟壑纵横,气势磅礴

第四章　让草原上的人们世世代代都能生存

曾几何时，黄沙席卷草场，莽莽荒漠覆盖土地
牧民传统的养殖方式难以为继
草原的发展，面临着存亡的危机

"京津风沙源"项目落地，好政策将绿色屏障搭起
党支部率先垂范，以家庭为种植单元
一场保护生态的防沙治沙"大会战"，由此展开
几代治沙人风餐露宿，艰辛备尝，让巴彦淖尔恢复它
原本的模样

草木印证着他们的艰辛，年轮铭刻着他们的坚守
数代巴彦淖尔人接力，让浑善达克沙地平添绿意
如今，绿草如茵，牛羊成群，披绿生金
山水林田湖草沙一体化治理的巴彦淖尔绽放在北疆大地

重归生机的沙窝子引来世人的瞩目。柠条、沙棘、红柳竞相开放，绿意盎然。每一棵树、每一株草、每一朵花，都是给治沙人的最美奖章。

经历了漫长的严冬，北国还未消融的冰雪中一朵朵绿萼黄顶的花蕾，悄悄地钻出冻土。

草原上的冰凌花，在冰雪中绽放，如同治沙人破冰带雪，为草原带来第一抹春意。

二、从"减羊增牛"到"四点平衡"

深秋的牧场上,阿力迪那老人正在把羊群往网围栏里面赶,羊群全部赶下来得一两个小时。秋天结束,他必须把这些羊转移到背风的沙窝子,找寻下一个有牧草的地方。然后,再徒步放牧、迁徙,到达远处的冬季牧场。这是他最后一次放羊。等到来年春天,积雪融化,他就要把羊群交给儿子达胡巴雅尔管理。儿子已经成家。这一切,该交给他了。

站在羊群中的阿力迪那老人,身材高大,肩背微驼。在洪格尔高勒镇阿拉腾图古日格嘎查,他家的羊发展得最多。而现在,他越来越感到有些力不从心。羊在沙窝子里吃一会儿便四处乱跑,跑过的地方看不到多少草。

放了一个夏天的羊,还不长膘,每天都有孱弱的羊倒下死去。每天跟着羊群,他的心沉重得像沙坨子,那被风沙吹皱的脸庞,变得愈加灰暗。

回到春牧场,他将手中的牧鞭交给儿子,达胡巴雅尔低声说:"阿爸,今年咱们把羊都卖了吧。"

"你敢,你这个败家崽子!"

没等儿子话音落下,老人怒目圆睁。儿子的话让他感到震惊,祖辈就是靠着羊生存下来的,谁也不能动这个命根子!

"这个羊不能再养了,我是要卖羊,买牛!"看到阿爸不听自己的解释,达胡巴雅尔扭头出去了。

前几日,达胡巴雅尔在电视上看到萨如拉图雅嘎查廷·巴特尔书记在讲"减羊增牛"蹄腿理论。

| 第四章 | 让草原上的人们世世代代都能生存

"一头牛和5只羊的经济价值相同,一头牛有4只蹄子,牛吃草时用舌头卷着吃,不用蹄子刨,对草的生长不会造成影响;5只羊有20只蹄子,羊是刨着草根吃,春季返青的草根被羊刨了之后对草的长势和对草场的破坏程度明显比牛大得多。"

"养牛比养羊更适合荒漠化草场。"

廷·巴特尔书记的讲述让他的内心受到很大的震撼。"蹄腿理论"契合他家的现状。因为超载放牧,家里的草场退化严重。羊太多,破坏了生态。

达胡巴雅尔16岁跟着廷·巴特尔种树,他还记得廷书记顶着风沙带领洪格尔高勒镇的牧民在路边栽植杨树、柳树的情景。如今,这些树长得郁郁葱葱,长成了固沙的封育林。

他看到廷书记沙地草原治理的成果,决心卖掉羊,换成牛。这是解决草场危机的唯一办法。想到这些,他便又去和父亲商量。

然而,看似简单的道理,对固守传统养殖的牧民来说,还是很难接受,父亲当时就回绝了。

"我们是一辈子放牧的牧民,都是吃苦过来的,你们年纪轻轻想养牛就是图省事儿,坚决不行。"

看到父亲的态度,他没有再说什么,把这个念头放在了心底。

第二年秋季,嘎查组织青年牧民去萨如拉图雅嘎查廷·巴特尔家庭牧场参观学习。达胡巴雅尔兴奋极了,那是他第一次到廷·巴特尔家,看到他家已经使用上了自来水,还能利用太阳能热水淋浴。在划区轮牧的草场,生态恢复后茂密的植被,还有体格健壮、非常温顺的西门塔尔牛,这些都让他大开眼界。

小伙子当场拜廷·巴特尔书记为师,向他虚心请教。廷·巴特尔支持达胡巴雅尔"减羊增牛"的想法,对他说:"养牛是我们改善这片草原生态的最佳选择。好好做吧。"

达胡巴雅尔的信心更加坚定了，心中的规划逐渐酝酿成熟。

回来之后，他又找父母商量。父亲还是极力反对，大吼："只要我在世一天，你就不能卖羊。"

见到父亲还是坚持，两个人僵持着，好几天都不说话。

母亲敖日拉玛从中做工作，劝丈夫："先让他卖一半，留一半，试试看呗。"阿力迪那没有作声。

就这样，达胡巴雅尔卖掉260只羊，计划从正镶白旗引进12头西门塔尔牛。父亲却坚持养殖本地牛。阿力迪那放牧多年，这片草原世代一直放养草原黄牛，觉得引进的外来牛品种不适应环境，也担心没有经验养不活。

他知道父亲心存顾虑，为了安慰父亲，又买回5头本地黄牛。

由于草场沙化严重，到了秋季，他家的草场只打了4000捆草，冬春季草饲料储存不够，还需要大量购买。另外花钱买草，额外增加了开支。

当年羊接羔，由于营养不良，好多羊腹泻死亡。

这时，达胡巴雅尔又来找父亲商量："咱还是把羊都卖掉，换成牛吧。"

看到这些现状，父亲有些妥协，但还是坚持说："卖掉剩下的羊可以，但是要把这240只羊换成新疆细毛羊，改良之后咱们就养殖细毛羊。"

达胡巴雅尔见到父亲态度有些缓和，便马上应承下来，说："行。"这样，父子俩的思想达成一致。

秋季，他从新疆买回100只细毛羊，到冬季接了40只羊羔，但这些羊羔体质很弱。新疆细毛羊毛长，怕寒冷，体质不适应当地的

| 第四章 | 让草原上的人们世世代代都能生存

气候，不如本地羊成活率高，需要精心饲养。即使他们精心地照料，还是有好多刚出生的小羊生病死去。母亲坐在羊圈里抚摸着这些病弱的小羊，心疼地直掉眼泪。

父子二人焦急万分。

当年的母羊繁殖没有收入，到了第二年，也没有繁殖的母羊。养殖细毛羊亏损了。这回，阿力迪那老人沉默了。

他想了几天后，对儿子说："我不管了，你来做主吧。"

当地牧民不认新疆细毛羊，每只羊1300元买进，卖给客商的大母羊还不到900元，已然亏损很多。但达胡巴雅尔没有丝毫犹豫，他处理了家里剩下的羊。

羊群是牧民的全部依赖啊，望着空荡荡的羊圈，一辈子养羊的阿力迪那老人病倒了，别人都议论着："这孩子真是败家，不听老人言，肯定得吃大亏啊。"

在众人的质疑声中，达胡巴雅尔用卖掉羊的钱，又买回了10头西门塔尔牛。

人算不如天算。这一年，偏偏赶上羊价高，每只羊羔接近千元，大母羊2000元。而这一年，由于饲草料不足，营养不良，有一多半的牛没有繁育，接不了牛犊。当年，他家还是亏损。

如同雪上加霜，这接踵而至的打击，让年轻的达胡巴雅尔有些无法承受了。父亲也在埋怨他："家产都让你小子败光了。"

达胡巴雅尔陷入进退两难的境地。

他第二次去找师傅，说出了自己心中的困惑。

廷·巴特尔安慰他不要着急，并细心地分析他家的情况，告诉他："你不需要进新饲料，要用自家草场上的天然草饲喂，既省成本，还能保证饲草料的科学营养。"

中国牧民

廷·巴特尔让他要少养精养，进行草场生态恢复。达胡巴雅尔这回才彻底明白，他家饲养的问题出在哪里，解决草畜平衡的根源在哪里。

达胡巴雅尔对草场进行划区，划分成春夏秋冬牧场及接羔区五个区。划分后的牧场，按照季节进行轮牧。草场慢慢添了绿色，还生长出多年未见的沙地柏、小叶锦鸡儿灌木。低处是翠绿色的草地，有些地方还冒出了泉水。草场的生态逐渐恢复。

他家牧场打的草，自己用不完，还往外卖了10万多斤。这是他家第一年打草。卖草又为家里带来了可观的收入。

"算下来，生产性投入不多，挣下的钱95%以上都是纯收入。而且有了充足的饲草料，牛不愁抓不了膘了。"达胡巴雅尔紧锁的眉头舒展开了。

五年间，他家饲养的牛已经接生牛犊30多头，但是品种不是纯正的西门塔尔牛和黄牛。他知道西门塔尔牛品种好，但具体养殖方法还没有入门。

他想起师傅给他传授的品种改良的经验，便到通辽去买种公牛。他相中了一个两岁的体格健壮、骨骼匀称的西门塔尔种公牛。卖牛者给出的价格是1.5万元，当时别人接受不了这么昂贵的价格，都在犹豫。

他连忙抢上前，说："我再加1000元，行不行？两个我都要。"

别人见了不解，嘲笑他："这小子是脑子进水了吧？"

达胡巴雅尔没有理会，他抢先买下两头种公牛，高兴地返程了。

第二年，达胡巴雅尔买回的良种公牛繁殖后，生产的牛犊体健，毛色发亮，骨架和长势非常突出，品种改良的效果凸显，父亲

| 第四章 | 让草原上的人们世世代代都能生存

的脸上也开始出现笑容。

这一年,旗政府把他推选为"减羊增牛""南牛北羊"的全旗畜牧业典型示范户,为他家的牛免费提供冷配技术。

他通过微信听廷·巴特尔书记讲课,明白了要提高牲畜品种质量,还要加强冷配技术,坚持两条腿走路,走科学化养殖道路。

达胡巴雅尔又钻研起了黄牛冷配技术,通过不断摸索、试验,冷配成功两头母牛。他发现这种冷配技术不但生产周期短、节省草料,收入还很高,改良后牛犊收益非常可观。他说,明年开始打算接早冬牛犊,错季出栏,这样价格会更高一点儿。

牧民们学着他进行牛品种改良,请来技术员,加快牲畜改良进程,他也时常上门免费为乡邻们提供技术服务。

锡林郭勒盟大力实施"减羊增牛",无疑给达胡巴雅尔提供了再次优化畜种的机遇。他向旗里递交了购买50头纯种西门塔尔牛的申请。

"明年买回来这些牛后,我家畜群就真正成了纯种西门塔尔牛群了。"

达胡巴雅尔参加了畜牧业局举办的培训班,学习冷配技术,还从通辽聘请专业人士进行指导,提高冷配成功率。

第一年卖5000元,第二年卖8000元,经过冷配技术处理的牛,有的每头最高能卖到2.5万元。实施冷配技术和品种改良"两条腿"走路,达胡巴雅尔家里的收入明显提高了。他又开始投资建设暖棚、储草棚,打了机井,购买了拖拉机、铲车、打草机、搂草机、捆草机,实现了家庭牧场的机械化。

几年后,他家的牛发展到100多头,草场超负荷,生态又开始恶化。达胡巴雅尔发觉,生产生活又开始回到了原先的老路。

这时，他不得不第三次找师傅"取经"。

针对他家草场生态环境状况，廷·巴特尔对他讲："你要把养殖的牛控制在60头以内，少养精养，要集中在秋冬前接犊，4月份到8月份间接的牛犊，母牛抓不了膘，牛犊吃奶，秋季牛犊卖不上价，母牛也卖不上好价钱。要提前出栏，科学合理安排，进行科学化养殖。"并且为他算了一笔账，他家9400亩草场，按当地的草畜平衡标准可以养140头牛。可是在他的生态和经济账上，最大的盈利点在养殖80头牛左右。

"只有保护好草原生态，我们的畜牧业才能迈进现代化。"廷·巴特尔的这一句话发人深省，达胡巴雅尔牢牢地记在了心里。

这些年他一步步走过来，都是从师傅廷·巴特尔言传身教下学到的本领。

现在，他家饲养了60头西门塔尔牛，每年接生牛犊50头，草场每年可打草60多万斤，年收入50多万元。他在旗里买了110平方米的楼房，把父母接到城里居住，又新建了200平方米的新居，住进了草原"别墅"。智能化养殖已经让他脱离了以往牧业繁重的劳动。每年的那达慕赛马比赛，都有达胡巴雅尔的身影。

"牛出栏后，我家的收入非但没受影响，草场也恢复得更好了。"

"现在比过去轻松多了，这多亏了廷书记手把手地教导。"

2007年，达胡巴雅尔光荣地加入党组织。这位"85后"青年牧民成为锡林郭勒盟和自治区两级劳动模范，参加了旗党代会。他在家里设立的党员中心户大讲堂，每次都认真地为慕名而来的牧民朋友们讲解廷·巴特尔的"蹄腿理论"，讲如何进行草原生态恢复。生动的案例，来自他创业的真实故事，大家听得入了神。

阿力迪那老人将这些年的变化看在眼里，也逐渐转变了观念，保持草畜平衡，减羊增牛，少养精养，这些理论他觉得在理。父子俩会经常讨论，但是争执少了。达胡巴雅尔还会滔滔不绝地向父亲讲今后很多大胆的设想，父亲阿力迪那笑着说："你想成为第二个廷·巴特尔？"

当我们问他今后在牧业生产上还有什么心愿要实现时，达胡巴雅尔笑着答道："以后一定要超过我师傅。"

三、人草畜和谐共生的"锡林郭勒样本"

春雪消融的草原，一茬茬新草仿佛一夜间疯长出来。

廷·巴特尔在网围栏上剪出几个大口子，这是他给野生动物留的通道。

"每年保持50头西门塔尔牛的规模，因为今年有两只狍子来到了我家草场。明年我计划少养两头牛，把减省下来的草场给狍子留出来。"

每年，还有几十只天鹅来牧场休养生息，廷·巴特尔为它们精心营造安静舒适的环境，告诫人们不要打扰它们。

刚参加完全国两会，他给我们讲得最多的还是两会。他这样给农业界政协委员交流分享自己拍摄的牧场照片："绿色发展为我们的草场带来了许多新朋友——看，有这些野生小动物。这是狍子，这是黄羊，这是野兔、刺猬，生态好了，生活才会好，这才是我们共同的美丽家园。"

貉也来到他家，妻子额尔敦其木格在清扫院子，它就绕在她的身边。貉不仅不怕，还走到跟前顽皮地触碰她的裤脚。这只貉皮毛柔软光滑，毛色鲜艳，额尔敦其木格蹲下来，拿着松果喂它，貉两只前爪抬起来，好像在向她示意，快点快点，俨然自己是主人。

"我来给它搭个窝吧，让它在咱们这儿安个家。"

廷·巴特尔笑着走过来，手里拎着工具，在那儿开始干起来。额尔敦其木格看到他在庭院里精心搭建了一个带着遮风罩的窝。

"怎么建得这么大呢？"

"我得给小貉留地方啊。"廷·巴特尔神秘地答道。

没过几天，那只貉果真领回了3个幼崽，舒舒服服地住进了窝里。经常光顾他家的还有兔子、狍子、獾子，有时候臭鼬、黄鼠狼也来院子里溜达。

湖水平静，鸿雁安静。水草丰美的地方，鸟儿多。

每年，廷·巴特尔都要给野生动物留出足够的生存空间，他家的牧场上野生动物有十几种，包括陆生动物和飞禽。他在家里、野外搭建了大大小小的窝棚和鸟巢，鸟巢里可以看到五颜六色的各类鸟蛋。

整个冬天黄羊都来这里刨雪觅食，猪毛菜、芨芨草、黑麦草，

廷·巴特尔在牧场拍摄的鸟蛋

都是它们充足的口粮。

入秋，他在自家的房前屋后种植的几种植物硕果累累。枝头的大青枣在清早的阳光下，青翠欲滴；俄罗斯沙棘、沙果、松塔泛着五颜六色的光泽，诱人眼球。翠鸟和野兔上下飞蹿，弄出一些响动，给这静谧的牧场之晨平添了生机。

廷·巴特尔带我们去看打草场，这几天他刚打完草。金色的草茎齐刷刷立着，刈割倒伏的草有序地躺在草场上，没有捆扎，等着冬季牛群来这里自由觅食。牧草种类繁多，都是肉牛采食的"营养素"。

"这些割下来的草就留在草场上，通过少养、精养，让存栏的牲畜越冬时吃，这样更省人力。"

廷·巴特尔提出："打草不拉草，任牛自由采食。"

"散落下的草籽来年能长出更多新草，这对草原生态也好。"

"冬季有的牧民家的牛掉膘，春天甚至会出现死亡，就是因为冬季牛一直吃黄草，造成营养不良而掉膘，到了春季青黄不接时，没有好的膘情基础，就会出问题。"

廷·巴特尔家的肉牛都是自然繁育，定期驱虫、防疫，牛的免疫力提高了，疾病发生率就大大降低了。他家的牧场，由于饲养条件好，母牛利用年限长，几乎都是自然分娩，很少出现难产现象。饮水的时候，牛自己走到饮水点。矿物质缺乏时，可以自由舔食盐砖。

这些是依据牛的生存规律和生长节奏设置的。享有充足的自由，拥有充足的营养，母牛生理发育周期就会较为稳定，他家的牧场出现了一头牛4年产5个牛犊的现象。

牛自由采食，享受大自然的恩赐。如果你能看得懂牛的表情，一定看得出它幸福的模样。廷·巴特尔的家庭牧场是一个和谐、友好、温馨的牧场。

人们说他无棚圈、打草不拉草的做法是"无为而治",是遵循人与自然规律的哲学方式。

专家说:"廷·巴特尔的观念不仅仅是草畜平衡,还要保持生态链的完整。"

这个办法在延续!

别力古台镇阿拉腾杭盖嘎查牧民布日古德兄弟三人,父亲是盟级劳动模范,在他们儿时的记忆里,草场是没有网围栏的。

草场承包到户后,为了分清界线,各家各户拉上了网围栏。布日古德三兄弟没有各自经营,而是对三家草场进行整合利用,将2万亩草场划分为4个区域轮牧,避免网围栏建设过多过密。生产经营中,统一建设基础设施,统一订购饲草料、兽药等物资,降低了生产成本。牛群、羊群有专人管理,也节省了劳动力。

布日古德的二哥还搞起了旅游,增加了非牧业收入。在他们的精心经营下,三家牲畜总数达到2000多只羊、200多头牛,成了草原上的大户。

但是由于牲畜头数过快增长,再加上持续干旱,生产成本居高不下,一年忙到头,收入没多少。更令人担忧的是,牲畜头数远超草场载畜量,草场退化加剧。

他们学习"减羊增牛"经验,严格按照草畜平衡责任书,将羊存栏量缩减到600多只,抓牛群品种改良。从2005年起,引进良种西门塔尔牛改良本地牛。改良后的牛犊平均价超过1万元,比本地牛犊高出近一倍。

三兄弟成立的"上都宝力格"家庭牧场,申请实施草原合理利用及草畜平衡实施成效精准测试点项目，规范划区轮牧模式，严格执行草畜平衡、春季休牧等各项制度，极大地促进了草场的自我修复。

如今，他们的家庭牧场草场植被覆盖度从25%提高到35%，优良牧草占比持续增加，生物多样性有了明显提高，绿水青山带来"生态红利"，家庭牧场年收入最高年份达130万元。

布日古德对今后的发展充满信心，他说："继续走少养精养的路子，今年起对牛群进行冷配，为建设西门塔尔牛核心群做准备。"

成立合作社，打通网围栏，放牧的草场变大了，牛羊采食的空间也变大了。

优化网围栏，把牧民一家一户零散经营整合起来，成立了合作社。

阿巴嘎旗在15个试点嘎查实施8万亩的网围栏优化项目。洪格尔高勒镇灰腾锡力天然打草场成为当地的并网典型。

洪格尔高勒镇党委书记阿拉坦宝日其高给我们介绍说："我们以嘎查为单位，优化了600余户牧民的户间网围栏，把小网变成大网，解决了牧户条块分割、分散经营、效益不高的问题，综合利用了草牧场。"

三年前，西乌珠穆沁旗白音华镇罕乌拉和宝日胡舒两个嘎查的六户牧民，拆除各家围了整整二十年的网围栏，组建了畜牧业专业合作社。

他们整编出1.2万亩草场，并把全部家当——2037只羊、111头牛、155匹马及棚圈，都拿出来入股，进行统一经营。

拆除网围栏，牧民过上了"共享生活"。

合作社成员巴音孟克说，这次拆掉网围栏，是草牧场确权的

"三权分置"改革政策给他们吃了颗"定心丸"。大家一起商定，通过经营权流转，进行规模化经营、现代化养殖，几个牧户家形成优势互补。

从过去的"单兵突围"转变为"兵团作战"，合作社的出现，成为牧民进行规模化、组织化、标准化科学养殖的转折点。

巴音孟克非常清楚接下来的每一步该怎么走。推动"减羊增牛"，提升优质良种肉羊产业效益，在控制规模、提高质量、优化结构上做文章；发展优质良种肉牛产业，多措并举把肉牛产业做大做强。

扶持政策也送来"及时雨"：有条件的地区要建设规模化养殖场、专业合作社、家庭牧场和繁育核心群，加强现代良种肉牛肉羊繁育体系建设，扩大优质良种肉牛养殖规模。还从经营管理、基础建设、实用技术三个方面进行配套，选择人工草地、家畜改良、繁殖成活、短期育肥和冬春饲舍五个方面进行突破。

观念一转天地宽。家庭牧场作为现代牧业的发展趋势之一，在草场流转的基础上，把无畜户草场流转到牧场中，不仅盘活了草场、扩大了收益，还实现了从家庭牧业向现代牧业的提升。

每年从4月上旬开始，锡林郭勒盟就进入春季牧草返青休牧期。为了防止草原超载放牧，化解生态危机，全盟各地实行了大规模的草场休牧、禁牧、轮牧制度，让草原休养生息。

实施休牧的牧户每亩草场可获得1.5元的补贴。仅此一项，锡林郭勒盟从2018年开始，每年要投入1.68亿元。

但草畜平衡的推行并非易事，首先要解决的是农牧民减畜不减效、减畜不减收的问题。

廷·巴特尔成为当之无愧的引路人。

第四章 | 让草原上的人们世世代代都能生存

他把自家200多只羊全部卖掉改养牛,并将自家5926亩草场进行四季划区轮牧,结果出人意料,收入大幅增加,草场生态得到明显恢复。牧草长得有小腿那么高,一年四季都有野生动物出没。牛羊吃草,鸡鸭吃蚂蚱,鱼吃蚯蚓。草原上容易发生的虫害在这里的危害小得多,因为小虫成了鸡鸭鱼的食物,这些动物的粪便又作为高效有机肥料反哺草原,形成一个良性的循环系统。

他的一些发明也派上了用场,用水循环系统、移动生态旱厕、太阳能灭蚊设备等多项发明,已在牧户推广。

他家的太阳能生活贮用水充分利用阳光的照射,冬季可以保证不结冰。科学的用水循环系统,不但给生活带来了极大的方便,而且节约了大量的水资源。因为科学用水,他家在嘎查还第一个用上了自来水。

草原蚊虫叮咬牲畜,影响牛的健康。

"科学养畜要把灭蚊虫考虑进来,蚊虫对牲畜的叮咬危害非常大,尤其夏秋交替时节,是牲畜的上膘期,也是蚊虫最多的时候,蚊虫叮咬影响牲畜进食,进而也就影响牲畜上膘。还有疫病传播,比如5号病,即使把牲畜隔离了,打预防针,与疫情区相距几百公里还是会感染。所以,社会主义新牧区建设中,灭蚊虫这一项也必须重视起来,它直接影响到我们畜牧业的经济效益。"

廷·巴特尔创造性地尝试养鱼,在流经自家草场上的高格斯台河东侧50米处挖了一个直径8米、深4米的生态鱼塘,他不建堤坝,不截流河水,而是通过地下自然渗水来满足鱼塘所需水量。撒了2万尾鱼苗,夏秋季在鱼塘上面架了一串小灯泡,用来吸引昆虫。

草原上的昆虫特别多,他用自己设计发明的一台太阳能光感灯吸引蚊虫进行喂鱼，此设备还带有风车赶鸟功能。

这个设备像展翅的鸟儿，采用日光发电，光感控制，天一黑灯自然就亮起来，风车旋转起来，鸟不会靠近。贴着鱼塘水面安装的一串小灯泡，晚上灯一亮，昆虫争先恐后地扑向亮光，掉下去转眼成为鱼的美餐。第二天，鱼塘上飘起一层千姿百态的昆虫翅膀。

廷·巴特尔说，最多的一次，他从鱼塘捞出100多斤昆虫翅膀。冬春季则用牛粪和草喂鱼，牛粪可与鱼塘的水产生有机肥，用于改良草地。这种生态养鱼三年一循环，鱼可以长到10多斤，经济效益十分显著。

春天冰一化，河水的自压又会把鱼塘的水挤到外面，含有大量有机化合物的肥水流进草场，草场的养分得到增加，一连串自然循环所产生的生态效益是难能可贵的。

廷·巴特尔用彩钢瓦制作的移动旱厕也得到大面积推广。这种旱厕外形别致，简单轻巧，可以在草场上随时随地移动。在一个位置使用一段时间后，就更换一个位置。旱厕移走后在原来的位置种上一棵树，既填平了原来的厕坑，又保障了树所需的有机肥料。草原上大面积使用这种移动旱厕，不失为一个既便利生活，又治理生态的好方法。

廷·巴特尔通过专业养殖肉牛及奶食品加工、养鱼、出售沙棘、晒制牛肉干销售，保护草原生态、减羊增牛、缩减牲畜头数，实现品种改良，将保护与建设并举，实现了生态与收入的双赢。

他从饲养本地牛逐步过渡到饲养肉乳兼用的三代西门塔尔良种牛，注重畜群改良，牛群结构合理，受配率、受胎率、繁成率高。牛群常年保持良好的膘情，公母比例合理，母牛能够适时发情配种，适时产犊，适时出栏，定期出栏断奶牛犊。

| 第四章 | 让草原上的人们世世代代都能生存

"以前，一头母牛三年下两只小牛犊就算好的了，如今，草好了牛也壮了，有些母牛下双胞胎小牛了。"

通过划区轮牧，草场变好了，牛羊吃饱了，收入也增加了。廷·巴特尔家年收入保持在40万元左右。

他的减羊增牛、稳羊增牛、四点平衡……唱响草原。他带领更多的人们阔步前行，描绘出一幅生态美、产业兴、收入高的人草畜和谐共生的现代畜牧业新图景。

2000年，洪格尔高勒苏木在全旗率先进行沙源治理，实施了京津风沙源治理工程项目，飞播种草，植树造林6万亩，拉开了大范围生态保护与建设的序幕。

中国科学院化学所、内蒙古师范大学、阿巴嘎旗政府联合建设的锡林郭勒盟草原退化沙尘暴防治10万亩科技示范工程基地，也同期开始实施。

随着全盟"围封转移"战略的实施，萨如拉图雅嘎查围封1.2万亩沙地，建设人工草场、改良草场，实施农业综合开发项目。

仅仅两年之后，苏木原书记宝力格深有感触地说："生态恢复得出乎意料的好，以至于近几年草原防火任务比前些年重多了。特别是萨如拉图雅嘎查，以往90%以上的荒漠化草地，如今裸露的沙地基本上不见了。生态保护区内，多年不见的野生动物又回来了。"

年复一年，草原重现了以往美丽的景象。

东乌珠穆沁旗满都宝力格镇牧民吴海军家的草场特别茂盛。上万亩的草场，禁牧和划区轮牧分得清清楚楚，其中禁牧区域就有9块。

"这些草在春季接羔时能派上大用场。由于羊羔吃的都是从这里打下的新草，牲畜抓膘快，卖价高。"

中国牧民

吴海军一一道来。他拿出自家签订的《草畜平衡责任书》，上面记载着他家的草场面积和现有牲畜数量以及草原监理部门测算出的最高载畜量。

"我严格按照这个测算控制牲畜的头数，草场生态恢复得特别快，过去不长草的山头现在都绿了。过去老为饲草不够而发愁，现在完全没有这个压力。"吴海军轻松地笑着说。

他没有告诉我们自己的收入，但他家气派的双层别墅和高级越野车已说明一切。

四、两个朝鲁门

我们来到绿草如茵的西乌珠穆沁草原，成群的白牛悠闲地吃着草。听说这就是由夏洛莱白牛繁衍的"乌珠穆沁白牛"，这里是全国最大的白牛养殖区。

朝鲁门格日勒是当地的养白牛大户，也是第一个养白牛的牧户。他说："这些可是我家的福牛，我家就是靠这种牛致富的。"这里有一段佳话……

1973年9月，法国总统蓬皮杜对我国进行国事访问。周恩来总理陪同蓬皮杜总统，并向他赠送礼品。同年10月，蓬皮杜总统回赠给周恩来总理50头纯种夏洛莱牛。国家将其中的17头交由内蒙古繁育。自治区经过综合考量，西乌珠穆沁旗与法国纬度相同，水资源较为丰富，畜牧业发展历史悠久，适合养殖，便将17头牛全部送至西乌珠穆沁旗达青宝拉格牧场。

"咱们牧场来了周总理送的白牛！"这一消息像是长了翅膀，轰动了整个乌珠穆沁草原！

| 第四章 | 让草原上的人们世世代代都能生存

夏洛莱牛来到草原的第二年，朝鲁门格日勒出生，他从小就听父亲、爷爷讲夏洛莱白牛的故事。他家距离达青宝拉格牧场不到20公里，他和小伙伴常去看"洋牛"。那时，他10岁，大人不让他们这些小淘气靠近牛棚，他们就好奇地张望。

西乌珠穆沁旗专门成立20余人的工作小组，选派工作小组前往上海。工作小组成员精挑细选，有技术精湛的兽医，有经验丰富的牧民，还有盟级、自治区级畜牧业专家，他们在上海停留了45天，等17头牛完成检疫和隔离后，乘火车历时七天运回赤峰市。工作小组又从炮团租了解放车，一辆车装两头牛，用一天时间运到达青宝拉格牧场。

达青宝拉格的人们把这些牛当贵宾一样迎接。牧民们把去上海接牛这件事视为一生的荣耀。

白音孟德是西乌珠穆沁旗国营达青宝拉格牧场的饲养员，曾参与夏洛莱牛本土化繁育工作，回忆当时的情形，他仍记忆深刻："当时听说，这些牛是周总理给我们内蒙古、给我们达青牧场的，头一次看到重达千斤的牛，我们全体职工都兴奋得不得了。"

当这批牛被运到达青宝拉格牧场时，已接近寒冷的冬季。

乌珠穆沁草原虽然纬度上和法国一样，但气候差异很大。从温暖的法国夏洛莱来到寒冷的内蒙古高原，如何让这些牛安全过冬，成为达青宝拉格人们面临的第一个大难题。

"国家送来的牛，咱必须养好！"

夏洛莱牛本土化培育工作按下了"启动键"，牧场职工们开始学习更加专业科学的饲养技术。

第一年冬天，饲养员怕牛受冷，就在牛舍里生炉子。为白牛安置临时棚圈的同时，牧场积极申请资金建设白牛场。当时将近4万亩草场围起来，建设了母牛棚圈和公牛棚圈，还有兽医站、职工宿舍、机井等设施和保障用房。第二年入冬前，这些牛全部搬到了"豪华精装房"。

白音孟德说："为了防止牛冻腿，地上还铺了木板。为了营养跟上，给它们喂自己都舍不得吃的鸡蛋、胡萝卜。就这样，这些牛都很好地适应下来了。"

达青宝拉格牧场配备了最强阵容的护理人员，一批批专家学者从外地赶来常驻。在职工们的精心呵护下，这些夏洛莱牛的后代体现出了世界名牛的优良基因与适应能力，光滑的毛皮里长出了绒，完全适应了当地的气候条件。

就这样，在那个物资条件极度匮乏的年代，这些寄托着周总理亲切关怀的17头"国礼牛"在锡林郭勒草原上成功安家落户，成了"草原牛"。

第二年春天，在牧民望眼欲穿的期待中，第一批纯种夏洛莱牛犊出生。牛犊3岁时体重达到了惊人的1150公斤，所有指标都超过了它的父体。牧民们对夏洛莱牛的饲养繁育充满了信心。

当年的17头"国礼"夏洛莱牛，今天在草原上兴旺繁盛，已经繁衍成为5.8万头的"乌珠穆沁白牛"，为牧民增收致富立下汗马功劳。

带来转变的是1981年，达青宝拉格牧场改制后将牛群承包给了牧场牧户。

勤劳肯干的朝鲁门格日勒成为浩勒图高勒镇巴彦宝拉格嘎查第一个"吃螃蟹"的人。曾经在这片草场上，他家放养了近2000只羊。卖掉羊，开始专门养牛。

"羊吃草，连根都吃，留下的是沙地；牛吃草，只吃草苗，留下再生的草地。"多年的牧业生产经验，让朝鲁门格日勒对"蹄腿理论"深谙于心，并在实践中获益。他曾经三次在旗和苏木组织下，前去参观廷·巴特尔的牧场，并学习了先进养殖经验。

他家养殖了180头"乌珠穆沁白牛"。杂交后的白牛犊分为第一代和第二代。2007年，从澳大利亚引进25头纯种母牛，进一步优化了良种结构。

"这牛生长速度快、抗旱能力强，特别适合在乌珠穆沁草原繁殖。"

"养一头白牛的收益相当于养10~15只羊。"

如今他家的羊压缩到300只，而牛扩增到了180头，培育鉴定合格的种公牛犊达97头，被认定为盟级肉牛核心群，牛的价格最高卖到1.6万元，年收入80余万元。这得益于肉牛改良。

朝鲁门格日勒新建了牛棚、暖棚、储草棚等基础设施，还购置先进的机械，安装监控设备，把传统的畜牧业改良升级。通过合理利用草场科学饲养，他家成为自治区首个家庭牧场示范户。

他引进北斗导航系统，给12头牛戴上具有太阳能充电模式的智能环。在手机上可以实时定位牛群的准确位置，还能查到牛群走过的路线和步数。

女儿温都日玛说："我们家周边很多人都养这种白牛，牛的品种也一直在改良，能带动他们增加收入。他们都来向阿爸学习。"

妻子娜日苏说："科技化放牧不仅节省了很多时间，还能防止牛群走丢，不出户就能定位牛群位置，我们可以有时间忙别的事情。"

娜日苏不仅是一名共产党员、劳动能手，还是一个好儿媳。婆婆查出患有甲状腺肿瘤，她精心照料。作为嘎查妇联主任，她多年来坚持将党和政府及妇联组织的关怀送到姐妹们的心坎上，为基层妇女办实事、做好事，努力做嘎查姐妹的"娘家人"。

一家人过上殷实的生活后，看到周围仍有很多乡亲还在脱贫路上，夫妇二人便带领大家一起致富增收。他们为没有农机工具的牧民免费拉草拉料、节约运费，帮助缺少劳动力的家庭剪羊毛，每年资助嘎查贫困大学生。

夫妇俩走上全国的领奖台，捧回"全国最美家庭"的闪亮荣誉，他们用勤劳的双手和智慧实现了致富奔小康。

"把母牛都放在我们这里是让我们搞繁育，是要努力实现周恩来总理让中国人吃上好牛肉的心愿的。"

"这是党和国家把爱和希望留在了这片草原上。我们草原上的人们一定会用心地把它保留下来。"

历经半个世纪，夏洛莱白牛经过几代人的精心繁育、品种改良和提纯复壮，"乌珠穆沁白牛"正在申报新品种命名，推进打造国家级核心群。它不仅是锡林郭勒盟重点打造的肉牛品牌，也是锡林郭勒盟高质量建设国家重要农畜产品生产基地的重要品种。今后，还要打造内蒙古主要的肉牛品牌。

这是一个春天的约定。

2014年春节前夕，习近平总书记冒严寒、踏冰雪，来到锡林郭勒盟考察调研，参加了宝力根苏木的冬季那达慕，并走进蒙古包同牧民群众拉家常、话民生。按照蒙古族习俗，习近平总书记用无名指蘸上用银碗盛着的鲜牛奶弹了三下，祝福草原风调雨顺，五畜兴旺，人民幸福安康。

距离习近平总书记来到宝力根苏木已将近10年时间，草原上发生了翻天覆地的变化。我们来到锡林浩特市宝力根苏木希日塔拉

第四章 让草原上的人们世世代代都能生存

嘎查，寻找习近平总书记曾经看望过的一位牧民搏克手朝鲁门。

身材魁梧、步伐稳健的朝鲁门朝我们走来，他是锡林郭勒草原上远近闻名的搏克手。

搏克是蒙古式摔跤，草原上的男子必须具备搏克、赛马、射箭三项技能，这是蒙古族"男儿三艺"。

搏克手就是草原上的明星。那个身段和范儿，走在人群中一眼就可以分辨出来。朝鲁门笑声爽朗，非常有感染力。

一座漂亮的彩钢瓦砖瓦房和三顶崭新的蒙古包映入眼帘，那就是牧民朝鲁门的家。他带着我们参观新居，屋里窗明几净，家具家电一应俱全。大家感慨着，真看不出新居和城市有什么区别。

从小在蒙古包里长大的朝鲁门，在城市购买楼房后，全家人还是回到草原居住。他又立了三顶蒙古包，每个蒙古包都有不同的功能。

"这顶蒙古包是2022年买的，50平方米，夏天自己居住；另一顶是党员中心户蒙古包，用来组织党员活动；还有一顶是我们嘎查综治'乌日特'蒙古包，为牧民们宣传法律知识。"

深冬的季节，蒙古包里非常暖和，却看不到取暖设备。朝鲁门说，他家使用的是太阳能取暖，温度可以在手机上自由调控。

"草原有了网，手机能放羊。"

"城里有的我们都有，城里没有的我们也有，现在的牧民生活很幸福！"

朝鲁门亲眼见证了牧区翻天覆地的变化。"家里有车、城里有房，水泥路修到了家门口，还通了自来水。"

回忆起2014年的冬季那达慕大会，朝鲁门还历历在目。当时他就在现场，还和习近平总书记握了手。习近平总书记走进蒙古包，第一句话就用蒙古语亲切地向牧民们问候，说："大家好！"

朝鲁门说："当时的场景不管到什么时候也忘不了。"

"习近平总书记还特别关心这里的路好不好走，有没有通电，孩子上课方不方便。"

如今，草原上的牧民都住上了宽敞明亮的砖瓦房，蒙古包内有太阳能淋浴、电取暖，室外有360度无死角草场监控。

今年54岁的朝鲁门亲眼见证了这些年草原生态和牧民生活的巨大变化，他说："咱们牧民现在过得特别幸福，日子也好起来了。"

他熟练地点开监控，此时正是春季接羔忙碌时节，通过监视器能看到棚圈里刚出生的小牛犊。切换监控画面，四五公里外的草场上，正在悠闲吃草的牛羊清晰可见。

临近中午，到了牛羊饮水时间，坐在蒙古包里，他拿出手机又点了点，500米外的电机井就自动出水，牛羊们纷纷赶过去喝水。以往需要出去忙乎大半天的活，如今不用出门，坐在家中喝着奶茶就能完成操作。

这就是牧民朝鲁门的日常生活。

蒙古包内Wi-Fi信号通畅。"现在我们牧民用的都是5G手机。"

我们为牧民生活的变化所震撼。

朝鲁门说："现在生活水平提高了，交通也方便了，牧民的腰包鼓起来了，我们党员中心户更要发挥作用，让大家的精神生活丰富起来，生活才能过得更好。"

通电、通网、通路已成为牧区标配，几乎家家都有小轿车，生活条件越来越好了。

说起如今的幸福，朝鲁门不禁提起几十年前的艰难生活。

第四章 让草原上的人们世世代代都能生存

小时候和现在相比有天壤之别。以前家里没有电，也没有井，吃水要到很远的地方拉。

当年，家里生活很困难。虽然有5000多亩草场，养了一两百只羊，可由于品种不好，肉少价低，一年下来，卖的钱刚够买过冬的草料，还要供两个儿子上学。为了生计，朝鲁门不得不远离草原，到北京打工，在饭店做厨师。在他乡无时无刻不在思念家乡，憧憬他的搏克梦。

作为草原的孩子，朝鲁门从小就喜爱搏克。

草原上流传着这样一句话："马，如果生了公马驹，就要让它成为最好的赛马；人，如果生了儿子，就要让他成为最好的搏克手。"

朝鲁门的舅舅是草原上闻名的搏克手，受舅舅的影响，他从小就想当一名搏克手。

草原孕育了他的搏克梦。8岁那年，舅舅带他参加了白音查干敖包那达慕大会，他舅舅夺得成人组第一名，他夺得少儿组第一名。从此，他痴迷上了搏克。

16岁那年，他被推选到内蒙古体工队，参加中国式摔跤的专业训练。半年后，他在一次训练中受伤，患上骨髓炎，不得不离开训练场，住院治疗。但他从未熄灭自己的梦想。三年后，身体康复的他加入了青海体工队进行训练。

回到草原，他开始了搏克手的比赛生涯。

每到夏天，朝鲁门或骑马或骑摩托车去别的盟旗参加那达慕大会。

那达慕是草原上定期举办的盛会。每次，那达慕上产生的冠军会立即传遍草原，格外受人尊敬。如果一个姑娘能和一个优秀的骑手、搏克手相爱，那是一种荣耀。

赛场上一个个惊心动魄的瞬间，这是意志的较量，精神的博弈。

朝鲁门每次出现，都是赛场上的"流量明星"。

他说："只要一摔跤，就感觉浑身都是劲儿。也许就是天性，草原上的男孩子们都喜欢搏克和骑马。"

搏克手在悠扬高亢的"乌日亚"长调歌曲相伴下，跳着粗犷的鹰步上场，比赛结束跳着鹰步，向观众致意。

不同于其他摔跤比赛，搏克有独特的服装、规则。参赛人数少则数十人，多达数百人，甚至上千人。选手参赛时，身穿"卓都格"，即镶有铜钉的坎肩，裸臂盖背，下身着白色大裆裤，腰间系红黄蓝三色绸子做的围裙，脚蹬蒙古靴或马靴。有的脖子上挂着"将嘎"，那是历次比赛获胜的象征，每拿一次冠军，就可以在"将嘎"上增加一条彩色布条。

每次比赛，朝鲁门脖子上"将嘎"飘扬，上面系着的彩带最多，吸引了众人的目光。

朝鲁门在比赛中和妻子敖特根结识，她也是一名优秀的搏克手。草原上的女搏克手少，美丽的姑娘在赛场上的飒爽英姿，更加引人注目。夺得男女组冠军的两人，成了众人瞩目的焦点，也点燃了他们的爱情火花。

西乌珠穆沁旗是搏克高手云集之乡，培养和输送了数百名优秀搏克选手。1999年，朝鲁门作为内蒙古搏克选手，参加了在蒙古国乌兰巴托的国际比赛，与俄罗斯、蒙古国选手较量，并夺得大奖，打败了位列前四名的蒙古国选手。

"搏克不需要专门的场地和特殊的器材，随时随地都可以进行。

牧点外的草地上、羊群旁的坡地上、那达慕的会场上，甚至是在冬季零下20多摄氏度的雪地上，都可以是搏克手们的竞技场。"

朝鲁门从16岁一直摔到38岁。他参加过上百场比赛，获过大大小小一百多次冠军，获得"搏克健将"的称号。现在，他希望带好下一代，延续蒙古族搏克文化。

相貌俊朗的大儿子孟克珠拉和小儿子布和朝鲁，也是草原上勇猛的搏克手，从小父亲就教他们练习。长大后，孟克珠拉在搏克手俱乐部，布和朝鲁在北京八一队参加训练，他们进行专业摔跤训练五六年后，也开始在赛场崭露头角。

朝鲁门也吃过草场退化的恶果。如今，他积极调整畜群结构、优化品种，走上少养精养的道路，减少羊群数量，购进优质西门塔尔牛和乌珠穆沁羊。为了扩大生产，还从周边牧民手里租了6000亩草场，牛群也从最初的10来头增加到80多头。每年纯收入三四十万元。

改良育种后，牛的品质、价格上去了，收入也提高了。

牧区生活环境逐渐改善。水泥路修到了朝鲁门家门口，便利的交通可以让牛羊及时运出销售。他说："去年，我就是在牛价最高时卖掉了一批牛犊，一头多卖了2000多元！"

品种优良，缩减了养殖成本。他又放牧马群，养了60多匹汗血宝马。

"现在，电也通了，也吃上自来水了。"

"我们过的是城里人的生活。"

朝鲁门家的党员中心户蒙古包里，坐满了身着盛装的牧民，他们正在聚精会神地观看党的二十大盛会，聆听习近平总书记的工作报告。妻子敖特根18岁时入党，现在任嘎查妇联副主任。几年来，敖特根还在城里经营着一家民族服饰店。今年年后，准备在抖音、直播平台进行直播。

朝鲁门每年都要参加那达慕，虽然已经不上赛场，但他聚精会神地在那儿观看年轻人比赛，一坐就是一天。

"看到他们比赛，想象我要是在赛场上，该怎么处理动作。好像自己回到了年轻的时候。"

赛场上，朝鲁门看着儿子与对手较量，虽然最终儿子获胜了，但没有得到他的夸奖。他还在现场做着示范："比赛时，你的步子迈得小了，力量也不够。"

在朝鲁门居住的蒙古包里，"将嘎"放在最显眼的位置，那是一名搏克手荣誉和力量的象征。我们问朝鲁门，他的"将嘎"以后是否会传给两个儿子。他笑着回答："不会。"

他说，他一直在精心挑选，要在最后一次踏上搏克竞技场时，把"将嘎"传授给草原上最优秀的搏克选手。"搏克是民族文化的代表性运动，我们想要把这个运动推出去，推向全国、全世界。"

参加完那达慕，朝鲁门带着儿子看好一处草场，想租下来做明年的牧场。

他又开始每日驯马了。

马群自地平线涌出，太阳挣脱草海的羁绊，金色的光芒给马群披上了一层外衣。马背上的朝鲁门，一手勒着缰绳，挥舞着套马杆，驰骋在草原上，策马飞奔的身姿像鹰一样，飘逸潇洒。

邂逅在美丽的草原，酒酣之时，朝鲁门唱起了蒙古族潮尔道——宛转悠扬的长调民歌。他唱得是那么投入，我们听着辽阔悠扬的歌声，陶醉在草原的夜色里。

第五章
我们是党员，还是干部

廷·巴特尔：你是党员，你是队里的领导，做一个好队长别怕吃亏，只有吃亏你才能把这个队领好。

一、父亲的教诲

山峦起伏，松柏常青，呼和浩特市北郊的内蒙古青少年生态园，环境幽雅、肃穆。

在位于北坡的一棵葱郁的松树下，廷·巴特尔和妻子手捧着从草原带来的花草、红红的沙棘果来祭奠父亲，陶格斯还拿来了几颗沙枣放在爷爷的墓前。怀着无比的思念，他们在以一棵草的鲜嫩、一朵花的馨香、一棵树的果实，告慰逝去的亲人。

远在千里之外的萨如拉图雅嘎查，草原上的牧民也在遥寄哀思。

"老将军，今年水草丰美，牛羊可肥壮了！"

"您带来的种子，都结了饱满的果实了！"

"真想廷爸爸再来草原看看啊！"

2004年，廷懋将军逝世，子女遵照他的遗愿，将他的骨灰埋在大青山脚下的松树下，让他看到祖国日益繁荣昌盛，青少年一代又一代茁壮成长。

"父亲离开我们已经很多年，他老人家的音容笑貌至今在我脑

第五章　我们是党员，还是干部

海中还是那么清晰，那么亲切！"多少年过去了，廷·巴特尔依然深深地思念着父亲。

早在1935年，身为大学生的父亲就参加了"一二·九"学生运动，投身山东大学的抗日救国斗争，代表青岛学生抗日救国会赴上海参加纪念"五卅"运动的游行活动。1937年"七七"事变后，父亲参加八路军，走上戎马生涯，一生从事军队政治工作，从政治指导员直至大军区副政治委员。他始终坚持真理，坚持原则，实事求是。父亲对革命事业的坚定信仰深深影响了廷·巴特尔。

父亲在被关押期间，一直都在坚持锻炼身体，坚持政治学习和高等数学练习，就是为了不让脑子迟钝。回到家后，还给几个孩子补习文化课程，教他们学拼音，认汉字。父亲说过最多的一句话："你们要珍惜现在的生活，你们永远都体会不到当亡国奴是什么样的一种感觉。"

廷·巴特尔回想起到牧区插队的时候，父亲和他一起摊开地图选点，又亲自送他到阿巴嘎草原，叮嘱他，留下来就要好好干。

父亲语重心长地鼓励他："不要依赖父母，路要自己走。"

"做人要有一点儿傻气，不要过多地考虑个人得失。"

在廷·巴特尔和哥哥姐姐下乡的日子里，父亲时刻都在牵挂着他们，关心着他们的成长。他们在草原成长的每一步，都离不开父亲的影响和支持。

1972年5月24日，父亲的日记中这样记述：

巴特尔到沙圪堵接我，我竟认不出自己的儿子了；方方长到一米八一；小多多也会做饭了。

看了矛矛、平平一年多的来信，我满意，孩子们懂事了，能劳动了。孩子们在成长。

有人对我说:"把孩子叫回来,不要再去了!"我不懂,为什么呢? 那不是走回头路吗? 至少,我还要再看看,再听听。

廷懋将军把朴实的作风带给孩子们,教导他们要忘记自己是将军的儿女。

父亲的言传身教,从小培养了他们热爱群众的思想和淡泊名利的情怀,养成了艰苦朴素、热爱劳动的良好习惯。

"自己的事情一定要自己做。"

廷懋将军不但这样要求别人,自己也做出了表率。他的衣服从来都是自己洗,破了也是一针一线自己缝补。除了自己的事情自己做之外,家里几个子女都传承着父亲的优良作风,哥哥姐姐穿过的衣服弟弟接着穿,破了就自己缝补。

他穿过的一双线织袜子缝补过三次,第一次为棕色布片,在前脚尖。第二次在前脚板和后脚板,为蓝色布片。第三次在后脚跟,是白蓝相间色线织布。他补袜子的针线码得又细又平整,从上面能看到艰苦岁月的痕迹。

他说:"衣裳只要干净整洁,就是好衣裳。"家里的缝纫机,孩子们都使用过,学着自己缝制衣裳。廷·巴特尔继承了父亲这种自己动手、节俭的作风,在牧区一直自己做衣服,而且还给牧民们设计、制作各式新款服装,包括长短大衣及新式蒙古袍。

在廷懋将军的教导下,几个子女个个心灵手巧。大哥廷林在部队是出了名的能工巧匠,只要有需要修理的东西,大家都会找到他,他都能修好如初。二哥廷方在内蒙古大学工作,大楼电梯出现故障,请来厂家师傅修理,都没能修好,廷方仔细研究琢磨,带着两个学生把故障排除了。类似这样的事情,在几个孩子身上数不胜数。

父亲曾自豪地说："我这五个孩子都不怕吃苦。"

对于廷·巴特尔的选择，父亲坚决支持，他说："孩子到牧区，长期留在牧区，我丝毫没有动摇过。说牧区苦，牧民能在那儿，我的儿子为什么不能在那儿呢。"将军家的其他孩子也同样没有一个是靠父亲找工作的，他们在各行各业，都是普通得不能再普通的劳动者。

当时，分管干部工作的父亲首先考虑解决有实际家庭困难的插队知青，这些人有的父母已经去世，有的还在下乡做知青，返城机会少之又少。为了将上大学的指标让出来，父亲做了一个决定："我们家的五个孩子一个也不允许上大学。"

这近乎于苛刻的要求也促使廷·巴特尔在牧区待了下去，为更多的牧民服务。

在偏远的牧区，廷·巴特尔从艰苦生活中找到了快乐和幸福，

廷·巴特尔的修理车间

他有了朋友，受到了尊重，心灵获得了完全的释放。

他忘不了，在困难时期，淳朴的牧民宁可让自己的孩子饿着肚子，也要把饭留给他们知青吃；他忘不了，慈祥的额吉用自己珍藏多年的布料，一针一线为他缝制蒙古袍；他忘不了，憨厚的伙伴们，手把手教他学割草、学骑马、学放羊；他更忘不了，善良的牧民百般呵护和哺育南方孤儿的博大胸怀。

廷·巴特尔舍不得离开这些牧民，他从内心里感到，牧民是他遇到的最朴实、最好的人。当看到牧区因为缺少文化而造成贫困和落后时，他觉得能够用自己的知识，在牧区干一番事业，从而实现自己的人生价值，这是值得庆幸的事情。

父亲的老部下图门昌叔叔这样回忆："廷懋政委还有一件让人敬佩的事，那就是教子有方。我们廷懋政委的儿子廷·巴特尔，自愿到锡林郭勒大草原阿巴嘎旗当牧民，在那里生根开花，为牧区建设做出了突出贡献，深受牧民的拥护和爱戴。牧民亲切地称他为'我们的廷·巴特尔'，他被选为党的十八大代表和主席团成员。廷懋政委教子有方，将军的儿子当牧民，美誉传遍内蒙古大地。"

在廷·巴特尔下乡的头几年，特别是父亲退居二线后，父亲每年都到牧区来看他，还骑着马去各个浩特看望牧民，与他们促膝交谈，了解他们在生产生活中遇到的困难。

父亲从来不为子女的事出面说情、走后门，他曾严肃地对子女们说："我现在享受的待遇是党中央给我个人的，你们任何人都无权享受。我享受这个待遇也有愧，真正应该享受待遇的人现在都没了，他们都死在战场上了。"

"任何人不能利用这个搞私利，我的家人、子女更不允许。"

但是为了解决萨如拉图雅牧民的难题却有过两次例外，父亲曾

| 第五章 | 我们是党员，还是干部

两次替嘎查牧民出面求情。

草场是牧民的命根子。草畜双承包这些年，萨如拉图雅嘎查组织发动牧民下大力气建网围栏、实行轮牧休牧、种树种草、恢复生态，就是为了保护建设草原。1993年，嘎查9.6万亩草场被某单位圈占，牧民们的情绪难以平复。作为嘎查长，廷·巴特尔对这样重大的事情不能不管，逐级反映迟迟得不到解决。父亲非常关注此事，带廷·巴特尔去找相关部门进行协调。草场问题就这样解决了，看到萨如拉图雅草原的牧民像获得大丰收一样高兴，老人家也倍感欣慰。

廷·巴特尔明白，父亲绝不是为了他廷·巴特尔的个人利益，而是维护基层各族群众的基本权益，维护党的政策法规的权威，维护党和政府在人民群众中的威望和形象。

另一个就是困扰萨如拉图雅嘎查牧民多年的修路问题。牧民一辈子没有走出沙窝子，从洪格尔高勒苏木到207国道40多公里的路如天堑般，阻挡了牧民的脚步和希望。想要走出萨如拉图雅，就需要修一条柏油路和国道连接起来，这是牧民们多年来想实现而未实现的一个梦想。然而，修路无论对嘎查还是苏木，都是力所不能及的天大难题。廷·巴特尔多方申请筹措投资，他和苏木干部带着申请报告逐级找到了自治区的有关部门。为了帮助促成嘎查这件民生大事，父亲又一次出面找到有关部门说明情况，申请立了项。

这是廷·巴特尔记忆中父亲托人情办的两件事，都是为了萨如拉图雅嘎查和牧民们。

父母成了他最坚实的后盾。他带领牧民植树种草建设草原，父母通过各种渠道收集优良草籽、苗木还有花卉种子送到草原。许多牧民去城里看病、办事，都受到父母的热情接待，在内蒙古医学院工作的母亲帮助找医生，接送站。这些看似平平常常的事情，表现出父亲母亲对儿女无私的爱，对草原人民的深情厚谊。

当廷·巴特尔带领牧民群众热火朝天地植树种草、防沙治沙时，父亲捎来树苗、草籽，嘱咐他一定要把草原生态搞好。当有人问起怎样看廷·巴特尔这些年走过的人生之路时，廷老坚定地回答："牧民的需要，就是他的价值。"

那时候，父亲已经恢复内蒙古军区政委的职务，并出任自治区党委第二书记、自治区人大常委会主任，同时担任党政军重要职务，每日非常繁忙，家中来办事的人不断。可无论多忙，只要廷·巴特尔回来，他都会和儿子促膝长谈。

他对儿女们的教育，是用体现在大事小情上的优良作风来感染，遇到问题循循善诱，没有说教，更没有训斥。在廷懋将军的家里，有个三层的工具箱，上面整整齐齐地摆放着各式工具，平时家里修修补补、敲敲打打的活儿，都是自己干。他从小培养孩子们热爱劳动的品质。

父亲这些真切朴实的言行，不知不觉中，一点一滴渗透到了廷·巴特尔的心灵深处。

在草原风雨的打磨中，廷·巴特尔完完全全成了一个牧民，与牧民的感情更深了，事业也发展起来了，心情舒畅，日子过得不错。"他的选择我很理解，我欣赏我的儿子。"看到廷·巴特尔的成长，老将军内心很欣慰。

廷懋将军说："廷·巴特尔不是我们培养的，是草原培养了他，是牧民培养了他，是党培养了他。"

像所有父亲一样，廷懋将军也时常惦记自己的孩子，经常去草原看望，但每次都是悄悄地来，悄悄地走，从不惊动当地的领导。

草原的路不好走，汽车在沙窝子里趴了窝，牧民们便大老远地骑马赶来推车。

那些年，廷懋将军夫妇来牧区的次数要远远多于他回去看望父母的次数，都是因为嘎查工作忙。有一次春节前，一家三口都准备好要出发了，听天气预报说锡林郭勒盟近期降大雪，他就取消行程，让妻子和女儿回去和老人过春节，而他自己留下来，在冬营盘陪着牧民。对于这些，父母从来没有过怨言，都是默默地支持他。每每提到这些时，廷·巴特尔眼圈都会发红，他说："父母很理解我，他们把对我的支持都毫无保留地体现在了行动上。"

父亲对他的爱与支持，延伸到了女儿陶格斯身上。1982年9月，女儿陶格斯出生了。那段时间，牧区正在推行草畜双承包，廷·巴特尔夫妇把全部精力都投入草场改造中，边劳动边带孩子，很累，很苦。

由于太忙，他们时常顾不上孩子。父母亲又一次来到牧区，肯定了他们改造草场、改变牧民生活面貌的想法和做法，为了减轻他们的负担，劝说他们把孩子送到呼和浩特市，由他们抚养。这样，陶格斯在1岁10个月大时就离开他们，到了爷爷奶奶身边。

额尔敦其木格说："那时候，差不多一年见一次孩子。因为远，没有路，白天干活儿时不知道想，晚上睡觉的时候，像放电影似的，一幕幕都在眼前。"说到这儿，她哽咽着转过身去。

有的人不理解他们，说："怎么把那么小的孩子送到呼和浩特市，真狠心，是不是就图自己过清闲日子啊！"

那时候他俩去看一趟孩子很不容易，从苏木坐班车到旗里，三天一趟，道路难行，班车还经常出故障，每次都要提前打听好才能出行。中途在锡林浩特市中转一天，第二天再去呼和浩特市，还要在乌兰察布住一晚。两个人不可能一起去看孩子,只能一个人去,一个人留在家中照顾牛羊。额尔敦其木格语言不通,不认识汉字,出门坐车特别不方便,但是想念孩子的心情让她每次焦灼难安。

辗转三天三夜的路程,每次的相见和离别都是那么难舍难分。

刚被接到呼和浩特市的小陶格斯,想念爸爸妈妈,每天哭闹不止。廷·巴特尔搭乘姨父的车回呼和浩特市,这是他第一次去看孩子,思念女儿的急迫心情,让他没和父母打招呼就赶紧去看女儿。在卧室门口,看到女儿张着两只小手哭喊着"爸爸、爸爸"地向他奔来时,这个五尺汉子掉下了眼泪。

为避免孩子和自己的爸爸妈妈在感情上疏远,父母经常给孩子讲述他们在牧区的故事,每年还带孩子回牧区和他们团聚。再长大一些,学校一放假,就安排她自己回来。

在爷爷奶奶的教育熏陶下,陶格斯从小在心中就知道草原是她的家,爸爸妈妈是她最想念的人。3岁的陶克斯似懂非懂地问爷爷奶奶:"大伯、叔叔、姑姑都在城里,我爸妈为啥还在牧区?"望着孩子稚嫩的脸庞,将军夫妇心里酸酸的,半天说不出话来。然而,有谁能体会父母对孩子的思念呢?从小在牧区长大的额尔敦其木格,从来没有出过远门,更没有坐过飞机。每次去看女儿要辗转坐车才能到达。由于忙于嘎查工作,廷·巴特尔没有时间来看女儿,出去开会才会顺道回家看一下小陶格斯。

小小年纪的陶格斯,就能体会父母在牧区生活的艰辛,碰到喜欢的玩具她只看看不买。她知道父母在草原上种树种草。一次,她把吃完的几粒沙枣核偷偷揣在口袋里,想等回到草原的家,捧在手心里让爸爸看,让他种在草原上。每年,只要陶格斯回来,她就会拎着小水桶去给沙枣树浇水。她还学会了捡牛粪、挤牛奶、喂羔羊。

如今，几棵沙枣树已经长成大树，也伴随了陶格斯的成长岁月。

陶格斯的成长，让廷·巴特尔深深地感受到父母对孩子的偏爱，这是他们把对他的爱倾注到孙女身上了。陶格斯上小学时，从军区大院到苏虎街小学要穿过三条马路，爷爷天天拄着拐杖接送她。学校开家长会，总有一位去全程参加，不让孩子因爸爸妈妈不在身边而感到孤独、自卑。上中学后，祖孙俩经常在一起解代数方程，做几何习题，一起核对答案。陶格斯一直珍藏着一本相册，走到哪儿都带在身边，那是爷爷亲手为她整理编辑的。她从几岁开始就跟着爷爷奶奶外出旅行，去过西双版纳、大连等不少地方，照了不少照片。爷爷把这些照片精挑细选，按照时间顺序，分成几个主题，整理装册。对革命圣地、历史文物、名胜古迹、重要景观，都要加注说明，有的还题诗记录参观时的心境，表达对孙女美好未来的期望。

陶格斯在爷爷奶奶的精心呵护和培育下茁壮成长，从他们身上学到很多做人做事的道理。爷爷的心血没有白费，陶格斯大学毕业后参加工作，很成熟、有主见，动手能力极强。她传承了良好的家风，勤俭朴实，吃苦耐劳。爷爷对她说，你要在外面生活的话，父母会想你的。从小你就没在父母身边，现在大学毕业了，他们再不想让你远走他乡。女儿听从了爷爷的意见，回到父母身边，回到锡林郭勒盟参加工作，回归了这片草原。

父亲疼爱自己的儿孙，关爱所有的青少年。他常说，青少年的前途就是国家民族的前途。离休后，父亲很少参加社会活动，谢辞了各方面的邀请、聘请，但有一份聘书他欣然接受，那就是内蒙古少工委请他当顾问。每有活动他都参加，乐此不疲。他说，常和孩子们在一起很开心，受感染，增强活力。

廷懋将军进入耄耋之年后，廷·巴特尔坚持没再让父亲到草原来看他们。每次回家，他都向父亲汇报萨如拉图雅嘎查发生的巨大变化，告诉他现在哪条路修好了，嘎查的信息通了，最远的牧点也能打手机了，生态环境改善了，全嘎查的牧民脱贫致富了。这些变化以前他都听说过，现在再听，父亲仍然饶有兴致。他无时无刻不在牵挂着那片草原啊！到新西兰等国考察后，廷·巴特尔连夜拨通父亲的电话，向父亲讲述了去新西兰看到的农牧业发展新景象以及对嘎查新型牧区发展的最新规划。他讲得激情兴奋，父亲在那边听得同样激动。

2003年冬天，父亲病危，神志一阵清醒一阵昏迷。廷·巴特尔丢下手中的活儿，赶回家中。看着蜷缩在床上的父亲，头发花白，脸上的皱纹更深了，他不禁落泪。有多久自己没有这么仔细端详父亲，有多久没有这样安静地守候在父亲的身边了。而此时，他觉得时间和生命都是这么的短暂！多么希望，这一切停留得再久一些啊！也能让他在老人家身边再尽尽孝心。

父亲睁开眼睛，看着守在身边的巴特尔，嘴角蠕动着，轻轻地问："巴特尔，你对将来在牧区养老的问题是怎么想的？"

廷·巴特尔听了，鼻子一阵发酸。他知道，父亲最牵挂这片草原，牵挂这片草原上的人们。他知道儿子的命运已和草原紧紧地连接在一起。老人家在弥留之际还忘不了生活在草原上的牧民群众。

看着父亲慈爱地望着他，他强忍着泪水，紧紧攥着父亲的手，给他讲现在牧区的新变化。他告诉父亲，现在牧区的情况是10多年前人们不敢想象的，10多年以后我们那里肯定会变得更美好。

发展教育，发展卫生事业，牧民也会有医疗和养老保险，没准儿牧区还能用上直升飞机呢。现在已经有外地人和外国人到草原旅游，将来也许城里人还要到我们草原度假养老呢，到那时候我在哪儿养老都不成问题。

听了廷·巴特尔的讲述，父亲很开心，眉眼有了笑意。看到儿子对草原依然一往情深，对牧区未来充满信心，对自己选择的人生道路坚定不移，这让他放心，让他感到欣慰。这也是他多日未曾有过的笑容。

那一刻，他刻骨铭心地感受到父亲的伟大。

父亲，永久地离开了！

父爱无声，恩重如山。他清晰地记得父亲语重心长的话语："现在看来，你这条路是走对了。在物质上你不比别的兄弟姐妹富裕，在精神上你是富有者。"

正是这种爱鼓舞着他，伴随着他，在牧区风风雨雨走过了50个春秋，战胜了无数的艰辛与磨难。

他感觉父亲一直和他在一起，时刻传递给他力量。他深知自己作为人大代表、政协委员所肩负的责任，平时注意了解社情民意，在全国两会上提出对呼日查干淖尔湖流域生态实施"山水林湖草沙"一体化治理工程，提升草原牧区道路通达承载能力，省道升级方案，保护好浑善达克沙地的水安全屏障等议案、提案，每次都围绕牧区经济社会发展、生态保护、国家重点建设项目等重大问题，建言献策。

在父亲离开的第二年，廷·巴特尔被评选为"全国劳动模范"和"全国民族团结进步先进个人"，出席了在北京人民大会堂召开的表彰大会。

当他从党和国家领导人手中接过奖章和证书时，那一刻，他的眼前浮现出父亲的身影，他在心里默默地告慰父亲的在天之灵，仿佛看到父亲欣慰的笑容。

"儿子没有辜负您的期望，我将永远做一个普普通通的牧民，用智慧和劳动建设新牧区，创造新生活。"

二、赤子情怀

在萨如拉图雅嘎查，有一条不成文的规定：群众任何时候都可以查账。可不知怎的，总也没有人查。一次召开群众大会，廷·巴特尔在会上公布账目，而后连同集体经费的存折，一并交给牧民，让大家传看，结果给谁谁不要，推来推去。一位牧民急了，站起来把账本往桌子上一丢："我们不看，有廷书记这样的'铁管家'我们放心。"

还有什么比群众的信任更为可贵的东西！那一刻，廷·巴特尔感动得几乎要流下眼泪。他记得父亲曾说过："要让群众相信你，就必须事事为他们着想，把群众装在心里。"

有人无数次问起，廷·巴特尔是如何赢得牧民信任的？

他说过一句话："只有不为名来，不为利去，一个心眼儿为老百姓，牧民才信你、才听你。"

在萨如拉图雅嘎查，党支部就是一面旗帜，党支部书记廷·巴特尔就是牧民最信任的人。

苏木党员代表将廷·巴特尔推选为苏木党委副书记时，他没有接受；旗里准备给他安排职务，他也婉言推辞。

他甘心做这个最偏僻、最落后嘎查的领头人。1993年，

| 第五章 | 我们是党员，还是干部

廷·巴特尔当选为嘎查党支部书记，当时的党支部工作十分薄弱，集体资金账目上一分钱都没有，嘎查连像样的办公室都没有，他和班子成员商议，必须下大力气整顿和规范嘎查工作，树立起党支部的战斗力和凝聚力。

羊群里总要有领头的羊，廷·巴特尔决心当好这个"领头羊"。

草畜双承包几年后，嘎查的贫困户倍增，牧民失去了对生活的信心。

"壮大集体经济，集中力量扶贫。"又是他第一个从自家的畜群中拨出几十只基础母畜放在集体畜群里，其他党员干部也跟着行动起来。几年时间，集体羊群发展壮大到近千只，队里账户上也有了11万元的集体资金。

将集体资金用在刀刃上，他从不乱花一分钱。20多年来，嘎查的报销账目始终保持"零"记录。

他在党支部会上"约法三章"，一系列规章制度经过党支部讨论研究相继出台：

嘎查不能以任何理由利用公款请客送礼；

嘎查书记、嘎查长没有权力动用集体流动畜群，必须和全体牧民商量后方可实施；

嘎查不购置汽车、摩托车；

嘎查的集体账目向群众公开，受牧民监督。

有规矩就成方圆。几年后，在廷·巴特尔的带领下，萨如拉图雅嘎查的集体经济得到壮大，家底越来越厚，跻身全旗五强嘎查行列。

在一次账目审计后，旗经营管理站的工作人员怎么也无法理解，萨如拉图雅嘎查的报销账目是零，这是他们见过的第一个集体账目上报销"零"记录的地方。嘎查账目公开时，全嘎查只有一笔58元钱的面包、饼干和茶叶的报销单据。那是嘎查牧民大会开得太晚了，牧民们集体吃饭的全部费用。但嘎查账面上却没有一分钱的汽油票和汽车修理费单据。

20多年，没有报销接待费、油料费，不是嘎查不接待客人，不用车，而是廷·巴特尔自己全部包了下来。浑善达克沙地出车可不是件容易的事，特别是风天、雨天，不说费油，对车的磨损也是相当大的。

结果，在萨如拉图雅嘎查，用的车是嘎查领导自己的车，油钱和修理费也是自己出。

牧民们和一些嘎查干部都说："廷·巴特尔抠，抠得不近人情。"

他却说："我们是党员，还是干部！"

随着牧民生活水平的不断提高，草原上的汽车、摩托车日益增多。骑马能手们对这些"坐骑"只会骑，对其保养和维修却一窍不通，出点儿小毛病也得到旗里去修，而且修理费很贵，所以人们将汽车、摩托车称为耗油耗钱的"黑铁"。

1996年，嘎查第二次划分草场时，他开着自己的车在方圆437平方公里的草原上，挨家挨户地跑。整整一个月的时间，草场划分完了，他的车也快报废了。草原上交通不便，来办事的人一般都得在队里吃饭，正常的接待费自然少不了。萨如拉图雅方圆32万亩草场，日常工作根本离不开车，汽车是要喝油的呀！

洪格尔高勒苏木宝力格书记心里很不是滋味：萨如拉图雅嘎查没有食堂，公事吃饭就在廷书记家里，队里也没有公务车，是廷书记开着自家的车划分草场，汽油票只能找妻子"报"。宝力格算过，四年来自己少说也来过萨如拉图雅嘎查200次，就按每次喝三碗茶计算，光他一个人喝掉的茶钱就得有180元，廷书记一个月的工资也不过150元，这笔开支全是他和妻子起早贪黑挣来的。

廷·巴特尔觉得很正常，队里没有食堂，自己是支部书记，不带回家吃去哪儿吃，总不能派在牧民家吧。他很感激妻子的默默支持，没有一句怨言。每次办公事来的苏木嘎查干部，她都热情招待。

这些年，他每天开着客货车去牧点查看；牧民家中有人生病，这辆车就成了牧民的救护车；冬春给牧民送饲草料，这辆车又成了抗灾车；牧民盖棚圈，这辆车就是运输车。

他为嘎查为牧民办事，修车费、油费、招待费都是自己出，从来没有让嘎查报销一分钱。手里攥着的一大把票据，廷·巴特尔一把火给烧掉了。

廷·巴特尔使用集体资金时精打细算到近乎吝啬，可在扶持牧区公益事业和扶贫帮困方面，却慷慨大方。

他对群众并不"抠"。苏木要安装长电、程控电话、电视接收台，萨如拉图雅嘎查一下就拿出了7万元；自家的草料、蔬菜、草籽、树苗，只要牧民招呼一下，想拿什么拿什么。有人给他算了一笔账，几年来，他为嘎查为牧民搭进去足有10万元。

每一项"政策"都是卡自己，扶牧民。草畜双承包时，大队分自留畜，每头牛才三四十元钱，时任嘎查长的他定了一项分配政策：知青不能分自留畜。

他严格要求自己和其他党员干部树立共产党员的良好形象，为牧民谋利益，凡事多讲奉献。嘎查有2000亩打草草场，每逢天旱缺雨时，草场划分给每户牧民免费打草，唯独支部三名成员不能去打一斤草。这个规定其实就是定给他们三个人的。

廷·巴特尔几经周折，洪格尔高勒苏木通往207国道的柏油路顺利立项。在开工之际，有位同学打听到这个项目是廷·巴特尔争取来的，就打电话想通过他的关系承包这项工程，并承诺付给他一定报酬。他的同学原以为，工程承包给谁，廷·巴特尔只是动一动嘴皮子的事儿，但却遭到廷·巴特尔的回绝："别的事儿可以帮忙，承包工程去找交通部门吧！"

萨如拉图雅嘎查的牧民看在眼里，服在心里。

这些年来，廷·巴特尔夫妇相濡以沫，互相理解，相互支持。他们没有向父亲伸手要过一分钱。结婚以来他们互相影响，共同进步。妻子也很乐于帮助人。从苦日子熬过来的，非常珍惜劳动果实，他们生活过得非常俭朴。

有些牧民把不能穿的衣服扔在路边，可廷·巴特尔却当宝贝似的捡回来留着擦车用。"好好的东西，丢了多可惜呀？"

刚刚结婚时，家里很困难，买不起香皂，妻子用碱滩上刮来的碱洗头发。为了贴补家用，夫妻俩赶着勒勒车，在草原上捡拾别人丢弃的骨头卖钱。一车骨头拉到苏木卖了60元钱，妻子看上了一件几块钱的衣服，犹豫半天没舍得买，只买了米面油酱醋这些生活用品。

廷·巴特尔随同报告团外出宣讲，中宣部特批一个名额跟随演讲报告团，可额尔敦其木格却婉言谢绝了。她说，出去要乘车、住宿吃饭，这一趟下来得让国家花多少钱啊，我还是不去了。

这么多年来，廷·巴特尔从来没有为自己谋过任何私利和特权，他让群众看到了一个真正共产党人的崇高形象。

行动是最有说服力的。他的一言一行，换来的是群众对党和政府的高度信任。

人们说:"这是廷书记的影响力。"廷·巴特尔说:"这是党的号召力。"

"我到城市里了,当一个工人,就做一个螺丝钉;我在牧区,就不光做一个螺丝钉,我还可以修拖拉机,可以开汽车,好好搞牧业生产,做一个有用的人。"

廷·巴特尔沿着父亲的足迹孜孜不倦地跋涉。他手中拿着父亲留给他的指南针,这是一名老共产党员留给子女的唯一纪念,为的是让廷·巴特尔找准方向更好地为牧民服务。

从当知青下乡直到今天,廷·巴特尔就没向家里要过钱。只有一次带着牧民回呼和浩特市时,牧民看病的钱不够了,而他身上仅有回去的路费,便和父亲张口借了45元钱。这仅有的一次,还是为了牧民着想。似乎是父亲冥冥中的呼唤,让他如此执拗不停地前行,因为这片草原的忧伤与欢乐都与他有关。汗水洒遍萨如拉图雅草原的沟沟壑壑、山山水水。波光粼粼的高格斯台河水可以做证!

2002年,萨如拉图雅嘎查迎来了一个极不寻常的冬季。

这年初冬,扎根基层的共产党员代表萨如拉图雅嘎

廷·巴特尔在巡讲

查党支部书记廷·巴特尔，作为全国宣传的典型，在北京、天津、山东、上海、宁夏等地巡回演讲。

人们被廷·巴特尔的事迹深深感动，也记住了这个偏远牧区——萨如拉图雅。

成为全国先进典型人物以后，廷·巴特尔并未陶醉在巨大的荣誉和光环之中，他心里始终惦记的仍然是草原和牧民。在外出开会和考察时，他还在酝酿着嘎查如何致富的路子。

2005年，为了扶持嘎查青年干部，他向苏木党委提出辞去嘎查党支部书记的申请。

苏木党委：

我向党委提出辞去萨如拉图雅嘎查党支部书记的请求。

因我在萨如拉图雅嘎查领导的职位已经30多年了，今天我们党支部会议已经同意我辞去书记的职务。

我们嘎查培养青年干部多年，现在，我们嘎查有文化、人品好的年轻人有两个，可以做嘎查的领导，一个是苏义拉其木格，一个是特木尔呼。请苏木党委同意我辞职的请求，并给予新的嘎查书记的任命。

廷·巴特尔

2005年3月19日

"不要再给我荣誉了，给我的已经太多，我希望给别人一点儿。"

20多年来，阿巴嘎旗原博物馆馆长陈海峰一直在收藏、整理廷·巴特尔的物品，他与廷·巴特尔接触非常多。他感慨地说："廷书记是淡泊名利的人，他把荣誉奖状、证书都无偿捐赠给了博物馆。"牧民送给他一块用蒙古文书写的牌匾"爱草原的人"，只有这幅牌匾他挂在了客厅的墙上。

廷·巴特尔常说，作为基层干部首先要为群众着想。

我们在采访中得知，廷·巴特尔至今还未办理过养老保险。他说："我要等到嘎查所有人办好后最后一个补上。"

如今，牧民们都办理了医保，有些牧民也开始办理养老保险，廷·巴特尔因为年龄的问题最终也没办上。

三、通往牧民心坎的"七一大道"

一辈子没有走出沙窝子，在这个沙窝子生，在这个沙窝子死。

去看看外面的世界，曾经是萨如拉图雅嘎查牧民们藏在心底的奢望。

站在这个任凭风沙肆虐、一代代被称为"沙窝子"的地方……多少人因为困难重重而退缩，多少人因无力改变现状而放弃。

那时候，孩子不敢生病，病了没法看。沙窝子里的孕妇都是在家生产，难产也只能听天由命，没等走出沙窝子，常有人死在半道上。孩子十三四岁上不了学，老年人一辈子走不出沙海，没有看过外面的世界。

廷·巴特尔的岳母就一辈子没出去过。买了新车，他要带着全家人出去转转。刚把她抱上车，都准备好了，车一启动，老人就急着要下来，说什么也不坐了。就这样，直到去世，她也没走出沙窝子。

能走出这片沙窝子的人，在牧民心中都是神奇的人物。

牧民曾自豪地对外人说："你们去过北京天安门有啥了不起？你和我们队长比比，他还去过阿巴嘎旗呢！"

牧民赛汉巴拉塔在这片沙窝子里住了70年。

我们采访时问他，现在如果让您出去旅游，您想去的最大城市是哪儿？老人想了半晌，说："锡林浩特。"

大家哄堂大笑。笑过之后，一种辛酸直涌人们的心头。

在一辈子没有走出沙窝子的牧民心中，仅仅知道自己所在的城市，向往的最大的城市只有阿巴嘎旗，只有锡林浩特市……

这些切身的感受成为后来廷·巴特尔带领当地牧民勤劳致富、修路通电的巨大动力。

在那张1978年拍摄的老照片上，记录了当时廷·巴特尔走沙窝子的情景。他穿着军大衣，戴着雷锋帽，骑在骆驼上。草原上牧民们分散居住，骆驼就成了走出沙窝子的交通工具。"那个时候我当生产队队长，住在蒙古包里，老去牧民家做工作，搞社会调查。"廷·巴特尔告诉我们，"那时没有照相机，很少留下照片。那天盟里来了个记者，拍下了这一幕。"

萨如拉图雅地处沙地与沙漠接合部，自然条件恶劣，被人称为"进得来，出不去"的地方。

从廷·巴特尔决定到牧区开始，那里的路就和他结下了不解之缘。当年，姨父提醒他的话犹在耳畔，那可是一个进去出不来的沙窝子。他去了以后看到的实际情况，岂止是进去出不来，光是进去就很不容易。第一次去整整走了4天。从旗政府所在地到公社全是坑坑洼洼的自然路，从公社到大队连自然路也没有了，尽是沙窝子，汽车根本没法走，只能骑马或步行。他说，在那里干了几年，

| 第五章 |　　我们是党员，还是干部

特别是当了嘎查长、嘎查书记后，修路就成了他的一个梦想。

通电、通路、打井，他要改变现状！只有改变现状，才能让牧民过上好日子！

当时，阿巴嘎旗的交通相当落后，全旗只有两辆嘎斯牌卡车，物资运输靠牛车，还有为数不多的马车，牧民就靠马和骆驼走出沙窝子。冬季气温寒冷，大雪封路或是刮白毛旋风，交通就更为难行。经受零下三四十摄氏度的严寒，站在雪窝子里的人只要停下不动就会被冻僵。

平常电报最快三五天到达，慢的就要半个月、一个月。嘎查的路难通行，报纸常常会被耽搁几个月甚至半年。夏季一两个月送一次，冬季就会六七个月送一次。一位嘎查干部打趣地说："那报纸真叫'抱'纸啊，都是'抱'着来的。"

在漫天飞雪中，一辆客车艰难地在雪窝子里行进，车身趔趔趄趄，车上的人也随着车左右摇晃着。人们出去到公社、旗里开会办事，车上都会备一袋月饼，长途饿了大家就拿块月饼，就着雪吃抵饿。车上还常年备有一捆粗绳子，到哪儿车陷住了，大家伙儿就都下去拽车。车前套上绳子，大声吆喝着在雪地里拽车的场景，人们至今难忘。

蔓延速度异常迅猛的沙地不断吞噬着人们的生存空间，打通道路寻出路成了唯一选择。

无路、无电、无水、无通信……萨如拉图雅仿佛与世隔绝，种活一棵树更是难上加难。因此，提出来在沙窝子里修条路，牧民们都觉得是天方夜谭。

一定要修好这条生命通道。否则，无颜面对乡亲们。廷·巴特尔再次为自己立下"军令状"。

没有成功案例，没有可借鉴的经验，许多人认为，即便费尽辛苦路真修成了，用不了多久也会被流沙淹没。

廷·巴特尔经过反复琢磨，决定先自己试验，他和妻子开始修自家到大队部的这条路。每天早早起来，两个人从河边取来红胶泥，垫在沙土地上，再砸瓷实。半个月时间，先修成了一条3公里长的路做示范。然后，他开始组织全嘎查的牧民集体修路。

这是一条用生命和意志铺就的路。

凛冽的寒风，吹得他们的脸成了古铜色，握着铁锹的虎口，裂开了一道道口子。在沙地里、河水里抠石头，搬石头的手鲜血直流。但是没有人叫声苦，喊声累！嘴里喊着号子，还有人在风中唱起了呼麦，说是能运气，这样干起活儿来更加生龙活虎。

草原上的石头少，得到河里去挖。年逾五十的廷·巴特尔踩进带冰碴的河水，在刺骨的寒风里，埋头挖石头，花白的鬓发在风中被吹散。寒风吹打着，冻得直打哆嗦。但是他一刻不停，突然，一块尖利的石头划破了他的手掌，左手的四个手指根部的筋被划断，鲜血直流。他没有理会，继续低头干活儿。

"廷书记，快上来，我们来干！"年轻人见了，眼眶都湿了，纷纷冲下河，抢先干起来。

在牧民的翘首企盼中，历时一年多时间，洪格尔苏木连接207国道的柏油路终于修通了。往北直通锡林浩特市，南下就是张家口，距离呼和浩特市、北京市交通也便捷了。昔日封闭的萨如拉图雅草原，开始看到人流、车流不断涌入。牧民们的脸上露出了笑容。

锡林浩特市207国道灰腾河段68公里处，一条经灰腾梁、通往洪格尔高勒镇的柏油路，穿沙而过，成为萨如拉图雅草原腹地一条充满生机的生命通道。这是一条牛羊转场的"黄金牧道"。

眺望远处山坳层叠起伏的冬牧场,牧民们脸上露出了久违的笑容,那是因为家中羊转场有了安全保障。牧道修好了,骑上摩托车去放牧,来回一趟用不了两个小时。

牧民们知道,当初为了争取项目资金,为了修这条路,他们的"英雄"巴特尔吃了怎样的苦,承受了多大的压力。为了牧民的利益,他从来没打过退堂鼓。那手掌磨出的厚茧,脸上又添的几许沧桑,人们都记在心头。

夏季的一天,在嘎查通往苏木的路上,出现了两个劳作的身影。那是廷·巴特尔夫妇俩在拉黄土垫路。一带十,十带百,修路的队伍渐渐扩大。

2000年7月,为纪念中国共产党成立79周年,党支部组织党员整修一段难行的草原公路。一大早,几名党员来到工地参加义务劳动,不到中午,只有83户人家的嘎查,男女老少来了100多位,自带铁锹、筐,和党员一起头顶烈日,加入修路队伍中。"义务修路"从此成了嘎查每年庆祝党的生日的传统活动。

这一天,党员照日格图原本到苏木办理基础设施贷款,但他失约了,他认为党日活动不能迟到,修路一定不能缺席。

这一天,也成为萨如拉图雅嘎查全体牧民义务劳动的"修路日"。

初春的早上,天气还很寒冷,在廷·巴特尔带领牧民修的土路边,50多岁的牧民贡思玛在寒风中蹲在路旁插着黄柳条。每天都能看到她的身影,路过的行人忍不住好奇地问她,老人说:

"我们书记在会上一再讲,草原是我们自己的,要自己保护。"

"书记还说,一天种10根不多,可10天就能种100根,坚持下来就成林了。"

这是贡思玛老人自发来种树。渐渐地，嘎查的好多牧民都来这里种树。

沙坑中的草本植物成活并适应环境后，才会被移植到公路两边栽种。为什么不直接在公路边栽种？当草皮能锁住水分时开始种植胡杨、白桦等耐旱树种，才能最终达到防止沙漠侵蚀、保护公路的目的。廷·巴特尔和妻子又开始琢磨在公路旁建绿化带。妻子带着全嘎查妇女栽树，植树又成了"三八"国际劳动妇女节活动、"五四"青年节活动。就这样，几年间，万余棵固定流动沙丘的绿化带，已经长成郁郁苍苍的大树。

从这条道路修好通车起，牧民自发成为这里的"义务护路员"，每天早中晚都要巡视一遍，他们说，咱们付出了心血，就不能让它出现被破坏的现象。

2007年，正在参加全国两会的全国人大代表廷·巴特尔与时任交通部部长的李盛霖在中央人民广播电台就公路建设问题进行了对话。

廷·巴特尔说，自己来自草原牧区，深知路对农村牧区的重要性。他问李部长，农村牧区公路建设资金能不能向西部倾斜？

李盛霖表示，在农村牧区公路建设资金安排上，要重点向中西部经济欠发达地区、革命老区、少数民族地区倾斜。在通畅和通达选择上，要优先解决没有通公路地区的通达问题。

廷·巴特尔同时带来了农牧民的困惑：一方面，渴望修路；另一方面，又担心一修路，就把资金款项都分摊在农牧民身上。

李盛霖向他保证，要实现农村牧区公路"又好又快"发展，"快"是广大农牧民的基本诉求，"好"是群众切身利益的集中体现，决不能因农村牧区公路建设增加乡村债务。

　　李盛霖部长又解答了两个问题：如何在交通运输服务中让农牧民受益？如何更好地服务"三农"？

　　一方面，要加强农村牧区公路建设，改善农村牧区交通条件；另一方面，国家实施"绿色通道"政策，对在"绿色通道"上行驶的装载鲜活农畜产品的车辆实施通行费减免政策。要继续完善鲜活农畜产品"绿色通道"网络建设，将一些鲜活农畜产品运输量较大的线路尽快纳入全国"绿色通道"网络，更好地服务发展现代农牧业，使农村牧区公路建设的过程，成为改善当地生产生活条件、让农牧民实实在在受益的过程。

　　这些来自基层的需求和心声落到了实处。

　　经过几年的努力，一条覆盖全嘎查的路网形成了。廷·巴特尔悬着的心也落了地。修了路，牧民们陆续买了摩托车、汽车。

　　穿行在阿巴嘎旗南部草原上，一条条通乡公路交汇相通，静静流淌的高格斯台河贯穿南北，布满植被的沙丘连绵起伏，草地上大小湖泊星罗棋布，悠闲的牛群在风吹草低中时隐时现。

　　牧民苏雅拉其其格为廷·巴特尔写了一篇文章《路》，发表在《锡林郭勒日报》——

　　锡林浩特市207国道灰腾河段68公里处，一条经灰腾梁、通往洪格尔高勒镇的柏油路，为当地牧民服务了很多年。人们常说这是"廷·巴特尔路"。谁也不知道，当初为了争取项目资金，为了修这条路，廷·巴特尔吃了怎样的苦。为了牧民的利益，他从来没有打过退堂鼓。

　　他用实际行动证明了，草原是牧民的命根子，与大自然、世间万物和平共处是生存法则,只有牲畜与草场协调,不求数量更求质量,科学改造棚圈,施行围栏放牧,才能一步一步奔向小康。

面对不尽的荣誉与人们的赞许,他没有半点儿骄傲自满,不断开拓思想,积极创新,以满腔的热情发挥着模范带头作用。

这是一位牧民的心声,代表了萨如拉图雅嘎查全体牧民的心声。

廷·巴特尔用他的青春、用他的智慧在草原上踏出了一条不平凡的路。这是属于他自己的路,一条奉献的路,一条公而忘私的路,也是一条通往牧民心坎的温暖之路。

四、人人都像廷·巴特尔

当清晨的第一缕阳光倾洒在萨如拉图雅草原,你就能看到特木尔呼忙碌的身影。正值春季防火和接羔保育期,一大早,他便驱车几十公里前往嘎查牧户家中。与牧户签订完防火责任书,他详细询问他们春季接羔保育情况,之后便匆匆赶往下一家。车轮卷着尘土滚滚而去,他平常的一天就此开始了。

特木尔呼,萨如拉图雅嘎查现任党支部书记。

采访廷·巴特尔时,接触最多的就是特木尔呼书记。

特木尔呼,蒙古语意为"铁小子"。我们看到这个牧民们口中叫"铁娃"的年轻书记,清俊秀雅,语气温和,做起事来却雷厉风行。

他经常穿着一身休闲装,头戴运动帽,戴一副黑色太阳镜。这是他户外的行头，也是他下乡的装备。

嘎查牧民的情况他了如指掌，去往每家牧场的地形他都熟悉。他的越野车在前方快速地飞驰，越过灰腾梁，颠簸在沙窝子的沟沟坎坎里。这是通往偏远沙窝子的牧点，行程百余里。这样的路，他几乎每天都在往返当中。

特木尔呼从内蒙古党校函授大专班毕业后，在萨如拉图雅嘎查任团支部书记、嘎查长、党支部副书记，是嘎查培养的年轻干部。2020年，担任嘎查党支部书记。他说："近10年来，嘎查发生了翻天覆地的变化，牧民们收入增加，居住环境得到巨大改善。萨如拉图雅嘎查曾因超载放牧和连年干旱导致草场退化严重，多年来，在党的政策指引下，廷·巴特尔带着牧民划区轮牧、减羊增牛、少养精养，走上了生态恢复与畜牧业发展双赢的路子。如今，全嘎查92户常住牧户均靠养牛致富，牧民年人均收入由20世纪70年代末的40元增长到现在的3万元。嘎查生态环境得到了有效恢复，天然草场的青草高度、植被覆盖率和产草量都显著提高。"

萨如拉图雅嘎查草原书屋传来阵阵掌声，他带领党员和群众认真聆听党的二十大报告，并展开热烈的讨论。大家都满怀激情，对嘎查的未来充满信心。

嘎查会议室宣传展板上是"时代楷模"廷·巴特尔，上面是他的先进事迹。党员和群众都会前来驻足观看。

特木尔呼带头实践廷·巴特尔的"减羊增牛"、少养精养的科学理念，最多时家里养了100多头牛，现在维持草畜平衡，控制在50头左右，主要通过改良，增加牧业收入，走科学化养殖的道路。

"今后我们嘎查将以党的二十大精神为指引，沿着让农牧业绿起来、农牧民富起来、农村牧区美起来的方向，高质量发展肉牛产业,全面提升嘎查人居环境,保护好草原生态,促进牧业高质高效、牧区宜居宜业、牧民富裕富足,在绿色发展和乡村振兴道路上阔步前行。"

特木尔呼在接受《新京报》记者采访时说:"无论是工作方面还是生活方面,老书记在我心里面都是'最好'的。他为人特别亲切、温和。"

他记得,2000年,那时候嘎查的环境没有现在这么好,土地沙化严重,雨水少,牧草长不起来了。"我家没有牧草,廷书记就想办法给我家拉牧草。平时牧民有些什么困难,他都会帮忙解决。"

如果廷书记要做什么事,牧民不听,他就自己做榜样,让他们看。牧民看发展得好,就跟着他一起干,最后大家都愿意跟着他一起干了。

特木尔呼说:"他虽然不再担任嘎查书记了,但还是一有时间就去牧民家里,跟牧民聊天了解情况。如果牧民有困难,他就给出出主意。他不光了解咱们嘎查,全旗其他嘎查牧民家里他也去,互相学习,把其他嘎查的经验带回来。"

萨如拉图雅嘎查牧民学习氛围浓厚,现在牧民党员打卡"学习强国",争做"学习达人",已经成了全体党员的习惯。这个平台不仅可以看新闻,还可以学习党史、政治、经济、文化、戏曲、健康等方方

返乡创业的大学生为嘎查牧民传授黄牛冷配技术

面面的知识，激发了党员的学习热情。

党员微信群里，老党员乌兰其其格在和大家分享她的学习秘诀："每次，我答题的时候把答案照着临摹到纸上，再用手机的手写功能模仿着把答案写到题里面，这样，就可以得到答题的分数了。"

老党员特木尔手机上"学习强国"App被装在首屏任务栏的醒目位置，每天起床后的第一件事，就是戴上老花镜，打开听新闻、看视频，每次用一个小时左右，遇到不懂的问题及时向其他党员请教。

党员学习比成绩，晒积分，萨如拉图雅嘎查形成了"比学赶超"的浓厚学习氛围。

几场春雨过后，沙窝子路段被冲毁，特木尔呼出动铲车、翻斗车，带领牧民自带工具一同修路，共同铺垫了10公里沙窝子路段，这段路是周边40户牧户出行、饲草料运输、牲畜出售的通道。连日来奔波辛苦，为牧民解除了安全隐患，修好牧民群众的"连心路"后，特木尔呼又开始布置接羔生产。

2019年夏季，巴彦图嘎苏木巴彦图嘎嘎查牧民布日古德和父亲在放牧途中遇到下暴雨，返程中发现6只无家可归、被冻得瑟瑟发抖的旱獭，其中5只是幼崽。父子俩在地势高的地方帮6只旱獭安置了"新家"。他将旱獭拍照发到网上，网友们纷纷为他们的爱心点赞。

在阿巴嘎旗沿中蒙边境线的草原上，时常能看到国家二级保护动物旱獭的踪影。旱獭天性怕人，一看到放牧的牧民就会早早钻到洞里。

平日里，它们和牧民互不打扰，和谐共生。

"虽然日常互不打扰,但只要看到需要帮助的旱獭,牧民们都会去保护。"

"我们是共同生活在这片草原上的生灵。"

就是这位救助旱獭充满爱心的"95后"青年,两年后,凭借自己的努力,被推选为嘎查党支部书记、嘎查长,成为阿巴嘎旗最年轻的"一肩挑"嘎查带头人。

"廷·巴特尔书记一直是我们学习的榜样。保护好生态环境、保护好野生动物,我只是做了应该做的。"

布日古德毕业于乌兰察布医学高等专科学校,毕业后,并没有像大多数年轻人那样去城里打拼,而是选择回到故乡的草原。

他在帮助父母料理牧业生产的同时担任了嘎查会计的工作,又先后任团支部书记、副嘎查长。2018年当选为副嘎查长,从初出茅庐,到现在能独当一面。

第一次见到这个年轻人,青春面庞带着朝气,语气略显沉稳。

"当我被选上时,压力确实有些大。好在班子里的其他成员都很支持我,给了我勇往直前的勇气。今后,我一定会尽我所能,为牧民群众做点儿实事,不辜负大家对我的信任。"

"我们嘎查是一个边境嘎查,常住的有370多户,等春季接完羔子,我打算在嘎查创建一个养牛合作社,另外还有十几户没通电的牧户,今年我还计划为这些牧户通上电……"

布日古德心里早就盘算着先点起哪"两把火"。

正在忙着运输饲料回牧区的布日古德,只是和我们进行了短暂的交谈,但从他的只言片语中,依然能够感受到这位年轻人身上的那股子敢于挑战、勇于担当的精气神。

2020年12月5日,对大多数人来说是一个极为平常的日子,但却让西乌珠穆沁草原哀伤沉重。这一天,年仅38岁的额日登吉日和永远离开了他至亲的家人、挚爱的草原。

"抓紧时间,加加班,今天尽量把嘎查路段的雪全清了,牧民着急拉饲料。"他热切而急促地对铲车司机叮嘱。在生命的最后一刻,他还坚守在为牧民服务的岗位上,用生命诠释了一名共产党员的责任与担当。

入冬以来,西乌珠穆沁旗多次出现降雪、降温和大风天气,各苏木镇境内被皑皑白雪覆盖,牧民日常出行受到了很大影响。乌兰哈拉嘎苏木萨如拉图雅嘎查牧民居住分散,嘎查部分道路积雪封路,影响了牧民的生产生活和办事出行。

为解决广大牧民群众在寒冷天气出行难问题,12月5日这一天,额日登吉日和一大早就忙碌起来,军人出身的他任何时候都是雷厉风行,这一天也不例外。上午10时,他从家里出来,接上副嘎查长后,两个人一同来到嘎查的雪阻路段。因为额日登吉日和与"两委"班子协商好,从巴拉嘎尔高勒镇协调了一台铲车推雪,今天要对路面积雪进行全面清理。他和铲车司机匆匆见面后,将铲雪的路段详细指给了司机,安排完嘎查重点雪阻路段清推积雪工作后,因为着急到旗里办有关更换牧户登记的事情,便想步行穿过公路回到自己停车的位置,突然,迎面过来一辆大货车,来不及躲闪的额日登吉日和被大货车撞倒在地,不幸牺牲。

白雪覆盖的草原静默无语,冰封的河水在凝噎……

年轻的额日登吉日和就这样匆匆地走了,在生死的最后一刻,他心底念念不忘的仍是一个基层党员干部的职责,还有他牵挂的牧民兄弟们。

人们无法忘记他为群众服务的身影,低保户高龄老人图门乌力吉、斯日古楞，走路不方便，得知他们在巴拉嘎尔高勒镇高价租房居住情况后，他主动上门看望，并为他们申请办理了廉租房。

受降雪影响，嘎查道路积雪结冰，影响了牧民的生产生活。额日登吉日和组织嘎查"两委"班子成员，及时疏通被大雪阻塞的道路，为牧民送饲草料。等到开学了，他又亲自协调嘎查牧民家的铲车推雪清路，将偏远地区牧民的孩子安全护送到学校。

人们无法忘记他为44户牧民争取接通了长电项目，为29户牧民争取到了危房改造项目，解决了偏远地区22户牧民的饮水困难问题。协调修建了嘎查7.5公里水泥路、24.4公里砂石路，解决了牧民的出行难问题。

听萨如拉图雅嘎查副嘎查长敖登嘎日嘎讲，2018年的一天，牧民阿拉腾其其格老人的儿子得了重病，生活陷入困境，额日登吉日和赶过来，安慰他们："别怕，有困难尽管找我们，有我、有嘎查'两委'，不会不管你们的。"他的一番暖心话顿时温暖了母子俩的心。他还自己出钱为他们垫付了440元的合作医疗保险费。此后，额日登吉日和还经常上门看望他们。

如今，他心中牵挂的阿拉腾其其格老人儿子的病情已稳定，居住在医疗条件更好的巴拉嘎尔高勒镇。而额日登吉日和，却长眠在了他热爱的草原。

一桩桩感人的事迹，一幕幕动人的场景，一个个让人落泪的瞬间……

多少像廷·巴特尔一样普普通通的基层党员干部，用自己的一言一行，用热血与生命谱写着一首首永远的赞歌，在祖国北疆锡林郭勒草原久久回荡。

第六章 当牧民，是我的职业荣耀

廷·巴特尔：我们需要不断探索新路子、学习新技术，发展集约高效的现代化生态牧场，实现美丽和发展共赢。

一、一副马鞍，一户幸福人家

阿巴嘎旗是黑马的故乡，黑马载着英雄飞驰而过，跟随牧人往返流连。黑马在这里繁衍生息，草原上的一代代牧民将这种毛色乌黑发亮、体躯发育良好、奔跑速度快的马匹留作种马，久而久之，就形成了现在的阿巴嘎黑马。

每年7月，阿巴嘎旗都要举办一场规模宏大的"哈日阿都（黑马）"文化节。

黑马矫健的身体里流淌着无畏的精神，驰骋的马蹄下跌宕着草原的风声。

萨如拉图雅嘎查牧民赛汉巴拉塔今年70岁，他和廷·巴特尔是同龄人，在生产队时就经常一起放马，一起制作马鞍、马镫、笼头。他们一起经历了草原的风风雨雨，见证了这片草原半个世纪以来的巨大变化。

"那会儿生活可真困难啊！一个人20斤面，多了没有，有时候早上吃一顿，晚上就不吃了，喝一顿茶就行。"

20世纪80年代初期，他们开始定居下来。经过多年的干旱少雨、牲畜践踏和人为的破坏，草场上的沙柳、柠条、沙蒿大幅度减少，牧民围挡牛羊的栅栏都找不到可用的柠条。看着草原的退化，他们焦急万分。

"那时候，廷书记带着我们保护草场，我们大伙儿都愿意跟着他干。"

廷·巴特尔带领牧民进行草牧场保护和建设，实行围栏封牧、草场轮牧，草牧场逐渐恢复好转，各种经济适用林、景观林和灌木柠条大面积增加。牧民保护草原生态的意识提高了，门前原先光秃秃的，现在已是绿茵茵一大片。

赛汉巴拉塔两口子习惯住蒙古包，此时，赛汉巴拉塔老人正安静地坐在那儿修理马鞍，这副马鞍是他亲手制作的。

从他那饱经沧桑的脸庞和一双粗糙的手，可以看得出老人经历了许多艰苦岁月的磨难。

草原上的男人不仅爱马、爱马鞍，更喜欢制作马鞍银饰的花纹图案，鞍鞒、鞍花、鞍垫都要精心雕饰，牧民家中都藏有一副漂亮马鞍。

这副元宝似的马鞍上有白银雕镂的各式各样的花纹，手工制作，实用好看。经过岁月洗礼的马鞍，沉淀着草原的记忆。

"黑马是我们阿巴嘎草原上的精灵，草原人民离不开马。"

"阿巴嘎草原上的民兵是全国有名的'黑马连'。"

讲起过往，赛汉巴拉塔老人的目光那么深邃、透亮。他语调平静、沉缓，眸子深处藏着对生活的热爱和对这片草原的深情。这是一种根植于草原的爱恋，难以割舍，无法忘怀，是来自血液里的流淌。

远离尘世与喧嚣，蓝天、白云、蒙古包、黑马、拴马桩、牧场，这里的一切让他心胸开阔。黑骏马和牧羊犬守护着外面的安宁。

赛汉巴拉塔带着我们去看他的黑马。

"博尔温格。"老人亲昵地叫唤着，拍了拍马背，这是他给黑马取的名字。

"如果廷书记不领着我们保护草场，现在连做马鞍的木头都找不到了。"赛汉巴拉塔感叹道。

匠人们做生产生活用具都需要木头。会做马鞍的牧民大都是木匠、皮匠、毡匠、银匠，马鞍上需要木头，鞍鞯铜银配饰，还有做好的毡垫，都需要精湛的手艺，只有这样才能做出一副上好的马鞍。他们最早做的是基本的生产用具，勒勒车、马车、蒙古包哈那、柜子，后来是土房、砖房门窗、家具。

羊圈是用柠条、沙柳和乌柳轧的栅栏，冬天用沙蒿柴把栅栏围起来，这种羊圈只能起遮挡小风的作用，遇上急风暴雨、大雪极端天气，有的牲畜经受不住，就会患上各种疾病。特别是到了冬天羊下羔时，牧民更加忧愁，一夜都睡不上个囫囵觉，一晚上要出去看好几次，守在羊圈里冻得直打哆嗦。没有一点儿保暖的地方，刚出生的小生命一会儿就被冻死了。一冬天下来，还有不少的大羊死去。后来，牧民开始使用一些土木结构、面积很小的封闭式羊棚，外面铺上毡被，棚里面又黑又暗，通风很不好。

廷·巴特尔带领牧民开始建砖木结构的棚圈，安装铁门和玻璃窗。有的还建起了塑料暖棚，在暖棚搞育肥、配种，保证了牛羊的出栏率，也让牧民减少了风吹雨淋。

到了20世纪90年代初期，全苏木搞新农村新牧区建设，各种项目棚进入牧户。廷·巴特尔又带领牧户建造标准化棚圈，有几百平方米的大型彩钢草棚、饲料库、草料调配室、喂羊槽、农机库。牧民开始使用现代化大型自动喂羊槽、自动化饮水槽，羊棚圈安上监控器，有的还使用北斗卫星定位仪放牧。

毡匠从最早的制炕毡、毡靴、毡包，到现在制手工艺品，做工越来越精细。有的牧民家留存下来的马鞍，价值上万元。赛汉巴拉塔做的马鞍成为珍贵的非遗产品。

喜看今日的变化，牧民应有尽有，生活发生了翻天覆地的变化。

赛汉巴拉塔说："廷书记一直带领我们往好日子上奔，很辛苦。"

蓝天白云之下，矗立在牧场上的是他家的现代化新居。右前方，黝黑发亮的拴马桩上拴着一匹黑马，正悠闲地甩着尾巴。

他的儿子呼日勒巴特尔正开着车运输草料。标准化暖棚、育肥间、储草棚、远程监控、智能化饮水槽等基础设施映入眼帘，好一幅恬静动人的现代化畜牧业画卷。

走进新居，室内装修精美，干净整洁，各式家具家电齐全。妻子图娜木拉微笑着招呼我们，给我们端来奶食品。图娜木拉正在帮母亲酿策格，策格就是马奶，是阿巴嘎旗的特产。洁白的乳汁上下翻动，瞬间乳香弥漫。

以前，牧民过着游牧生活，套马杆、勒勒车、蒙古包是草原上的"三大件"。

紧挨着新居是两座大小相似的蒙古包。外面的粗帆布，经过多年的风吹雨淋，几乎看不到原色，和临时铺盖的羊毛毡布混搭成一体的灰黑色。后面是一大一小两个"崩克"。这是他家保留至今的父母结婚时住的蒙古包。蒙古包已经有了50个年头，呼日勒巴特尔就出生在这里。

呼日勒巴特尔4岁时，在父亲的托举中第一次骑上马背，并在父亲的呵护下，掌握了骑马的技巧。

在呼日勒巴特尔的眼中，父亲是那么强健，可以用长长的套马杆套回脱缰的野马，在马上徒手捕猎林中四处逃窜的猎物。唱起来的长调可以击穿草原的夜空。

父亲这几年不骑马了，但每天都要出来溜溜马。

小时候的贫苦生活给呼日勒巴特尔烙下了深深的印记，也使他养成了勤俭节约的习惯。在养殖入不敷出时，为了维持生计，他曾经收过废品。

一次，在收废品时，他的车辆因违章停放被派出所扣押。廷·巴特尔主动去派出所做担保，为他保出车辆。

车辆取出后，呼日勒巴特尔的情绪很是低落。知道他还在被生活的困顿所困扰，廷·巴特尔鼓励他："你现在搞副业行，但家里的牧业生产也不能丢。"廷·巴特尔开始教他养殖技术，耐心地给他讲牛应该怎么养，一亩草场应该放养几头牛。

廷书记的话，给了呼日勒巴特尔莫大鼓舞。回到家，他劝父母将家中的300多只羊卖掉，从卖小畜到养本地牛，开始调整自家的牲畜结构。

有一次养殖中遇到棘手的问题，廷·巴特尔冒着大雪，开车几十公里来到他家，手把手地教他给牛做冷配，将少养精养的经验传授给他。那天，廷·巴特尔还接到嘎查来的电话，忙完顾不上吃中午饭，就匆匆离开了。

望着廷书记的背影，一家人感叹道："他真是个大好人啊，救了我们全家！"

呼日勒巴特尔每天守在棚圈里反复练习，努力钻研，很快掌握了牛冷配技术。第二年，他又买了10多头本地牛，与西门塔尔种公牛经过冷配，进行品种改良。他还建了微信群，在群里为大家详细讲解技术要点，组织牧民学习冷配技术。牧民张双喜、宝音都楞来向他求教冷配技术，学会后，两人还一同出去教别的牧户。

牧民们评价，呼日勒巴特尔给牛灌药打针技术在全嘎查也是"顶流"的。半信半疑，我们都想看看这位"85后"年轻牧民是如何做的。只见他拎起药瓶和针管走出蒙古包，顺手拿起一根木棍将牛群赶到棚圈内。成年牛是打针的主要对象，暂时和母亲分开的牛犊在圈外哞哞地叫着，略显恐慌的母牛不知接下来要发生什么。一头温顺的牛最先被下手，只见两个小伙子一人掐着牛鼻子，一人拽着牛舌头，呼日勒巴特尔和他的伙伴分别负责灌药和打针，分工明确，动作娴熟，一气呵成。但并不是每头牛都会如此配合，暴躁的公牛又顶又踢，试图挣脱人们的控制，呼日勒巴特尔险些被踢到。其他伙伴赶忙抓住牛犄角，紧紧掐住牛鼻子，公牛的脖子上挨了一针，他们结束了这场"战斗"。

看了呼日勒巴特尔打针的技术，我们的疑虑顿消，一定是多年的经验才让他如此游刃有余。

呼日勒巴特尔还会修理大型机械。牧民时常来找他做电焊、修车，请教一些生产生活技术。他暗暗地向廷·巴特尔学习，把廷书记看作心目中的学习榜样。

针对牧业生产上不懂的问题，他专程去廷·巴特尔大讲堂参加培训。

多年的精心饲养和大胆实践，让呼日勒巴特尔在牧业生产上迈的步伐更加稳健了。在6000多亩草场上，养着60头西门塔尔优质肉牛，他家的牛得到了全面改良。每年出栏60头牛犊，收入50万元左右。

"以前我们这里白茫茫一片，再加上草场小、植被差，养羊的时候一年忙到头，赚钱也不多。如今生态恢复了，牧民的生活真的是越过越好了。"

牧民草原新居

呼日勒巴特尔家里养了一些马，他说："现在养马，完全是一种情结。过去养马是为了放牧、骑行、驮运东西。现在自己养的黑马主要是为了参加每年的赛马比赛。"

前几日，呼日勒巴特尔刚刚参加完萨如拉图雅嘎查举办的"黑牧日嘎拉乌雅（风马驿站）"赛马会，摘得了奖牌。

每到盛夏，锡林郭勒草原各地都会举办那达慕盛会，还有搏克、赛马、歌舞演出等牧民们喜欢的活动。呼日勒巴特尔和他的黑马是那达慕的常客，也是蒙古马选美比赛的"常胜将军"。他家客厅橱柜上摆满了各类与黑马有关的奖项奖杯，还有10余枚与育马有关的奖牌。

牧民从不吃马肉，对马有着深厚的感情，还会给马"养老送终"。

"博尔温格"的妈妈走的那天，赛汉巴拉塔老人给它的身上拴上彩色的布条，全身洒上马奶酒，一边抚摸一边亲吻着它的额头，一家人痛哭流涕。最后，将它带到一个很远的沙窝子去放生。一同带去的还有黑马驹"博尔温格"。它要陪伴母马的最后时光。

等小马驹回来的那天，他知道，黑马已经走了……

要爱这片草原，这片草原有奶茶飘过我们的灵魂，这片草原有大风刮过我们的生命，这片草原有我们最想念的亲人躺在荒滩，这片草原有我们永不停止的奉献和爱。父亲的话总在他耳边萦绕。他的眼前浮现着廷书记劳碌的身影。

岁月流逝，呼日勒巴特尔跟着父亲的脚步坚守在这片草原上。他继承了父亲骨子里的坚定、执着、勤劳、淳朴，还有对草原的深情和眷恋。

只见，他接过阿爸手中的马鞍，扔上马背，手中套马杆一摇，马群扬尘而去……

二、"减羊增牛"效应

到了秋季，一定要到那仁宝拉格苏木萨如拉塔拉嘎查牧民达木丁家去看看。他家的牧草如地毯般铺满山峦，膘肥体壮的牛群悠闲地迈着步子。

房前停放着这两年购买的两辆大卡车和一辆越野车。他自己设计定做的"新勒勒车"——一个彩钢瓦和PVC装潢板结构的走场迁移车，底部有车轮，前面有牵引架，走场迁往新营盘，一拽就能走。

达木丁一家早些年一直过着游牧生活。回溯过去，一辆勒勒车就能装满全部家当，破旧的毡包，简易的围栏……蝗虫、鼠害、旱灾、白灾，不停地袭来，草原沙化、退化的痛苦记忆一直烙印在他的内心深处。

花甲之年的达木丁见证了草原生态50年的变化，从茂盛到荒漠化，再到生态的逐年恢复。他出生的地方长满了"德日斯"（芨芨草），远处还有车勒乌拉山和图布信敖包，一个流传着许多传说和故事的地方。

眼前的达木丁身材高大，衣着简朴，头戴一顶20世纪七八十年代的灰白色前进帽，身穿褪色的灰色中山装。他是远近闻名的养牛大户，经常接待各级代表团考察，各地牧民也经常来此参观。

达木丁每天都在记账，他有一个精打细算理财的好习惯。小时候，父亲放牧回来，在昏暗的蒙古包里，点上羊油灯，手把手地教他学习算术、打算盘。后来他在国营牧场放羊，当过嘎查保管员和会计、党支部书记，这些经历为他转变思想观念、转变畜牧业经营模式奠定了基础。

虽然达木丁只上了一年的学，他却有着算账理财、统筹规划的过人能力。几十年来，每一笔生活支出和牧业投入他都记得清清楚楚，有的记在笔记本上，有的记在烟盒纸上，厚厚的一沓，存放得整整齐齐。在生产生活支出上，没有一点儿浪费。

我们见识了达木丁老人在生活上的简朴，一身经常"出镜"的中山装，仔细看上面还有几处小窟窿。虽然看上去"抠门"，但在牧业上他却舍得投入。这些年，他家的基础设施建设投资就达

200多万元。

他把每年收入的三分之一有计划地投入基础设施建设，加强了棚圈建设，建起了13间敞棚、羊圈、贮草圈。他对原来的石头棚圈全部重新进行了修缮扩建，增加了暖棚设施，解决了牛过冬的难题。

草畜承包10年间，他家的畜群发展到千头（只）。严重的超载放牧使草场日益恶化，加之基础设施薄弱，每年过冬牛羊都有大量的损失。

爱记账理财的达木丁，每年通过统计养殖数量和收支的变化，了解到调整畜群结构的必要性，意识到草畜发展不平衡是一个严峻的问题。

翻一翻他的旧账本就会发现：2004年，他家开始处理小畜养大畜，当时有600余只羊、100多头本地牛。而经过10年的发展，他家每年存栏的优质牛数量平均都在180头左右。不再养羊，生活质量不减反增，这从他的一堆账本中可以直观地对比出来。

也正是这些详细的记录，让他及时转变了观念。当时儿子正在上学，劳动力严重不足，达木丁夫妇压力非常大。怎么办？

担任嘎查干部的达木丁决定调整畜群结构，以养牛为主。受廷·巴特尔"减羊增牛"的影响，他开始重新规划自家的草牧场，他知道只有合理利用草场、改善生态环境、转变生产经营方式才能有长久的发展。

"转！"达木丁痛定思痛。

"牛羊养多了，草场就毁了，如果连家园都没有了，还谈什么过日子？现在政府出台了很多生态保护方面的政策，作为草原的主人，我们打心底里高兴。"

达木丁当机立断把羊全部卖掉，开始实施"瘦身"计划。从锡林浩特市买回来14头西门塔尔牛和种公牛。

在当时来说，此举不啻于冒险，有好多牧民对他的这一做法不理解，别人还在观望，达木丁已经完成调整畜群结构的第一步。

在旗政府的政策扶持下，他再次转变传统的生产经营方式，在嘎查率先将自家草场围封起来，分成四个区域，实行分季节放牧。按照草畜平衡要求，春夏使用两块草场，秋冬留用两块备用草场，稳步地推进划区轮牧，恢复草场。牛吃得饱了，划区的牧场草也长得高了。

看着日渐茂盛的草场，新的一年，他又开始"算计"了。

入冬，他购入的新草再加上陈草，一共贮备了220吨饲草料。天气转冷后，他就开始每天给牛多加十几捆草。按照牲畜总量，他还嫌不够，又准备了20吨草料，用于明年开春繁殖母牛的营养补给。

"数量不扩大，但经济效益还要增长。"

达木丁积极响应旗里"放养+舍饲"和"质量+规模"的现代效益型畜牧业方向，在提升质量上下功夫，争取利润的最大化，向着养出规模、养出效益的目标迈步。

达木丁记账的方式很独特，每到年底，他都要在当年的基础上列出下一年的预算。

在专业化经营的基础上，他开始认识到适度规模经营势在必行，按照100亩草场养一头牛的饲养量，存栏数量应控制在200头以内。

他陆续引进西门塔尔良种母牛，一年后，养牛的规模开始显现。有着长远眼光的达木丁并没有就此满足，而是更大胆地投入资金，一次性购进50头西门塔尔基础母牛。2009年时，饲养规模已达160头，其中西门塔尔牛占到80%，完成了向专业化经营的华丽转身。

草畜平衡使得草场多种作物生长，沙草覆盖了昔日裸露的沙地，风吹过，不再见尘土飞扬。草场上的野生动物，如狐狸、狍子、獾子等也多了起来。草场每年打草30万斤。

连续十几年，国家政策倾斜，扶持力度加强。牧民盖房、建固定牛舍、羊圈，购置铁栅栏，打深井，购置拖拉机、打草机、搂草机、捆草机等机械，草场轮牧，都有政府专项补贴。

达木丁建起了新砖瓦房，家里通了长电，室内配备卫生间、电暖气、无线网络、电视冰箱，过上了"城里人"的生活。

他说："生产生活成本降低了，收入增加了，幸福的日子更有奔头了！"

不论春夏秋冬，他每天都是天色蒙蒙亮时就起床，进入一天的劳作。冬季之前，早早就清理卧盘起粪砖，再把这些粪砖晒干、敲碎，垫在牛圈里给牛做一层保暖，对待牛群就像对待自己的孩子一样精心。

他家的牛夏天24小时全天候供水，冬天8小时供一次水。冬天补草料时，看天气好就补一次，天气不好时补两次，膘情好的少补一点儿，膘情不好的多补一些。

达木丁的记账习惯传承给了儿子阿斯根。

阿斯根结婚之后，家庭记账的责任就落到了他的身上，也是从那一天起，阿斯根的记账本里不止有这个大家庭的支出记录，更是有了家庭的盈利记载。

"虽然每头母牛一年只能繁育一只小牛，但是几乎每年新出生的小牛都有100头左右。"

阿斯根埋头计算着每年的支出和收入，伏案的身影像极了他的父亲。

记账本从一个简单的记录工具，变成了美好生活的见证。当问到是否会扩大养殖时，达木丁意味深长地说："草场和牛的数量要维持在草畜平衡良好的状态，所以每年都会挑选一定数量的牛出售，在保证经济收入的前提下，达到生态上的平衡。"

蓝天白云下的牧场，好像在吟唱一曲和谐欢快的牧歌。

生态修复后的草原

青青的草地上，花草芬芳，鸟儿鸣唱。井房旁边，太阳能板融冰功能的水槽自动蓄着水。每次到喂牛的时间，牛就会自己回来，如果缺少了一些牛，他一按车喇叭，牛就乖乖地排着队形回来了。望着如潮涌来的牛群，他的脸上浮现出一丝笑容。

说起饲养管理，达木丁还真有一套科学饲养的方法。这归功于他"算计"的能力。根据不同的季节，分群进行补饲和管理。冬季时分三组进行饲养，母牛和牛犊分为一组，种公牛一组，其他牛一组；春季时则把母牛和牛犊各分一组饲养。另外，他还根据季节的不同，随时调配饲草料的用量。不但保证了种公牛、基础母牛和牛犊的膘情，而且合理地调配了饲草料，节约与实效"双管齐下"。

"早保膘，早发情，早上怀，早产犊"，这是达木丁在实践中总结出的养殖经验。

生产周期的良性循环伴着他精细化的科学打理，每一个饲养环节他都细致规划。4个月前，他早早就把35头牛犊转移到了另外一处植被较好的牧场，这样既给母牛合理搭配了草料，又做到了节约，还减轻了草场压力。牛繁殖成活率高达93%。年出栏134头，纯收入50余万元。和周围牧户比起来，他家牛的优势就在于体质好、膘情好，能够卖上好价钱。

达木丁深知，养牛不像养羊那样见效快，不能光追求数量的扩大，提高质量争取牲畜个体效益最大化才是根本。

达木丁实行"优胜劣汰"，以良种取胜。每年牛存栏时，他总要把好的种公牛留下来。每隔两三年，他都要去外地引进新的种公牛，不惜花高价挑选出最优良的品种，慢慢地把自家的本地土种牛全部改良换代。

外出考察增长了他的见识，他认识到人工授精不但节省更新种畜的费用，还能改良牲畜的个体质量。于是专门从通辽请来冷配技术员，挑最好的精粒给繁殖母牛做人工授精。一年后就见到了改良的成果，牛品质好，远近牧民都从他家购买留作种公牛的牛犊，平均价1万元左右。

在全旗的赛畜会上，达木丁家的牛总会捧得"头彩"。儿子阿斯根赶去大小6头牛去参展。他记得父亲的嘱咐，拿奖是次要的，主要让牧民们看到他家的优质品种牛，带动牧民一起进行现代化科学养殖。

达木丁在自家组建20头的"流动扶贫牛"，主动与嘎查贫困牧民联系，将自家牲畜无偿放在贫困户家。每年，只收回自家的牲畜，繁殖牛留给扶贫户，无偿帮助他们进行牧业生产，实现牧户脱贫。

他成立宝格都乌拉良种牛羊养殖合作社，5户牧民加入，带动了周围十几户牧民增收致富。在他的带领下新增了两户养牛专业户，嘎查畜群结构已有明显优化。

秋天，这是牛羊孕育和收获新生命的季节。

达木丁忙碌的身影出现在每家每户的牧点，他讲解"减羊增牛"、科学养牧、保护生态的好处，出主意想办法，手把手传授养牛经验，为牧民们答疑解惑。

盟旗劳动模范、典型示范户、优秀共产党员，各项荣誉接踵而至，达木丁成为萨如拉塔拉嘎查致富带头人。

那仁宝拉格苏木向全体牧民发出"向达木丁学习八项榜样"的号召：

算账理财、合理消费，干事创业榜样；

利用勤劳的双手和智慧，发家致富榜样；

完善基础设施建设榜样；

做好畜群结构调整榜样；

提高牲畜质量榜样；

改变好经营方式和发展方式榜样；

牲畜精细化饲养管理榜样；

发挥牧区能人带动作用榜样。

对于未来的憧憬和规划，达木丁说："发展现代畜牧业，在发展养牛业上还是大有可为的。我有决心，也有信心继续干下去。"

三、草原深处"云牧人"

"一辈子放牧，摸黑又起早，马背上失去了青春却不曾知道，放过羊群放过马群，放过了风沙也放过了风暴……"著名歌唱家德德玛的一曲《牧人》唱出了牧民往昔岁月的颠簸与艰辛。

而现在，牧民在家放牧已然成为现实，边看电视边放牧，边喝奶茶边放牧……一部手机，就可以让远处的牛羊近在咫尺。

"自从有了智慧牧场，我们再也不用追着牛和羊走了。"

智慧牧场运用一款手机App，就可以把牛羊的情况掌控在一部手机里。可以查询每一个牛羊的位置，有没有按时归队，是不是该打防疫针了，哪只母牛到预产期了。每一只牛羊都有自己的专属"档案"。

夏天放牧，牧民不用再每天挨个点数，通过监控软件就可对牲畜头数、状态及饮水情况进行实时掌握。远在外地，可通过手机实时观察牧场情况，防疫记录、环控分析、牧场监测等各类程序远程操作。甚至，躺在家中足不出户，也可以准确掌握每头牲畜的身体状况……

这就是廷·巴特尔描绘的阿巴嘎旗的未来智慧牧场，也是越来越多的新型职业牧民经营下的现代化家庭牧场。

锡林郭勒草原牧区迎来了一次经营上的"变革",牧民们开启了"云端放牧"的新生活。

在夏季牧场,廷·巴特尔邻村巴彦高勒嘎查党支部书记苏亿拉巴特尔找过来,让他帮忙查看一下新启用的无人机,想在牧场上试飞。这位"85后"嘎查书记在洪格尔高勒镇组织开展的乡村振兴"比武争星"比赛中一举夺魁,奖品就是这架无人机。

"现在我们周边嘎查使用无人机的牧户有三四十家,有廷书记带头,我们牧民也学会了高科技!"苏亿拉巴特尔脸上洋溢着笑容。

三年前,洪格尔高勒镇岗根锡力嘎查牧民布仁巴雅尔和其他9户牧民成了"云牧人"智慧牧场管理系统首批示范户,他们期盼已久的智慧牧场管理系统在自家牧场"上线"了。

牧民只需用手机下载智慧牧场应用软件,便可远程察看和操作一键饮水、防疫记录、环控分析、牧场监测等牧活儿,还可以坐在家里通过手机视频"点名"牲畜,牧场上的牲畜实现了每日"线上打卡签到"。

"我家的70多头牛即将实现远程网络管理放牧,手机系统能及时发现掉队的牛羊,饮水槽的开关也可由手机控制,在家里就可以用手机开启阀门。除此之外,母牛预产期和有关防疫工作也可以在手机上实现提醒,既节约劳动成本,又实现了饲养全程的可追溯、可记录。"

智慧牧场主布仁巴雅尔介绍,赶上新时代的步伐,在农牧业生产中使用智能设备,是他作为新时代牧民的追求。

"我养牧多年了,科技发达已经进入万物互联时代,看到牧民依然用传统的方式养牧,我们几个牧民便合作创办了赫牧尔网络科技有限责任公司,并开发了赫牧尔信息服务平台和云牧人管理系统，为牧民带来方便，降低了成本，提高了效益。"

一口喂牲畜的水井，摇身一变成了"智慧牧场"的监测点，水井上方的视频识别设备，可以对牲畜耳标中的芯片进行精准识别，牧民坐在家里利用手机，就可以查出每头牛、每只羊是否按时"归队"饮水。

如个别牲畜没有按时返回，系统将启动报警程序，可精准提示牲畜的电子编号，做到了"实名排查"。

水槽成了自动饮水机，可自动识别牛羊并感应水量。当牛羊走近时会自动放水，水槽一满就会自动关闭。

当传统养殖遇上"智慧牧业"，有太多事物已超出人们想象。

"以前治安不好，需要轮流跟群放牧。但是现在有了'云牧人'智慧牧场系统，坐在家中就可以看整个草场。"

锡林郭勒盟苏尼特左旗、阿巴嘎旗70多家牧户安装了这套监控系统，牧民真正享受到了科技养牧带来的实惠与便利。

"以前我每天都要骑着摩托车在自家草场上转三四遍，每次都要几十分钟，现在牧场安装了智慧放牧系统，可以对牧群施行远程监控、智能识别和报警处理，就算出远门，家里牛羊状况也可以轻松知晓。"

钢照日格坐在新盖的房子里，吹着空调，一边喝凉茶，一边在电脑上观看羊群的动向。鼠标轻轻一点，他家周边三四公里内的景象全都展现在屏幕上，一目了然。

和钢照日格不一样的是，图门吉日嘎拉将无人机运用到日常生产生活中，实现了在家门口放羊。用大拇指轻轻一按遥控器，无人机"呜"的一声立刻飞向草原上方。几分钟后，从无人机的航拍设备显示屏上就可以看到，他家的羊群在草原上悠然觅食，甚至每只羊的耳标都能看得清清楚楚。

"过去在草原上，牧民拿着鞭子徒步或者骑摩托车放羊，防止羊群走丢或混到别人家的羊群。现在，只在早晨把羊群放出去和晚上把羊群收回来时需要人，其他时间在家里就能看到羊群的动向，非常省事。"图门吉日嘎拉说。

"少养殖、增效益，还有'蹄腿理论'，我们嘎查牧民特别认可这些，因为牧户收入的提升相当可观。这件事情也的确需要坚持，像我们嘎查对牛的基础改良至少做了15年。新出生的牛犊我们也不会马上就卖，而是先育肥。"

"我们这个系统通过为牲畜佩戴电子耳标，可以实现牲畜从出生到防疫，到环控监测、出售，整个产业链的全程溯源。"

阿巴嘎旗牧区现代化数据中心落地建成，软件编制和数据收集工作基本完成，200户智慧家庭牧场初步选定。

第一次采访岗根锡力嘎查嘎查长、智慧家庭牧场主布仁巴雅尔，正逢他参加科技养牧培训班。回来后，他又有了新的设想。

"全嘎查牛存栏量一直保持在5000头左右。不会再多养了，要保护生态。"

"我们这个系统刚上线没几天，牧民就可以在上面查到牛的所有信息，甚至连牛每天喝没喝水都能看到。"

他们又推出"云牧人"智慧牧场管理系统第二款产品，期望解决牧区智能化管理缺失、防疫溯源体系滞后、牲畜养殖费时费力、牲畜档案不健全的问题。

秋季是牲畜交易的旺季，除了大大小小的线下交易市场，如今还有专门进行牲畜买卖的线上平台。他联合几户牧民成立了一家科技公司，他们的第一款产品就是赫牧尔畜牧业信息交易平台，全国各地的牧民们都可以在上面买牛卖牛,即使在淡季,平台的日活跃量也在4000人次左右。

"之前卖牛的找不到买牛的,买牛的也找不到卖牛的,如今都可以在我们这个平台上交易。除了锡林郭勒盟,像赤峰、通辽等地也有很多牛在平台上交易。我们最近正在升级,希望能给大家更好的体验。"

布仁巴雅尔提起这个平台很是自豪:"发布交易信息、图片等都是免费的。平台上唯一收费的项目是发布视频,需要缴纳每年38元的会员费,但大家也都认可。"

赫牧尔信息平台从去年免费对牧户开放至今,有了良好的反馈和效果,通辽的一个用户,通过信息平台累计出售了50多头牛,交易额达到100多万元。云牧人管理系统,现代化科技给牧民带来了意想不到的效果。

北斗的"牧星人"为草原上的"牧牛人"带来了一份礼物。锡林郭勒盟第一台现代化牧业商用设备在阿巴嘎旗巴彦图嘎苏木安装调试了。

抵近10月,气温骤降,金色的草原格外清爽,地处边境线的巴彦图嘎苏木更是寒冷,气温最低时达到零下10摄氏度。连续四天,队员们从早晨8点一直忙到晚上9点,没有一个人放松步伐,期间还迎来了2020年的第一场雪。

牧民们为牛羊戴上了电子芯片耳标,水槽上方的设备可以在牛羊饮水时进行扫描识别,在牛羊通过特制的通道时读取称重数据,并进行备份,利用这些通过数字化技术采集的数据,牧民们能够及时有效地对比、监督管理牲畜的生长情况。牧民给家里的头牛脖子戴上卫星导航项圈,通过电脑和手机,就能准确定位牛群的位置。

将北斗卫星导航系统、地理信息化等技术用于农牧业生产是一个创新，它进一步推动了中国现代草原畜牧业的发展。

牧民阿拉腾仓说："草原太大，有时候为了找牛群要花一天的时间。现在大部分牧户都用上这个导航项圈，节省了很大一部分劳动力，还能谋一些其他事做。"

布仁巴雅尔所在的合作社今年也打算建设一家"托牛所"。新时代的牧民正在用勤劳和智慧改变着自己的生活。这就是阿巴嘎旗实施中的牧区现代化试点。

在擘画现代化畜牧业发展蓝图上，利用云计算、大数据、物联网与人工智能等新兴技术，使政府部门、牧场、合作社、企业实现信息互通、服务互补、数据共享，探索形成集服务、监管为一体的线上线下"云端牧场"管理模式，现代化智慧牧场在锡林郭勒草原上遍地开花。

在这片草原，我们还听到一对海归夫妻回乡当牧人的故事。

以往，草原上的人们都盼着子女走出去，到外面闯荡。一般人们会认为从国外留学回来的研究生，毕业后一定会选择华灯璀璨的城市、高薪稳定的白领阶层，或者在所学领域闯出一片属于自己的天地。但敖木希勒、阿拉腾吉如嘎的选择，却超出了大多数人的意料。

敖木希勒出生于西乌珠穆沁旗巴彦胡舒苏木舒图嘎查，是一位牧民的孩子。他和阿拉腾吉如嘎在内蒙古大学相识。两个人志趣相投，大学毕业后，携手赴俄罗斯圣彼得堡大学留学，学习社会学专业。

"当时就是想出去看看外面的世界，可最终发现故乡的草原才是我们的归宿。"

敖木希勒对故乡有着难以割舍的情结。这几年家乡的草场日渐退化，暮春的草场再也看不到青草，远望过去草原漆黑一片。由于畜多草少，草场面临严重的退化，看到父母整日忧心忡忡，他更加期盼学成回家。他说："父母年纪大了，没人照看牛羊，我不回去的话，祖辈几十年的心血可能就没了。"

看到国家陆续出台一系列支持农牧业发展的政策，他和阿拉腾吉如嘎决定回家乡发展。2018年7月，两人在硕士研究生毕业后携手回归草原。

在敖木希勒的家庭牧场，穿着牛仔背带裤的敖木希勒就像校园里的帅气男孩，正在清理着牛棚。穿着红色卫衣的阿拉腾吉如嘎在一旁忙碌，两个人有说有笑。开春，他家已经接了40头西门塔尔牛犊。在阿拉腾吉如嘎生日那天，他家一共接生了6个牛犊，其中有一对双胞胎，她说这是最好的生日礼物。

"我家牛真的特别可爱，对我俩来说它们就是些毛孩子。"

他们望着牛的眼神里充满了宠溺。

两个人特别开心，就在牛犊舍里拍了一段小视频发到网络上，没想到一下子火了。新疆、西藏、河南、北京等全国各地的网友都来订购他家的牛犊。

"我想通过它让人们更好地分享我的生活，这是我对生活的一种态度。"

敖木希勒坚信，这片草原有他与妻子阿拉腾吉如嘎要找寻的"诗与远方"。

"爷爷那时是游牧生活，草深得看不到牛羊，阿爸放牧时已经开始定居，草场却在改变。"敖木希勒细心地观察着这里发生的一切。刚回来时，家里羊群的数量越来越多，草场退化得越来越严重，整个草场已经开始沙化了。

"草原上的草短得连羊都不吃了。"

"牲畜数量多真的对草场破坏太厉害，减少数量的话，对咱们的收入有影响。"

"我想过很多办法，可是没成功。"

他与父亲一直在探讨这个问题。思忖许久，他对父亲说："咱家能不能把羊卖了，养点儿牛，既保护草场又能增加收入。"

看到敖木希勒坚定的目光，父亲巴图选择将决定权交给儿子。

等秋季羊抓过膘后，敖木希勒将500多只羊全部装车运到交易市场卖掉。一辈子放牧的爷爷奶奶特别心疼，流着泪不住地问："我们的羊群拉到哪儿了，明年我们能不能去看看？"

没有了羊群，生活一切归零，敖木希勒望着空旷的草原，变得有些沉默，他倍感压力。"我也不知道这个大胆选择能不能担得起家庭这个责任，当一个牧民其实特别难。"

敖木希勒和妻子阿拉腾吉如嘎

| 第六章 | 当牧民，是我的职业荣耀

这一年，敖木希勒25岁，阿拉腾吉如嘎24岁。

生活过早地让他们历练，还处于青葱岁月的两个俊美青年，稚嫩的肩膀承担起了家庭的重任，连同对草原那份执着的眷恋。

看到羊对草原的破坏，他们想尝试引进高品质的牛。这年深秋，敖木希勒来到吉仁高勒活畜交易市场，这是当地最大的牛羊交易集散地。他挑中了几头黄白花斑的西门塔尔种公牛，这是欧洲牛与中国黄牛杂交改良品种，由于价格昂贵，牧民们一直在观望。

"年轻人，你要有魄力，很多东西你要勇敢地去做，要探索，往新型职业牧民这个方向去发展。"

这是敖木希勒心中一直笃定的信念。

引进西门塔尔牛后，他还在思考着如何改良牛品种，保持草畜平衡。有时候，面对这些问题，他也会感到非常困惑和迷茫。

在他们回乡创业的第二年，西乌珠穆沁旗组织牧民去阿巴嘎旗萨如拉图雅嘎查廷·巴特尔的家庭牧场参观学习。敖木希勒听到消息后，异常兴奋，他早就听说过廷·巴特尔倡导的"减羊增牛"的"蹄腿理论"，可一直没有机会去看看。

深秋9月，草原收割的金色季节，廷·巴特尔的家庭牧场收割的牧草一簇簇散落在草场上。牛在悠闲地吃草，鸟儿落在牛背上，叽叽喳喳地叫着，草原的静谧、和谐吸引了他的目光。牧场上没有想象中的大型机械设备，却拥有着梦想中的大片丰茂的草原。敖木希勒看得惊呆了！

在廷·巴特尔的大讲堂上，敖木希勒一直困惑于心的问题，也得到了解答。

"根据每个地区草原的实际，选择适合的良种进行繁育。"

"传统放牧做法拉长畜牧舍饲时间，降低了出栏率。"

"喂养精饲料来代替放牧，会增加养殖成本，影响收入。"

"生态好、草场大可以多养；劳动力少、生态不好的可以少养。"

来参观廷·巴特尔家庭牧场的采访团

廷·巴特尔倡导的"少养精养""打草不拉草""四点平衡"的牧业新理念，彻底打开了敖木希勒的眼界。他决定调整生产经营方式，给自家的草场"减负"，走保护生态与增加收入的双赢之路。

回来后，敖木希勒开始做引种改良的尝试，他从澳大利亚进口了50多头西门塔尔和安格斯小母牛。当从秦皇岛港口接到这些健壮的小牛时，他开心地用手机拍照发给妻子，说："我们的妞妞来了！"

这一天，两个人在抖音上注册了"敖木希勒家庭牧场"账号，纪念"妞妞们"来新家的日子！

新理念催生新路子！

敖木希勒和阿拉腾吉如嘎最初的牧业尝试就与父辈的想法不同。凭借着读书时培养的学习和创新能力，他们不断尝试着去改进养殖方式和机械，摸索着更优的"少养精养"模式，做好基础设施建设，进行牲畜改良，改变传统放牧方式，提高畜群的抗灾避灾能力。

一个个规划，一步步地向前走，敖木希勒运稔成熟，走出了一条属于自己的牧业发展新路子。

刚开始养牛时，由于冬天非常冷，舍饲基础设施简陋，母牛受冻后掉膘特别厉害。他俩每天在舍饲里喂食、看病、助产，忙得连饭都顾不上吃。即使这样尽心照料，还是有一些牛死去。

要走现代化养殖，优质电能不能少，没有电一切都是空想。在得知敖木希勒的用电需求后，供电公司工作人员第一时间到现场进行路径勘测，开展负荷研判，很快将高压电接入他家。

有了电，敖木希勒首先为草场、棚圈全部安装了监控设备，这样一来，他不仅不用在寒冷的冬天徒步巡视，还可以随时监控夜间母牛的生产情况，提高成活率。他还更新了草库、暖棚、铲车、电动撒料车等硬件设备，几分钟就可以完成投喂草料的工作。相对于以往传统的放牧方式，这种形式不仅节省了大量人力物力，而且也让他们少受了很多风吹日晒之苦。

数字赋能，让敖木希勒家的养牛更加科学。

除了为每头肉牛打上耳标，妻子阿拉腾吉如嘎结合自己读书时的专业技能和爱好，设计了母牛系谱档案本，可以详细记录每一头牛的品种、出生日期及体重、配种信息，以及上溯三代的父本母本信息。阿拉腾吉如嘎将这一实用的产品在抖音店铺中出售，分享经验的同时也带来了额外的收入。

更让当地人惊奇的是，敖木希勒的现代牧业，并不止于使用一些"高科技"，他再次做出新的尝试，率先安装了自己改装的空气能恒温牲畜饮水机。水缸可以将最高温调节至18℃，四五小时可以加热完牛群一天所需的两吨水，每天需要的电费大约为10元。在寒冷的冬天，温水可以为牛节省体能，且喝水多，吃的也会增多，有利于牛上膘和发情，还会减少生病，让奶水充足。一个冬天试验下来，敖木希勒家的牛平均多长百余斤，即使遇到了旱情，牛的整体膘情依然不错。

这年冬天，敖木希勒去吉林自学肉牛冷配技术。他明白，用高品质种牛的冻精为母牛进行人工授精，不仅可以实现繁育良种，而且可以精准预测母牛生产时间，提高牛犊存活率。起初他操作得并不熟练，时间上掌握得也不精准。但经过多次试验，2020年他的第一个冷配牛犊诞生了，他给取名"乌根"，寓意第一个牛犊。这也是敖木希勒正式迈出科技化养牧的第一步。

那一年，他家一共接生了25头牛犊。

新出生的小牛犊需要的温度至少为六至七摄氏度，敖木希勒联想到鸡鸭的孵化设备，在网上的视频中看到过灯光可以为孵养的幼鸡起到取暖作用。他想何不尝试为小牛犊用灯光取暖呢？说干就干。敖木希勒将家中多个灯管组合成灯带，建成了32平方米的小暖棚。上面是可以升降的灯光用于取暖，下面铺着细软的干草，吃饱的小牛趴在上面打盹儿。获得成功后，他将自己的"取暖神器"发到抖音上，引来几十万的浏览量，点赞无数。网友称它为"牛托所""牛酒吧"，说他家的小牛是全世界最幸福的！

敖木希勒对灯光取暖的功能非常满意，也乐于分享，他和网友交流："有了'取暖神器'，就不用怕小牛犊着凉拉肚子了，牛犊生长得也快了。"

随后，他又为牛舍搭建了"阳光房"，全景玻璃棚圈可以更好地吸纳阳光，也有利于保持夜间温度。

他们的创新，吸引了不少人的目光。返乡创业的大学生萨仁通拉嘎夫妇，把家里的100多头本地牛数量减半换成优质的西门塔尔牛，还安装了敖木希勒家的恒温设备。

现在，敖木希勒的冷配技术十分熟练。在引种改良结束之后，他开始进行扩群，培育真正意义上的优良品种，开始向发达的畜牧业国家"取经"，想通过现代销售手段打开国内国际市场。由于他家的牛每头平均收益比传统品种高出7000至1万元，越来越多的牧民前来购买他家的牛犊。

"今年六七月份一直没下雨，别人家的草场都受到旱情的影响，我们家的草场却长出了青草。"

"年初的旱情让我们看到了这么多年爱护草场带来的益处。"回乡的第四个秋天，牧草长势喜人，父亲从旗里雇人割草，这样壮观的秋收场面，全家人第一次经历。以前是从外地买草，现在是往外卖草。

在生产实践中，他摸索出草场质量的提升归功于休牧时间长、放牧数量少，这样土壤会慢慢变得越来越好，草的种类也越来越多。清澈的蓝天下，他家的牧场上，成群的牛有的徜徉在草地上，有的站在河边喝水。微风轻拂，河水荡漾，像一幅画卷。

"现在我家每年保持50头基础母牛，还能应付得过来。数量少了，草场也保护得更好了。草畜平衡做得好，收入也提高了。"

敖木希勒夫妇详细计算每年养殖投入产出比，学习做好畜牧业生产这笔账。他们将成本划分为喂养、放牧、人工成本，最后将实际成本控制到最低、维护生态最好的"四点平衡"。品种改良、休牧、轮牧、少养精养……他们正按照廷·巴特尔所倡导的理论一步步实践着。

他们觉得脚下还有很长的路，需要自己去走。

又一年毕业季。内蒙古大学蒙古学学院微信公众号报道了他们的事迹，《我校"90后"校友夫妻，留学归国返乡创业，展现青春风采》，央视频《我和我的故乡——草原牧歌》，让更多的年轻人知晓了他们留学归来回归草原创业的感人故事。

敖木希勒说："到现在也有许多人，对我俩当初回国从事养牧不理解。"在众人的质疑声中，他和妻子选择了一条自己坚持的路，选择了自己喜欢的事业。

一周年结婚纪念日时，两个人在草地上喝着红酒，嗅着花草香，微醺在草原的怀抱里。敖木希勒问妻子："回到草原，你后悔过吗？"

"我不后悔。你呢？"

"我也不后悔。"

两个人默契地相视一笑。

缘于这份与草原和畜牧业的情缘，敖木希勒将新成立的畜牧业专业合作社取名"牧缘"。因牧结缘，它吸引了10名志同道合的年轻牧民加入。牧缘畜牧业合作社已经发展5家盟级认定的核心牛群，而敖木希勒本人也获得了"全区乡村振兴青年先锋"称号，还被推荐为西乌珠穆沁旗政协委员。

2023年，他还参加了在武汉举办的内蒙古乡村产业振兴带头人培育"头雁"培训班，20天的培训让他对科学养牧、企业管理、一村一品、乡村振兴、草原生态链有了更深刻的认识。

他说:"作为一名新时代职业牧民,我觉得当初的选择是正确的。"

他还计划去美国、加拿大、澳大利亚等国家,到现代化牧区考察学习,探索更多的新方法,推动家乡的建设。

"我们的创业故事,或许能为青年牧民创业提供一定参考。"

四、职业牧民

牧民评定职称。

2023年2月10日,锡林郭勒盟阿巴嘎旗的一则消息在自治区各路媒体炸响!

第一批41名牧民完成职称评审,获得职业牧民初级职称。牧民荣膺职业牧民职称,阿巴嘎旗走到了全区前列!

张爱忠,男,别力古台镇敖伦宝拉格嘎查牧民,雲峰家庭牧场。

阿拉腾其其格,女,61岁,伊和高勒苏木牧民,游牧传统毛毡手工艺店毡艺店。

陶都芒来,男,"80后",伊和高勒苏木牧民,南柴达木家庭牧场。

宝乐,男,"90后",巴彦图嘎苏木牧民,蒙古马保护家庭牧场。

娜日萨,女,巴彦图嘎苏木脑木罕嘎查牧民,脑木罕奶食品店。

海日罕,男,"90后",巴彦图嘎苏木阿日宝拉格嘎查,朝格泰牛养殖家庭牧场。

桑斯尔，男，"95后"，查干淖尔镇乌日根温都日勒嘎查牧民，温都日乐牧业服务队成员。

图拉嘎，男，"95后"，洪格尔高勒镇阿拉坦图古日格嘎查牧民，融创畜牧业专业合作社成员。

……　……

这41名牧民评上了职称，他们均来自阿巴嘎旗牧业生产第一线。

牧民评定职称，激发了他们的内生动力。评出好干劲儿，评出好奔头！

这些职业牧民成了"养牛达人""奶酪姑娘""毡艺达人""冷配师"，牛羊成了农牧商品平台"顶流"。刺绣、毡艺品、奶食品通过电商直播带货，阿巴嘎草原上的农畜产品热销国内外。

职业牧民！这个称谓响当当！

职业化牧民，开始走入大众视野。

从别力古台镇行驶50多公里，到了敖伦宝拉格嘎查张爱忠的雲峰家庭牧场。他是获得首批职业牧民职称的牧民。

5月的草原，正值休牧季节。在牧场宽敞的棚圈里，一头头膘肥体壮的肉牛怡然自得地吃着草料。张爱忠正在忙活，全程机械化饲喂节省了人工，吃料饮水都由他一个人完成。

牧场上植被茂盛。张爱忠介绍说，现在草场上有芨芨草、五花草、米蒿、白蒿、披碱草、狼针草、紫棘草、沙葱，仓鼠、兔子、獾子也时不时出现在草场，多年未见的沙狐也回来了。

张爱忠1974年出生，汉族，父亲是河南焦作武陟县人。20世纪50年代爷爷带着父亲来到阿巴嘎旗，成为草原上地地道道的牧民。

"当时父亲才8岁,和爷爷来到这里。我就出生在这个叫喇嘛敖包的草原。"

他能说一口流利的蒙古语。

草畜双承包,他家分到了1万亩草场、100只羊、30头牛、2匹马,从此开始了自主放牧的生活。十几年间,畜群繁殖扩大,养殖千只羊、20多头牛,成了当地有名的牧业大户。

但是除去支出,每年的收入并不多。草场的退化让他意识到要转变养牧的方式。父母年岁大了,刚高中毕业的张爱忠回到家中放牧。一次,在嘎查组织的活动中他到廷·巴特尔书记家考察。

张爱忠回来以后,接过了家里牧场的重担。他敢于尝试和实践,开始"减羊增牛",卖掉了千只羊。秋季,从通辽购买了40多头西门塔尔牛。

这几年,他到通辽、鄂尔多斯和吉林等地考察。他还回到老家河南周口考察养殖育肥,学习黄牛与西门塔尔牛的品种改良技术。

从培育良种、科学化喂养开始,他每天分两次饲喂,到了接牛犊时节,牛犊无论是头脸、骨架、体重,果然个个都比土种牛犊胜出许多。除了抓母牛的膘情、牛犊的喂养,他还引进优质种公牛,优胜劣汰,使当年牛群产值翻了几番。

"牛犊从一个月龄开始喂饲料,夏天、秋天跟着母牛吃草,到秋天体重增加到400斤左右。抢抓膘,早出栏,这样既达到了育肥的目的,又能减轻草场的压力、节约饲料。"

这也符合廷·巴特尔所倡导的早出栏、节省成本、提高收入的科学养殖经验。张爱忠边实践边摸索,他将挣来的钱继续投入畜牧养殖、现代化机械设备的购进上。现代化棚舍、储草棚、接犊室、视频监控系统,各类机械一应俱全,他家的现代化牛棚升级改造工程完工，实现了半放牧半舍饲的新型养殖模式。

每年在自家草场打草两万余捆，不用种青贮，还可以卖出一部分。养殖保持在180头的规模，每年出栏60头。其中有38头纯血统华西牛。他家今年刚刚被评为华西牛核心肉牛群的家庭牧场。

张爱忠和廷·巴特尔的第二次相遇，是在一次旗政协会议上。他向廷·巴特尔汇报了牧业生产情况和对家庭牧场未来的憧憬。两个人交流了许久。

"我会带动更多牧民投身乡村振兴，共同提高肉牛产业的规模化、科学化水平，增强抵御市场风险的能力。"

他以廷·巴特尔为榜样，只要牧民有困难，总是第一时间帮助解决。

张爱忠建立了一个养牛服务群，可以上门免费提供技术，打针、输液、做冷配。他平时忙着打理自家的牧场，只要有空，会及时通过电话、微信或面对面的方式，与牧民群众分享自己的经验。

"我们家母牛难产了。"

廷·巴特尔与张爱忠在参加阿巴嘎旗政协会议期间

"我们家搅拌机的电机出现故障了。"

"青贮里该添加多少碱面合适？"

牧民们遇到的种种问题，在张爱忠这里都会迎刃而解。

几天前的一个深夜，毕力格图找他，原因是家里牛刚生产完，需要催奶。他放下手中的活计，连夜赶过去帮助完成母牛催奶。

张爱忠家的春季接羔也剪了"头彩"。不久前，他家的大黄牛刚生下双胞胎，他给取名"大白""小白"。

"只要营养和冷配技术做好了，生双胞胎也能实现。"

张爱忠家每年都会接一两对双胞胎牛犊，优良的品种在赛畜会上频频得奖。在"瑙敏阿巴嘎·首届牧民文化艺术节"西门塔尔母牛评比中，他家的母牛荣获一等奖；在第九届公牛犊评比中，荣获二等奖。

张爱忠每天早起干活儿，他将手机闹铃定在早上5点，有时忙起来还会提前。

"现在获得了职称，干劲儿闯劲儿更足了，过两年争取晋级中高级职称。还要积极响应国家政策，扩大华西牛的规模，培育出更多属于我们国家自己的肉牛品种。"

临走时，张爱忠请我们品尝他亲手做的风干牛肉和沙葱、哈拉海菜做的包子。沙葱是这个季节牧民最先采摘到的野菜，包子味道鲜嫩，满口余香。我们还品尝到了营养丰富、口感俱佳的"策格"，酸马奶沁人心脾，这是牧民招待贵客的佳酿。

每年6月至10月，是牧民加工奶食品的季节。巴彦图嘎苏木脑木罕嘎查牧民乌恩巴雅尔、娜日萨夫妇正在家庭作坊里制作奶食品。透过奶制品加工间的窗户，可以看到草场上悠然吃草的牛群。

在直播镜头下，夏日的牧家，草色青青，百花盛放，远处草场上的牛在悠闲地吃草，个个毛色光亮、膘肥体壮，小牛则欢快地跳跃着。

在他们家，可以看到奶食品制作的全过程。加工车间，一锅锅熬制的奶皮子新鲜出炉，奶香扑面而来。晾晒架上摆满了奶豆腐、黄油、楚拉、乳清糖、艾日嘎等奶制品。

"奶豆腐马上出锅了！"娜日萨对着镜头微笑着向网友们介绍。

优质的奶食品得益于优质的奶源。日均加工鲜奶200斤左右，最高时加工600斤，奶源都来自他们的家庭牧场。

这些年，他家调整畜群结构，相继出售了1000多只羊，将牛的数量由不足30头增加至100头左右。仅2023年春，已接生60多头牛犊，注册了家庭牧场发展优质肉牛产业。

由于奶食品制作销售成绩突出，娜日萨获评自治区首批初级职业牧民职称。

来自大自然的馈赠、纯绿色食品、纯手工传统制作工艺，让"脑木罕"牌奶制品深受欢迎。通过抖音、微信等平台，产品销往北京、天津、上海等各大城市，甚至远销澳大利亚、日本等国。

"苏木设有快递网点服务中心，即使我们身处边境嘎查，也可以及时将奶制品寄往国内外。"

"还可以用马奶和牛奶制作成鲜奶口红、香皂，这是真正可以吃的口红，有十几种颜色。"

敢于接受挑战的娜日萨计划继续学习提升肉牛养殖和奶制品制作技艺，她脸上洋溢着幸福的笑容，说："让全国和全世界的人都能品尝到我们草原的特色美食，那样我的梦想就实现了！"

阿拉腾其其格是伊和高勒苏木伊和乌苏嘎查的一位有着30年党龄的牧民。她有着精湛的传统毡艺技术，她的毡艺产品参加过区内一些地区举办的比赛，获得过奖项和荣誉。她还被评为旗级毡艺制作非遗传承人。

她的姥姥、母亲都是毡艺人，她从小喜爱蒙古族民间手工艺制作。

阿拉腾其其格与缝制毡子的"缘分"，还得从2011年夏天说起。随着子女相继成家立业，她把牧区的家和打理牲畜的活儿交给了儿子儿媳，自己搬到别力古台镇居住，给孙子孙女陪读。城市的生活空闲时光她总想着做点儿什么。看到家里有块毡子，她就拿来缝制了四个装刚出生牛犊的口袋。去她家串门的姐妹们看到她缝制的口袋，既结实耐用，又美观大方，执意要花200元购买。

原来缝制出的东西还可以卖钱，阿拉腾其其格非常兴奋。于是，她从二连浩特市买来毡料，自己纺驼绒线，边构思，边设计创作，开始了毡艺手工缝制，注册经营了一家游牧传统毛毡手工艺刺绣店。

从孩子们玩耍"嘎拉哈"的毡垫、茶杯垫到蒙古包内的毡料、蒙古包顶毡、骆驼鞍，阿拉腾其其格一发不可收，先后缝制了上百件作品。那些精心设计、熟练缝制的毡艺作品渐渐引起了人们的关注，她还应邀前往巴彦淖尔市乌拉特中旗进行毡绣培训。

阿拉腾其其格带着自己的作品，先后参加过中蒙民族商品交易会、"中国新丝绸之路"锡林郭勒草原畜牧业创新品牌展示交易会等各类展会，获得阿巴嘎旗青达甘民族工艺有限公司授予的传统手工艺杰出奖项，被评为锡林郭勒盟第六届非物质文化遗产保护成果展传承人。女儿吉木斯在正蓝旗经营一家民族服饰店，家族四代传承传统毡艺手工艺。

阿拉腾其其格的手工艺刺绣店陈设多种制衣、制毡工具，她每日与姐妹们交流手工艺技法，并在抖音发毡艺制作的实时视频，对外交流分享。

在阿巴嘎旗，还有乌兰其其格、吉木斯花尔、乌云其其格等很多蒙古族民间传统手工艺人，她们正用手中细小的绣针，绣绘着草原牧民的幸福生活。

在畜牧业大变革的时代，"80后""90后"，甚至"00后"已经成为牧区创业的主角，由他们汇聚而成的青年力量，正不断引领着畜牧业从传统向现代化迈进。

阿巴嘎旗大学生桑斯尔、海日罕、图拉嘎、海日、阿拉德尔图毕业后回到草原，因为有着共同的奋斗目标、同样的梦想，风华正茂的几个年轻人走到一起，由相识相知成为志同道合的伙伴。

融创畜牧业专业合作社应运而生。

几名返乡从事牧业的青年组建畜牧业专业合作社，为肉牛养殖户提供冷配社会化服务，开办冷配培训班，服务范围涵盖全旗各个苏木镇。合作社共有社员8人，包括桑斯尔在内的7名技术人员都曾是阿巴嘎旗高素质牧民培育工程肉牛冷配培训班的学员。

他们来自阿巴嘎旗各个苏木镇。

"我们第一次学习黄牛冷配技术是在旗里举办的培训班上，又去盟里参加了培训，回来以后首先尝试给自家的牛群进行冷配。几个人就这样结识了，在一起创办了这个专业合作社。"

"95后"大学生桑斯尔是融创畜牧业专业合作社法人代表，他介绍了创办合作社的初衷，并给我们讲合作社名字的由来。

"融创"寓意为融合创新，代表着8个年轻人为同一个目标聚在一起，将来要为牧民做更多创新型的畜牧业技术服务。

图拉嘎说："自合作社成立以来，我们已经做了500多头母牛的冷配,并且全部受胎,也得到了牧民的认可,这几天又新增了几名顾客。"

海日罕心中有一个梦想:他想带父母进行牧业转型,实现智能化牧业养殖,做一名新时代牧民。

"我参加了旗里举办的培训班,回来以后就尝试进行冷配,从去年夏天开始做。以后我想把合作社规模发展得更大些,为全苏木乃至全旗的广大牧民提供优质的服务。""00后"海日罕是合作社年龄最小的成员,他对未来充满信心。

通过改良牛,志同道合的几个青年大学生走到一起,组建冷配服务队,开办培训班,服务周边牧民,为牧民建立了一个平台。有序进行结构调整,提高畜牧业品质,实现提质增效,这是他们的共同目标。

一张张年轻的面庞,激情洋溢的培训交流,让这个冬日的草原充满了温暖,充满了希望。

职业牧民自发组织科学养牧技术培训班

当我们来到查干淖尔镇乌日根温都日勒嘎查牧民桑斯尔家时，他和合作伙伴海日罕身穿白色防疫服，提着工作箱正准备前往周边牧户家进行母牛冷配。

"母牛什么时候开始发的情？"

"我们马上过去做冷配！"

……　……

每日，桑斯尔都会接听来自周边牧民打来的"订单"电话。

桑斯尔，2019年开始返乡从事牧业养殖，他的家乡是全旗肉牛产业发展重点区域，大部分牧户以肉牛养殖为生。桑斯尔发现，家乡的牧民仍以传统养殖方式为主，已经不适应现阶段生产经营要求。他意识到，要想养好牛，必须懂养殖技术，进行科学饲养。

桑斯尔开始埋头钻研肉牛养殖技术，通过从网络、书籍上查阅资料，向养牛大户、兽医请教，看到冷配牛犊不仅生长速度快、体形高大，价格还高于本地牛犊，桑斯尔决心学习冷配技术。他还参加了旗政府主办的助力乡村振兴的各类培训班，了解到农牧区广阔的发展前景。

他从澳大利亚引进了20多头品质优良的西门塔尔母牛，对原有的牛群结构进行了调整，并在自家培育的牛群中进行试验，所产的牛犊品质好，能够卖上好价钱。在锡林郭勒盟第十八届赛畜会上西门塔尔母牛犊获得一等奖。他家养殖60头良种西门塔尔牛，年收入达到50万元，成为全嘎查"少养精养"典型示范户。

在合作社成立后举办的第一期融创畜牧业专业合作社人工输精培训班上，他们还邀请西乌珠穆沁旗返乡大学生敖木希勒来为学员讲授肉牛冷配知识。

培训现场，几位青年讲师结合畜牧业生产中常见的事例，详细讲解示范冷配技术、饲养管理、养殖技术、B超验胎技术，并认真解答牧民们在繁育冷配过程中遇到的疑难问题。还在现场进行实际操作，为参训牧民演示人工输精流程及母牛产后护理知识。

合作社相继在阿巴嘎旗别力古台镇、查干淖尔镇、吉尔嘎郎图苏木举办6期"融创牧业"冷配技术培训班，为当地的牧民提供技术服务，扩充冷配技术人员队伍，让更多牧民参与到繁育冷配工作当中。

盛夏，在锡林郭勒草原与蒙古国交界的阿巴嘎旗巴彦图嘎苏木阿日宝拉格嘎查，绿草如茵，牛羊成群。这是海日罕家牧场的一张航拍图，让人领略了草原摄人心魂的美。

这张照片出自海日罕之手。眼前这个浓眉大眼的帅小伙热爱生活、热爱摄影，返乡五年来，他在家乡的草原创业，想把自家草场打造成为现代化的新型家庭牧场。

桑斯尔在阿巴嘎旗南部，海日罕在阿巴嘎旗北部。

不同区域的他们有着共同的夙愿——建设家乡。

返乡之初，海日罕家有5000亩草场，养殖800只羊。他打破了父母传统的养殖方式，实行"减羊增牛"，改良养殖结构，引进品种牛，学习冻精技术。

他又租赁两万亩草场，购置大型生产机械，新建上千平方米的牲畜暖棚，安装监控设备，开始了父母之前从未有过的大胆操作。

每年，牧区接羔季要持续一个多月，以往最熬人的春季接羔，也因如今在棚圈安装了摄像头而轻松许多。宽敞明亮又暖和的棚圈，之前每天24小时盯母羊的情况，如今躺在床上就能实时观测。

父母负责日常的饲喂工作，都是机械化操作。海日罕负责操作机械，摆弄电子产品，数字化牧场解放了家人辛苦的劳作。

海日罕经营得很轻松。

监控中的夏日草场一目了然。通过手机可以随时随地观察牲畜状态；电动机井为经过的牛羊自动蓄满水池，网围栏改造成了电网，防止牲畜强行穿网。不远处，6千瓦功率的风光互补装置保障着电力供应。

为了规模化经营，他注册了"朝格泰牛养殖家庭牧场"，为牧民提供冷配第三方服务。几年间，已为周边牧户的千余头牛做冷配，他也成为当地有名的"冷配师"。

随着五年的牧区熏陶，海日罕的想法慢慢发生了变化。

"牧业现代化不仅仅是电子产品和大机械，而是要把传统牧业的精髓一并传承下来。"

从小目睹父母放牧，他了解草原的生存智慧。有的牧民看天象非常准，对气候、地理的敏感度高到惊人，有的牧民仍在用传统游牧方式放牧，但羊养得肥壮，草场也保护得很好。

"这是草原上传承下来的智慧，让人既敬畏又震撼。"

"广袤的草场、深厚的游牧文化底蕴是这里的先天条件，我们要用现代化的思维把草原生活传承好、经营好，用牧业现代化的思维改变这一切。"

海日罕的新理念和新建设让草场焕然一新，家里的牧业收入翻了番。

牧业的单调和牧区的偏远，并未让海日罕这些年轻人感到落寞和消沉。相反，他们活跃在偏远的牧区，活出了这一代青年人的精彩。

"牧民的时间相对自由，特别像一个自由职业者。"

海日罕喜欢现在的生活，他还给自己定了每年旅游打卡一个城市的小目标，去过云南、西藏、山东，打算再去国外的牧场看看。

"我们这里也有高学历的人去外地，为社会做贡献。但是，这里也需要人才，我不后悔自己的选择。"

夕阳映照的草原，色彩绚丽，海日罕背上摄像机走向草原深处。一抹背影拖得越来越长……

图拉嘎是性格开朗的"95后"阳光男孩。洪格尔高勒镇阿拉坦图古日格嘎查的草场、棚圈、讲台前，闪动着一个年轻的身影，他就是图拉嘎。

利用休牧期举办肉牛冷配技术培训班，今天就要开课了！

春季是母牛发情旺季，也是配种高峰期。他协同镇冷配服务队队员张双喜举办了这期培训班。图拉嘎讲课声情并茂，他让大家在显微镜下看到了活灵活现的冷配测试，还给每人分发塑料长袖手套，在棚圈现场为大家演示冷配技术，讲解注意事项及技巧。

参加培训班的有位嫁到中国的蒙古国学员大姐，她说，年轻人讲课很专业，这次学习她的收获很大。

海日在合作社岁数最小，可已经是一名娴熟的技术员。他从锡林郭勒职业学院畜牧兽医专业毕业，返乡和同一个镇的桑斯尔结识，志趣相投的年轻人开始一同创业。

学到肉牛冷配技术后，他先尝试给自家的牛群进行冷配，后来给附近有需求的牧民提供服务。养牛作为阿巴嘎旗畜牧业主打产业，需要更多"融创"合作社这些有知识、有技术的人才。

在合作社的团队中，每个人都在成长进步。

在阿巴嘎旗高素质牧民教育培训基地，这些年轻的面庞聚精会神地参加学习。利用线上线下、手把手培训、棚圈里传授技能、聘请专家学者、走出去学习的教学方式，为青年牧民学习育种、冷配、饲养管理、疫病防治提供舞台。他们已经举办了实用技术培训15期，培训1400人次。

"融创"队员们还一起外出考察，去西乌珠穆沁旗敖木希勒牧场参观学习，参加全盟赛畜会，去锡林浩特市畜牧饲料厂家考察。

几个年轻人在牧区大舞台上崭露头角，颠覆了老一辈牧民对新一代接班人的认识。

桑斯尔获得盟旗乡村振兴青年先锋称号，参加了全区肉牛冷配技术培训、全区奶业振兴奶制品培训。2023年，海日罕参加了自治区乡村产业振兴带头人培育"头雁"项目、全区高素质青年农牧民培训班，"青社学堂"自治区新兴领域青年培训班、高素质牧民培育黄牛冷配技术强化培训班，参加了上海交大教授到锡林郭勒举办"头雁"学院与导师的交流会，学到了更多的专业化知识，还被选为"优秀班委"，在会上做了经验交流。

海日罕说："希望我的分享，可以为更多深耕在乡村振兴道路上的新牧人带来一些启发，合作共赢，资源共享，实现共同富裕。"

几个年轻人回想在一起彻夜长谈养牛品种改良的情景，至今历历在目。

"牧区现在老龄化严重，有些年轻人不愿意回乡，但通过政策引导和我们大学生创业实践，可以做科技牧业，省却劳动力，走智能化牧业道路。"

"我们先做，有了成效之后，再带领周围的牧民做。"

"参加了乡村振兴培训班之后，我们觉得我们的职责不仅仅是养牛，在人才引领上，我们可以做得更多，以点带面，以线带面，引领牧区更快地步入现代化进程。"

母亲陪伴和鼓励着桑斯尔，她也是"融创"合作社成长的见证者。我们聆听着这位母亲发自内心的话：

"看到这些大学生回到自己的家乡，一起团结合作，成立畜牧业合作社，为附近牧民提供母牛冷配工作，我很欣慰。从当初对各自的牛群实验性地进行冷配，到成立服务队，为附近的牧民提供技术支持，随后又凭借自身经验，相继开设了相关的冷配培训班，培养专业人才，对畜牧业奉献自己的绵薄之力，这些都离不开各级政府的大力支持。希望几个孩子事业顺利，做事稳重，团结一致。坚持做好自己的创业项目！"

在众人的关注下，几个年轻人倾力合作。他们开通家庭牧场抖音账号，分享新一代牧民的生产生活，抖音助牧，推广先进科学技术。桑斯尔说："创新，是我们年轻人最主要的任务。尽自己的努力，为家乡尽一些微薄之力。"

在"五四"青年节到来之际，几位青年创业者还对全旗返乡青年送出祝福："融创"合作社祝大家节日快乐！返乡从牧的年轻人们，要持之以恒，乐观向上，大家一起奋斗！

"融创"畜牧业专业合作社的成立，只是阿巴嘎旗高素质人才队伍逐渐扩大的一个缩影。

2023年初，几位青年牧民被评为"职业牧民"，获得初级证书。

职业牧民，他们非常看重这个身份。

"职业牧民的身份是对我们年轻人创业的一个肯定，也是对牧民身份的提升。"

以往牧业给人一种"落后"的印象，而技术职称让全社会更加重视牧业生产的科学性和重要性。当越来越多的牧民通过努力和奋斗获得了职称，"牧民"将成为越来越多年轻人青睐的职业选择。

中国牧民

"说不定未来有一天，所有人都会羡慕我们牧民的生活。"

一人致富不是富。

廷·巴特尔欣喜地看到身边发生的可喜变化，牧民生活富裕了，年轻人一个个成了草原上的雄鹰和骏马，为牧区发展建设注入了青春力量，焕发了生机和活力。

他看得更远：我们需要不断探索新路子、学习新技术，发展集约高效的现代化生态牧场，实现美丽和发展共赢。

第七章 用我的一生来建设草原

廷·巴特尔：我想用我的一生来建设草原，带领牧民群众过上更幸福的生活，永远守护好美丽的大草原。

一、"老廷"和"老负"

从20世纪80年代中期开始,廷·巴特尔便带领牧民开辟致富之路,在贫瘠的牧场蹚出一条畜牧业发展的新路。我们来看他是如何带领牧民一步步实现逆袭的:

第一个建网围栏;

第一个在草原打井;

第一个种植青贮;

第一个购买牧业机械;

第一个盖砖木结构的房子;

第一个改革牧区公厕;

第一个生态养鱼;

第一个自行设计使用淋浴房;

……………

萨如拉图雅嘎查几乎所有的"第一"都是廷·巴特尔实现的,并深深地影响着每一户牧民。如今,种草种树、减羊增牛、少养精养等建设草原、爱护草原的行为已经成为自觉。

任何一种新生事物，要让人们接受，并变成行动，都不是一朝一夕的事情。对此，廷·巴特尔不搞强行命令，只是一点点逐步地做工作，加以引导。

我们驱车走访了距离廷·巴特尔家最近的邻居贠亮。他家位于高格斯台河畔，与廷·巴特尔家相隔几公里。

"当时我们这儿交通不便，又贫穷落后，我们除了知道有个阿巴嘎旗，对外面的世界有多大都迷迷糊糊，可以说他不仅是我们的主心骨，更是我们的引路人。有这样的党员、这样的书记，是我们大队的福分！"

榜样的力量是无穷的，也是潜移默化的。贠亮一直以廷·巴特尔为标杆，廷·巴特尔干啥他干啥，从房屋设计、生活小发明到畜牧业生产，每一样都照着学，日子过得幸福而殷实。

贠亮家里有草场6340亩，58头牛，每年出栏40头，最高年份收入60多万元，支出10万元。家庭牧场实现了收入最高、支出最低、劳动强度最小、生态最好。

"我家放牧也完全遵循了廷书记的养殖理论，我是最大受益者。"

"他带头，我们跟着学、照着做。"

说起廷·巴特尔，贠亮满心敬佩："我们跟着廷书记过上了好日子。"

贠亮是萨如拉图雅嘎查为数不多的汉族牧民。1969年，6岁的贠亮随着父母从河北省阳原县逃荒来到这片草原。

贠亮的父母在老家一直从事农业生产，大旱之年庄稼颗粒无收，一家老小逃荒，在这片空阔的草原落了脚。他们很快就和牧民学会了赶牛羊转场、搭建蒙古包，从此，开始了草原牧民的生活。

他家距离月光大队很近，站在房前，就可以看到知青点，还可以俯瞰到高格斯台河支流。远望去，草地绿草茵茵，河流蜿蜒回转，草原更加阔远、静穆，清亮悦耳的蝉鸣声，在这空旷的沃野也成了天籁之音。

贠亮老人年近六旬，岁月的风霜在他的脸上刻下了深深的印迹。只见他神态安详，为我们娓娓道来：

我家从最开始住窑洞，到泥土房、砖瓦房，再到现在的牧民新居，一家五口人在这里居住了50多年。我与廷·巴特尔共同进行牧业生产，见证着老书记在这片草原奉献的足迹。

我敬佩他！

他在我心中就是个"万能人"。初中毕业后，我到了月光乳粉厂，那时廷·巴特尔任队长兼厂长。当时我们大队社员的工分最高，成人男子每天一个工十分，妇女、孩子一天能有七到八分，一天能挣一元八角五分。廷队长分给自己的工分最少。可他又是干活儿最多的，白天黑夜都守在厂子里，晚上守着机器睡觉。我们看了都心疼。

廷·巴特尔比我大几岁，所有的技术活儿没有他不会做的，铁匠、木匠、瓦匠样样精通。他勤劳能干，爱琢磨，任何工作总是提前规划，做设计图。他胆大心细，动手能力强，发电机、柴油机，乳粉厂的各种线路和机械故障，全都是他来修理。别人弄不了的，他都弄了。有次电焊时，他把眼睛灼伤了，两眼通红，但一天工都不误，眯着眼睛照样带领大家干活儿。

乳粉厂使用的是季节工，夏季是产奶旺季，这时乳粉厂才开工生产，其余时间大家就忙于牧业生产。我刚去时，每天赶着马车去周边的牧点收奶。

当时，知青当队里的代课老师，教文化知识和汉语，我这才有机会读到初中课程。廷·巴特尔包括萨如拉图雅牧民从来没有人因为我家是外来户而另眼看我，从来没有排斥过我。后来，廷队长交给我一项重要工作，让我到厂里收奶记账，说我是有文化的青年，还鼓励我多带大家学习。我心里特别感动。

他是个能吃苦、有思想、敢作为的人。那时候草原的生活特别艰苦，交通不便，没有电灯，白天放牧、打草，晚上睡在没有取暖设施的蒙古包里，头上的棉帽都不敢摘下去。晚上出去会迷路，找不到回来的路。

老人们都说，城里来的知识青年肯定受不了这样的苦。可廷·巴特尔不同，他从来没有说过苦，很快适应了这里的环境，打草、放牧、开拖拉机样样得心应手，还教我们年轻人。

他常说，"只要想学，就能学会"，连女儿都是他接生的。牧民们说廷·巴特尔，除了生孩子不会以外，其他什么都会。牧民们爬坡过草地到几里外挑水喝，他发明了简单实用的土办法打井，解决了牧民的吃水难问题。他对牧民们是有求必应，大到修汽车、拖拉机、摩托车、牧业机械，小到做家具、马鞍子、蒙古袍、腰带、被褥、棉衣，连缝制蒙古袍上的刺绣图案，都是他从城里学来，教会妇女们的。

这些年，他为我们做过的好事数都数不清。

无论多忙，家里的活儿都是他们夫妇俩自己干，从来不雇人。生活条件变好了，他经过多年的努力，把当年嘎查植被最差的盐碱滩改造成一片水草丰美的牧场，牛个个育得膘肥体壮。牧民都很敬佩他。

我依赖他——

他是我们的大恩人。他特别随和。这些年，他既是队长、厂长、嘎查长、书记，又是我的邻居、伙伴，像是老大哥一样。我们两个人总在一起聊天，我亲切地叫他"老廷"，他叫我"老贠"。

家里开始使用风力发电时，电视屏幕有时候总出雪花不出人，我就骑马去找老廷，他扔下手中的活儿赶过来，一会儿工夫就给修好了。摩托车坏了，我也去找他。他不嫌麻烦，边修理边细心地教我。不管什么时候，只要有事求到他，他肯定第一时间赶到，修理完就急匆匆走了，连口水都不喝。

我和老廷都是后来到这片草原的，不会说蒙古语，但是他很快就学会了，和牧民们打成一片。我虽然不会说蒙古语，但是嘎查牧民和我们一家人关系非常好。牧区的活儿很累，最开始没有网围栏时牛到处瞎跑，我就骑着马找牛，有时回不来，或者迷路了，都是善良的牧民收留我们，在他们家的蒙古包吃住，和自己的亲人一样，特别友爱。

这些年，牧民已经习惯了在他的指导下生产生活，牲畜什么时候出栏，买什么样的农机具，小两口闹别扭，孩子不听话，大人小孩儿生病，只要有事就找他商量解决。他不仅是党支部书记，还是兽医、技术员、医生，更是牧民的好兄弟、年轻人的好长辈。

我们都很感恩他，在生产生活中特别依赖他。他带着我们给大队建起了砖窑，盖新房子。原先是给集体盖房子，后来是帮助牧民各家盖房，做设计图。包括我家这房子的结构都是他帮着设计的，画图纸、上下水，还动手新建了180平方米的房屋和车库。家里装修、电路、上下水改造都是他忙前忙后地处理的，灯都是他给安装的。家里买的客货两用车，也是老廷和我一起去选的。

那年春天，我开着这辆刚买回来的客货车，赶夜路从锡林浩特市急匆匆往回走，不小心陷进了希拉河，老廷从八里

廷·巴特尔向牧民贠亮宣讲党的二十大精神

地以外赶来帮我从河里拽车，折腾了整整一晚。等车拽出来时，天已蒙蒙亮，他一身泥水冻成了冰人，站在那儿浑身直打冷战。我这才知道，他正发着高烧，可他的脸上却挂着笑容。那一幕，我一直铭刻在脑海里，这辈子都不会忘记。

他更是一个称职的嘎查领导。这些年，我们嘎查牧民生活有了巨大改变，都归功于老廷带领得好啊！

我看到他整天在草场沙窝子里转，帮助牧民规划设计，进行草原建设。我看过他的各种草场记录本，从年轻时开始做记录，现在还在做着笔记。

现在，牧民们都以养牛为主，如果不是他的做法，各户的牲畜出栏率怎会大大地提升，牧民们又怎么会信服。看到老廷家那些膘肥体壮的牛，你们就知道他多有能耐了。

廷·巴特尔刚到萨如拉图雅时牧民人均收入只有40元，现在人均收入3万多元。一个在天上一个在地下，牧民的生活改变特别大。

以前草原沙化严重，雨水减少了，养的牲畜多了，沙化无法遏制。过去我家就在坡前一间半的窑洞里居住，那时不敢住在沙窝子里面，怕晚上睡觉被活埋了。

当年，他把嘎查最差的盐碱滩分给自己，病弱的羊也分给自己。他坚持划区轮牧实验，使草场得到了有效保护和休养生息，牧草长得有半人多高，产草量一年比一年多，过冬贮草早已实现自给，牲畜放养零成本。他把这里改造成水草丰美的牧场，牛养育得膘肥体壮。成本降到最低，收益却是最大。

他经常给我们讲,休牧对于草场保护有很多好处,要给草场足够的"休养"时间,夏天牧草的长势才能好。

从1986年开始,他第一个在嘎查打井,带头种植青贮,第一个搞草场封育,第一个带头种草种树。他总结的"蹄腿理论""划区轮牧"等经验做法,在我们的生产生活中得到了很好的验证。

就说廷·巴特尔的"打草不拉草",对于草原和我们牧民来说,是一个了不起的创举。冬春牧场的草打下后不打包储存,一行行散放在牧场上,10月中旬开始放进牛群自行采食。他家牛群虽然没有固定的棚圈、卧盘,但是将冬季打下的牧草垛或长势高达1米左右的茂密的牧草作为卧盘,牧草和一片片柳条可为牛群挡风遮雪,减少了放牧、拉运饲草等投入,降低了饲养管理成本。

"养多少头牛好?""我家牛生病了。"这样的平常琐事,几乎每天都在发生。尽管他很忙,只要有牧民来访,他总会放下手里的活儿,帮牧民们想办法解决。

一头母牛四年产五犊。老廷首先实现了这一目标,并在牧户中推广。他这样解析:首先合理配置畜群结构,一个60头左右的牛群要有大、中、小三头种公牛,最大的不能超过7岁,中间的要在2至5岁之间,最小的公牛1至2岁。小公牛长到两岁,就要卖掉最大的公牛,形成新老交替循环,保证优质的血统基因。其次要培养牛的耐寒能力。牛犊出生后,吃了第一次奶,毛干了就放到雪地里适应自然环境。第三要保证母牛一年四季的膘情。从10月到第二年的2月,在有储草棚的前提下，打草不拉草，有条件的也可以喂饲料豆。只要保证不掉膘，把握好生理规律，母牛在产下牛犊1个月后就会发情，9个月后又会产下牛犊。做到这三点，就可以实现四年产五犊。

基于这个理论，廷·巴特尔倡导牧民少养羊多养牛，并引进西门塔尔优质乳肉兼用牛与本地牛杂交，培育高产优质母牛。如今，牧民们坚持少养精养、算账养畜，不断进行品种改良，实现了由数量增收向质量增收的根本改变。

老廷扎根草原50年，带领牧民蹚出了一条生态优先、高质量发展的现代畜牧业改革之路。牧民们都说，他是我们最信赖的带头人。

对于自己的高干家庭出身、父母职务，廷·巴特尔从不愿张扬。有相处很多年的牧民，都不知道他是高干子弟。那时我一直不理解，一个大城市来的知青为啥愿意留在艰苦的牧区。

说心里话，最开始时不理解他，我有时会开玩笑地和他说："我爹要是你爹那么大的官，我早走了，才不在这儿待呢！"风吹日晒的，天天放牛放羊，在这扎根50年，从这点上你就得佩服人家！

这些年，看到廷·巴特尔为大伙儿那么苦、那么累，我们真的不忍心。他为大家做的这一切，我们都记在了心里。从不理解，到担心有一天他会离开。

到最后，这个"走"字我们谁都不再提及。因为，几十年来，我们已经把廷·巴特尔当作了最亲近的人，打断骨头连着筋,他离不开我们,我们也离不开他。奔腾的高格斯台河,见证了我们各族兄弟交融与共的动人故事。

秋日的草原,牧草已经泛黄。风吹草低,黄黄绿绿。沿着浑善达克沙地一路前行,昔日的沙地已经变成了连片的草原,透着收获的沉实。

廷·巴特尔就像一股清流注入这片草原,更像无尽的暖流注入牧民们的心田。

萨如拉图雅嘎查的牧民说:"廷·巴特尔书记就像沙地的红柳,我们紧贴着他,走上了富裕路。"

"老廷"和"老贠"的故事很长,蒙汉牧民团结友爱的情谊在草原上传颂。

二、建成一个中国式现代化牧场

来到锡林郭勒草原,这里的一切,刷新了人们的认知。

牧区变景区,蒙古包变客房,奶食品变商品,传统畜牧业与生态、旅游、文化元素相融合,牧民们的幸福指数越来越高。

为了防止草原超载放牧,化解生态危机,锡林郭勒盟在实施"围封转移"的基础上,实行了大规模的休牧、禁牧、轮牧制度,让草原得以休养生息。

每年从4月上旬开始,锡林郭勒盟各地就进入45天春季牧草返青休牧期。全盟2.7亿亩草场纳入奖补政策范围,划定草畜平衡区2.2亿亩,禁牧区5000万亩,基本覆盖了全盟所有可利用草场。

实际上,廷·巴特尔最有资格养羊,他家的草场经过多年养护已经完全恢复。"按草畜平衡政策，我可以养到130多头牛，但是我要控制在50头，这样对草场更好。它有个平衡点：收入最高，支出最低，生态最好，劳动强度最小。"

这就是廷·巴特尔大力倡导的著名的"四点平衡"理论。

5926亩草场只养50头膘肥体壮的改良牛，这是他最得意的致富诀窍，这是从理论到实践的飞跃。

"为确保今年的休牧，我们家提前储备了充足的饲草料，计划每天上午喂草料，下午喂青贮。这样牛吃得饱，饲养成本也不高，尤其春天给牲畜喂青贮非常好，营养丰富，而且不容易上火。"

良种，是传统畜牧业发展的"芯片"。

廷·巴特尔家的牧场牛数量少，牛舍也较小。除了新生牛犊冬季要在暖圈中逗留几天外，其他时间均在草场上自由活动，没有出现过冻死牛的现象。

他得出结论，一方面得益于牛的本土化选育，其适应性较好，品质也较好；另一方面就是依靠良种化养牛，让牧民的腰包越来越鼓。

他多年前就开始在自家的牛群中摸索如何使母牛早产犊、多产犊的办法。由于草场经营管理得好，廷·巴特尔家的牛膘情很好，一年四季都有发情怀胎的；在冰雪覆盖的寒冬腊月，一些母牛照常发情。按常规母牛一般三岁开始发情，而且每年只生一胎。但廷·巴特尔家的牛，有不少两岁就开始怀胎生犊，而且大多数母牛三年生四胎，其中有一年生两胎的，年初年底各一胎。

廷·巴特尔始终坚持品种本土化改良，20年来一直用西门塔尔牛改良本地牛，现在饲养的牛全部为杂交三代以上的西门塔尔牛，适应性非常强，尤其在抗寒方面，改良牛的品性表现很突出。

他选送年轻人到盟里学习，培养出三名冷配技术员，在嘎查建起冷配站，逐步实现全部良种化。

传统畜牧业向现代畜牧业转型升级，终究需要科技手段。

北斗"牧星人"闪亮登场，为广大牧民提供优质服务。阿巴嘎旗7个苏木镇的600户牧民有了得力助手，那就是12000台北斗智能定位项圈、400余台北斗手持终端和20余台北斗车载终端。

往年一到春天，巴图家便忙得不可开交，一边要做好接羔的工作，一边又要兼顾牛群马群。

现在，有了北斗的高精度定位，巴图一家实现了"云放牧"，仅用一张卡片大小的北斗智能项圈，配合北斗手持终端与车载终端，就能拥有多项绝技。

绝技一：电子围栏。在手持终端上设置牧场范围，即可以形成一个电子围栏。佩戴项圈的牲畜走出围栏，终端便会收到走失预警，提示主人有牛想"离家出走"。

绝技二：实时定位。他可以随时随地在手持终端打开"智能放牧"App查看牧群的精准实时定位，掌握牲畜位置，查看是否有牲畜脱群，以便了解畜群在草场的状态。即使"白毛风"、暴风雪、沙尘暴这样的极端恶劣天气下，能见度为零也可以精准找到牛羊，规避极端天气给牧民带来的财产损失。

绝技三：历史轨迹。"智能放牧"中还可以显示畜群以往的行进轨迹，这一功能可以帮助牧民更好地规划畜群归圈路线。

绝技四：车载路径规划。不仅手持终端强大，车载终端同样具备相同的功能。傍晚时分，毫无参照物的草原，往往会使得牧民迷失回家的方向，开启车载终端的一键规划回家路径的功能，北斗便为你指引回家的方向。

阿巴嘎人有了自己的"云端牧场"。

"推送宝"便民微信公众号平台，嫁接190余家本地合作社、兽医专家和兽药企业，上面有网上诊所，还有热线电话，牧民解决不了的难题，可以及时得到答复和远程受理。

锡林郭勒一家畜牧服务有限公司正在为牧民牲畜远程会诊。

远程会诊很方便，而且打一个电话就能把兽医请来，又省事又放心。牧民实现了"足不出户"在家问诊。

草原上还专门建有"托牛所"，牧民可以把自家的牛寄养在这里，不仅解放了自己，也缓解了草场的压力。

"这个项目是我们公司跟当地牧民合作的，由他们提供场地。"锡林郭勒盟溯牛巍尼斯牧场就是一家这样的机构。

场长李国军给我们介绍："和牧民家相比，这里的设备和工作人员都更专业。饲草料统一调配，配种、接生、晚上守夜都是专业工作人员，还有饲养员。"

随着牧区公共物流体系的逐渐完备，网销网购逐渐走进草原深处，无论是购买钢筋水泥、牧草、兽药或生活用品，还是卖牛、卖羊、卖奶食品，都比以往方便了很多。

还有更多的新鲜事！

牛羊也有了"身份证"！一个耳标、一个二维码，有了这个身份证，就可以管好每个牛羊。从养殖到进入屠宰加工，直至变成商品，产业链的每个信息都可查询。

在阿巴嘎旗，不少牧民家的牛羊都会卖给肉业企业，然而牧民家居住分散，从家里将牛羊运输到企业成本较高。阿巴嘎额尔敦食品有限公司为解决这一问题，特地出资组建车队去牧民家中收购牛羊，让牧民节省了运输费用，牧民只要打一个电话就有车队来收购。

为解决贫困户在养殖、销售过程中遇到的困难，额尔敦制定采购补贴政策，在收购价格基础上额外给牧民每只羊8元的运输补贴，还为当地295人解决了就业，人均增收3万多元，成为带领牧民走向小康的"共富羊"。

目前，额尔敦餐饮旗下分店遍布呼和浩特市、包头、乌兰察布、通辽、巴彦淖尔等全国二十几个城市，共计50多家。额尔敦餐饮被评为锡林郭勒盟农牧业产业化重点龙头企业。

"牧民是大股东，我们是小股东。"总经理额尔敦在接受内蒙古广播电视台采访时，阐释了企业和牧民联结的发展模式。企业和牧民开展合作，以"牧民+企业+基地"的方式，大大增加了牧户的积极性和经济效益，为培养牧场股东、现代牧民做出了重要贡献。

阿巴嘎旗牧民有了"新职业"，成为牧民"达人"，成为流量"明星"。

"在这里可以享受到免费的商铺、厂房，降低了自己的创业成本，还享受着政府扶持下的前店后厂、线上线下模式，像我这样的企业已经成功孵化企业12家，大大地提高了创业者的创业成功率。"

从内蒙古大学毕业之后，钢苏勒德就投入家乡的怀抱，将自己所学的专业知识与民族文化相结合，制作了各种各样各具特色的产品。

阿巴嘎旗牧民转移进城创业就业孵化基地是以政府扶持、企业经营、统一管理的模式，搭建集高等院校、民间作坊、牧民群众实践创业培训为一体的综合服务平台。有骨雕、皮雕、簪花、簪艺等多个专业课程，其中最受欢迎的专业就是兽医兽药。每年，基地累计培训城乡劳动力1700余人，实现就业1200余人。

西乌珠穆沁旗浩勒图高勒镇脑干宝力格嘎查17户牧民联手发展：你家种青贮，我家多养畜；你家有勒勒车，我家有奶食品；你家有草场，我家能骑马射箭……互通有无，建造了一个集种植区、养殖区、观光旅游区、牧民生活体验区、民族文化展示区、民宿等为一体的新型综合业态。

仅一个旅游季，17户牧民平均每户就有十几万元的收入。

短短几年，草原上涌现出锡林浩特市贝力克牧场特色小镇、白音锡勒御马小镇、白音库伦生态小镇和乌拉盖管理区知青小镇等一批特色旅游小镇。

洪格尔高勒镇一下子涌现了多家合作社，有"岗根锡力畜牧专业合作社""洪格尔传统奶食品合作社""巴彦洪格尔畜牧业多种经营专业合作社""萨如拉锡力畜牧专业合作社"……饲养良种牛、联户规模化经营育肥肉牛、打储草业、风干肉、家庭旅游，各产业振兴同频共振。

这还不是畜牧业与生态旅游业融合发展的终点，锡林郭勒盟畜牧业多功能开发的链条越牵越长。

镶黄旗采取"生态旅游+畜牧业+互联网"模式，探索线下品尝与线上营销相结合的销售模式，通过快手、抖音等网络直播平台开展电商直播购物，拓展民族传统奶制品这一特色旅游产品的市场份额，全力打造"奶酪小镇"。

在正蓝旗上都镇黄旗嘎查，好牧人合作社正在给顺鑫鑫源牧业有限责任公司交付刚出栏的安格斯牛犊。两年前，双方签订合同，顺鑫鑫源在好牧人合作社寄养安格斯繁殖母牛，每头牛发放寄养保证金5000元。公司派养殖专家进行指导，繁殖出的牛犊由企业以

| 第七章 | 用我的一生来建设草原

订单形式收购。

"现在已陆续寄养母牛1200多头，每头牛犊的收购价都在1.1万元左右。"合作社负责人很满意。

走进阿巴嘎旗伊克塞畜牧服务有限公司的"动物医院"，身着白色工作服的兽医正在给牧民布仁青格勒的一只羊诊断病情。

在牛"单间"里，一头腿部骨折的种公牛正在享用着属于它的"营养餐"。"住院单"显示，它在这里已经"住院"一个月了。在这所"动物医院"里，X光室、化验室、手术室、药房、康复中心等设施一应俱全，已具备了为150万只羊、20万头牛诊疗的能力。

廷·巴特尔夫妇在自家的牧场放牧

"把这些'病号'交给他们，我们省力又省心。"

牧民敖特根巴雅尔家的7岁大公牛最近捞回一条命。之前大公牛和其他牛打架被顶伤，腹部一大块肉因没有及时处理而坏死，后期消化系统也出了问题。主人把它送到阿巴嘎旗兽医社会化服务中心动手术。缝了13针的它如今"留院观察"，每天都要输液。整个

中国牧民

疗程花费约500元,而它的身价是1.8万元。

在这里,生灵与自然相得益彰,和谐统一;在这里,小康之路正徐徐向前延伸。

这种融合的界限还在被无限打破。芳草连天的大草原,牧民们为有自己的"领头牛"而幸福。锡林郭勒盟因为自己独一无二的诸多品牌牛——草原安格斯、乌珠穆沁白牛、华西牛而闻名遐迩。

一个融生产、生活、生态为一体的"现代畜牧业+"体系正在加速形成。

正如廷·巴特尔所说,日出而作、日落而息的牧歌生活早已不再是草原牧民的唯一选择。有的人即使生活在草原上,但不再放牛饮羊;有的人即使仍是牧民,但却发展出了其他副业。牧民们的生产生活方式得到根本改变,已经成为牧业生产新主角的职业化牧民正奔走在中国式牧场的宽广草原上。

当问及牧区生活苦不苦时,廷·巴特尔微笑着说:"我们牧民过的是'贵族'的生活。"

中央电视台《面对面》主持人王志专访廷·巴特尔时,问他:"未来有什么规划?"

在党的二十大"党代表通道"畅谈履职感悟

廷·巴特尔回答："想把牧区变成一个中国式现代化牧场。"

这个生态畜牧业蓝图他已经规划了50年，也为之奋斗了50年。

坐拥一大片牧场，简单而快乐地劳作，有殷实不菲的收入，呼吸着清新纯净的空气，吃着自产的原生态肉菜，与自然界美好而可爱的生灵为邻，有朴实真情相伴，有大爱理想守望……

这就是廷·巴特尔心目中的中国式牧场。

三、他引来外国友人的注目

这是党的二十大召开之际一次别开生面的中外记者交流。来自各行各业的15名党代表在人民大会堂，讲述新时代中国日新月异的发展变化。人员簇集，国内外记者翘首企盼，认真聆听来自一线党代表传递的心声。

在党代表通道，廷·巴特尔向全国人民报告：

"……我们嘎查修了公路、通了长电，也建起了手机塔。我们牧民的孩子也陆续出去上学了。他们现在好多都大学毕业，回到了嘎查，回到了牧区。……好多牧民现在开始用无人机放牧，在家里的电视上可以看到草场上的牛羊，需要饮水时他们用手机远程遥控自动提水，我们打草也都改进到全用机械化了。"

牛羊后面不再有牧人，牧人不再骑马手拿套马杆，不再翻山越岭，有时在家躺着就能放牧，这个场景似乎是常人不敢想象的。

前来参观学习的党员干部、牧民群众为之震惊，深有感慨。

"廷·巴特尔的家庭牧场，充分体现了牧区现代化建设的一个理念，生态优先、绿色发展，通过科学饲养，少养精养，虽然牛养得少，但是每年的收入达到40多万，这是我们牧区现在急需寻找的一条新路子。"

这些年，蒙古国、俄罗斯、委内瑞拉、古巴、乌兹别克斯坦等许多国家的友人来中国学习保护生态的方法，还有其他国家的客人前往廷·巴特尔牧场学习了解保护生态经验。

如今，廷·巴特尔所在的萨如拉图雅嘎查，牧民富裕了，草原更绿了。

眼前这片绿草如茵的生态家庭牧场，早已覆盖了曾经的盐碱地。原本贫瘠的草场生态得到明显恢复。牧草普遍都长得有小腿般高，长势好的地域没过膝盖，到达腰际。

浑善达克沙地腹地草原，昔日的沙海铺满植被，漫山的沙柳、樟子松、杨树、榆树、柠条、爬地柏郁郁葱葱，人们称这片沙地为"用柳条镶边的沙海"。

阿巴嘎草原是浑善达克沙地边缘的"沙地花园"，多样的地形地貌让它分外美丽。熔岩台地、湖泊、响泉，古老的杨都庙、秀丽的乌里雅斯台河、高耸的宝格都山，这里是黑马、潮尔道的故乡，70眼泉水汇流的达楞图如河，还有草原上新建的大型风电场，蔚为壮观，令你怦然心动。这里的一切，充满了神奇色彩。

在廷·巴特尔的家庭牧场生长有270多种植物，一年四季都有鹿、狍子、獾子等百余种野生动物出没，牧场里品类繁多的野花野草有的都叫不上名字，他还自己命名了"草原黄牡丹""冰凌草"等诸多花草的名字。在他家房后，有一只戴胜鸟在这里居住了多年，每年都在固定的窝里哺育下一代。

廷·巴特尔的家庭牧场生态养殖，已影响世界。他的生态牧场，吸引了世界的目光。与锡林郭勒盟同纬度的国家，新西兰、德国的家庭牧场经营牧主络绎不绝前来参观学习，与这位来自于中国内蒙古大草原的牧民交流，借鉴先进经验。

当年，父亲支援他 10 万斤草籽，他赶着马车发放给每一户牧民，鼓励大家种草，跟随他走向致富路的牧民越来越多。慢慢地，附近的牧民、旗里的牧民、全盟的牧民，甚至包括俄罗斯、蒙古国的牧民都过来找他要草种、树种，请教农牧业技术、治沙经验。

打开他的微信朋友圈，很多精美的图片映入眼帘，除了自家的牛，还有他拍的各种各样的野生动植物。

"这是狐狸，这是臭鼬，还有貉子……"他笑着一个个指给大家看，"草原生态好了，野生动物也多了。我们牧民现在呼吸着新鲜空气，享受着和城市一样的住房条件，生活可不比你们城里差。"

这是一个充满田园风光的家庭生态牧场，这里有大自然的恬静和生命的力量。这里是牛羊的天堂牧场，这里是续写畜牧业生态传奇的国度。在这里，你可以度过一段休闲时光，体会一次治愈之旅。

为牧民宣讲党的二十大精神

一位武警部队的士兵在参观廷·巴特尔的家后,写来了一封热情洋溢的信:"很高兴认识了您,更高兴有机会去了您的家,至今难忘那片美丽的草原和草原上清澈的小河,至今还回味着你家纯正醇香的奶食,你家就像一片世外桃源存在了我的记忆中。"

2011年,江苏省宿迁市沭阳县胡集镇大徐新村农民张中华写来一封信:"尊敬的廷·巴特尔书记,我在报纸上认识了您。我认为您作为内蒙古自治区优秀共产党员、党支部书记,带领牧民围栏轮牧,减羊增牛,保护生态环境,非常值得敬佩。希望能看到更多关于您的报道,与内蒙古牧民朋友共同分享。"

《人民日报》评论员文章《新时代的草原英雄》中这样评论:

廷·巴特尔的成就和事业,说到底,根源于一个共产党员正确的世界观、人生观、价值观,离开了这一点,就谈不上建设草原、服务人民、奉献社会。

苏力亚的《你使我的灵魂震撼》:

你是将军的儿子/也是牧民之子/在那荒漠的草原上扎根/是因为你/怀有一颗/比什么都珍贵的/赤子之心。

高音的《时代的雕像》:

你是一棵挺拔的小草/把春意融进了草原绿浪/你是一株昂扬的大树/向沙漠筑起了铁的屏障/你是一名当代的雷锋/坚定地扬起了精神的翅膀/你是一个平凡的牧人呀/却实践了一个伟大的理想/你是一个普通的共产党员/竟铸起了一座时代的雕像……

从离开家那天起,他就决心在草原扎根一辈子,他说得最多的一句话就是:"我就是一名普通牧民。"

"我是党员,让我来。"道出了一名共产党员深深扎根草原的情怀和浓厚的家国情怀。

全国乌力格尔(蒙古语说书)大赛上,通辽市扎鲁特旗说书艺人达胡巴雅尔说唱《将军之子——廷·巴特尔》,情到深处声泪俱下。

阿巴嘎旗委、政府重点打造的向建党100周年献礼作品音乐剧《草原之子——廷·巴特尔》,在锡林郭勒盟巡演,阿巴嘎旗乌兰牧骑参演的37名演员经过一次又一次的精心打磨和刻苦排练,为观众们再现廷·巴特尔扎根草原的赤子之情。

阿巴嘎草原是牧人心灵驰骋的牧场,策马扬鞭的疆场,血脉奔涌的英雄的故乡。他是牧民的"巴特尔",是带着他们走向富裕生活、改善草原生态的英雄。

2002年5月14日,内蒙古自治区党委做出《关于开展向廷·巴特尔同志学习活动的决定》。全区范围内对廷·巴特尔同志的事迹和精神进行广泛的学习宣传,之后又到首都人民大会堂做了事迹报告,分赴天津、山东、上海、宁夏等地进行巡回报告。同时,中央各大新闻媒体对廷·巴特尔同志的先进事迹进行了深入的全方位宣传,号召动员广大党员和干部群众,深入开展向廷·巴特尔同志学习活动。

他是全区新时期优秀共产党员的突出代表,是广大基层干部的楷模,是"三个代表"重要思想的模范实践者,是全区各族人民学习的榜样。

时任锡林郭勒盟委副书记王中和、萨如拉图雅嘎查副嘎查长常胜、青年牧民萨日娜,以生动的语言和鲜活的事例,讲述了廷·巴特尔一心为公、赤心为民的感人事迹。

报告会上，廷·巴特尔做《我永远是草原人民的儿子》的报告。那报告是用心灵之花书写，用几十年如一日的汗水浇灌而成。

他深情地以一首诗表达了他的理想与追求：

我不愿做都市花园里供人观赏的花朵，

只愿做浑善达克沙地上的一株小草，

为勤劳善良的牧人遮挡一丝风寒，

为漫漫荒漠增添一点绿色，

为祖国大地减少一些沙尘暴的袭扰。

报告会高潮迭起，生动感人的报告引起各地各界干部群众的强烈共鸣，使人振奋，催人向上，会场上不时响起阵阵热烈掌声。

人们不约而同地向心目中的英雄致敬！

廷·巴特尔同志的事迹和精神，在全区、全国引起了强烈反响。

北京听众说，1998年的大洪水掀起了知青返乡支援第二故乡的第一次热潮，廷·巴特尔事迹也会掀起一次广大知青回乡支持锡林郭勒盟第二故乡建设的新热潮。

天津听众说，这样的报告，花钱都听不到。

上海听众说，在我们最困难的时候是草原人民抚养了我们的子女，现在该是我们回报草原人民的时候了。

济南听众说，记者同志你不用还笔了，留下它好好写一写我们的草原英雄，我们社会太需要这样的英雄了。

宁夏听众说，这个典型很实在，站得住，抓得好。

山东供销社干部刘大新说，参加报告会的门票是我争取来的。这几天，在报纸、电视上，我们已经看到和听到了廷·巴特尔同志的先进事迹，深受感动。如何做好支农工作，廷·巴特尔同志为我们树立了绝好的样板。

著名歌唱家德德玛说，我这个名人比起你廷·巴特尔，太微不足道了。我的歌给人带来美的感受，你的事迹给人带来的是心灵的震撼，净化了人们的心灵，升华了人们的灵魂。

中宣部宣教局有关人士说，廷·巴特尔事迹创造了三个"第一"：在我国少数民族中是第一个，在内蒙古是第一个，在高级领导干部子女中是第一个。廷·巴特尔事迹巡回报告也是中宣部近几年来组织的最朴实、最感人、最成功的一次。

时代需要这样的英雄。

每一场报告都是鲜花和泪水相伴，掌声和心声共鸣。

他以艰苦奋斗、无私奉献的共产党员的本色，在人们心目中塑造了全心全意为人民服务的公仆形象。廷·巴特尔的精神传遍了祖国的四面八方，鼓舞着人们与时俱行，继往开来。

于是，无数世人开始观照他的平凡伟岸，那是此后更为精彩的二十年……

四、廷·巴特尔大讲堂

从北京载誉归来的廷·巴特尔，马不停蹄地投入到党的二十大精神的宣讲上。他要把党的方针政策第一时间带到草原，推动党的创新理论深入最基层。马克思说："理论一经掌握群众，也会变成物质力量。"就是让广大群众真学、真懂、真信、真用。

老党员发挥着自己的智慧之光。

这样的场面每天、每月都有，人们分期分批远道而来，都想看

中国牧民

牧民群众来廷·巴特尔大讲堂学习

看他家的生态牧场，学习他的好经验、好做法，了解现代畜牧业发展的方向。他要把大讲堂搞得实在一些，再实在一些。经过不懈努力，廷·巴特尔率先实现了"绿水青山就是金山银山"的目标，在他的眼里"绿水青山"既是自然财富，又是经济财富，为此他总结出收入最高点、成本最低点、生态最佳点、劳力最优点的"四点平衡"，他是生动践行习近平生态文明思想的典型代表。

他家的牧场是生态优先、绿色发展的最好见证！

早在2009年，在锡林郭勒盟委、行署的倡导下，在廷·巴特尔家建起全盟农牧民培训基地，牧民们形象地称之为"廷·巴特尔大讲堂"。在大讲堂上，廷·巴特尔为农牧民讲授家庭牧场建设和科学化养殖，教方法、教思路，结合自己的经历和周边牧民的鲜活事例，讲"社会主义是干出来的"。

萨如拉图雅嘎查院内坐落着一座崭新的蒙古包，这是阿巴嘎旗践行习近平生态文明思想教育基地展厅，这也是人们远道而来必到的地方。展厅集中展示了廷·巴特尔践行习近平生态文明思想的先进事迹：

第一部分，廷·巴特尔简介；

第二部分，廷·巴特尔家庭牧场简介；

第三部分，廷·巴特尔的实践经验；

第四部分，廷·巴特尔的使命担当；

第五部分，廷·巴特尔践行生态文明理念要素；

第六部分，廷·巴特尔的内心感悟。

人们一边观看展柜中陈列的书籍、荣誉证书、奖章、文件，一边观看电视上滚动播出的专题片和情景剧，有《廷·巴特尔——草原的好儿子》《"草原之子"廷·巴特尔的"蹄腿理论"》《寻访"草原之子"廷·巴特尔》《践行群众路线的好榜样——廷·巴特尔》等。走出蒙古包展厅，设置在室外的展架，那是廷·巴特尔说过的一段段精彩话语。

家庭牧场、展厅内、课堂上，这就是"廷·巴特尔大讲堂"。这里有他50年不断探索、践行的草原生态保护与畜牧业高质量发展的成功经验，有广大牧民携手并肩实现小康社会、迈向共同富裕的生动实践。

这里，展现中国式现代化牧场的美好前景。

这里，铸牢中华民族共同体意识熠熠生辉。

老模范依旧忙碌。宣讲，他不用讲稿，讲的都是自己早已装进脑海的一幕幕往事、一个个成功的经验。党的惠民政策、成功的致富经验、草原生态保护、畜群结构调整、旱地种植、科学养鱼、住宅用水循环系统建设……关于生产生活，他都有独到的见解。

他依旧面庞黝黑，普通的行装，腰身笔直，态度和蔼可亲，炯炯有神的眼睛，闪动着朴实和睿智。讲台上、展板前、牧场上，他身体健朗，精神矍铄，全然看不出已是一位年近70岁的老者。

廷·巴特尔真挚朴实的话语感染着每一位前来参观的人。

内蒙古自治区团委聘请他为全区少先队校外辅导员。来自各盟市、旗县、学校、社区少工委主任代表60余人来到大讲堂，他们戴着红领巾，坐在教室里，聚精会神地听廷·巴特尔讲知青插队、带领牧民群众建设社会主义新牧区的故事。

阿巴嘎旗检察院聘请他为"公益守护人"。来自各苏木镇、嘎查的67名公益守护人和40名中小学学生聚集在大讲堂，廷·巴特尔为新聘任的"公益守护人"讲授专题课。

这是一堂特殊的党课。内蒙古消防救援总队主题教育第三指导组一行人来到大讲堂，廷·巴特尔用朴实的语言，为大家讲述他从将门之子到普通牧民，再到人民代表和政协委员，在不同的岗位上为党分忧、为群众服务的心路历程。

苏尼特右旗人武部组织基层党员、专武干部和民兵骨干百余人前来聆听讲座。

正蓝旗特邀廷·巴特尔，与苏木镇党委书记、各嘎查党支部书记围绕科学化养殖、草原生态保护和铸牢中华民族共同体意识展开交流座谈。

7月，萨如拉图雅嘎查迎来了阿巴嘎旗生态文明教育之旅首游仪式。慕名前来的游客，争相目睹廷·巴特尔当年插队的月光大队。

这个柳条围墙的院落，一排五六间土坯房屋，就是当年的知青点。羊油灯、棚顶和墙壁糊着的发黄报纸，让人们追溯起那段难忘的岁月。

他们在大队部点牛粪做大锅饭，开展娱乐活动，唱歌跳舞、男女混合特技赛跑、技巧展示……在茂盛的知青林，重温廷·巴特尔他们当年的知青岁月,感受他挚爱的这片草原。廷·巴特尔夫妇与游客席地而坐,击鼓传花。

内蒙古军区迎来一位特殊嘉宾。廷·巴特尔受邀到军区机关与官兵们座谈,他说:"来到内蒙古军区就像回家一样!"从小在军区大院长大的廷·巴特尔对部队有着特殊的感情。

战士们亲切地围拢在他的身边,竞相合影。他平实而又饱含力量的讲座赢得官兵们如潮般的掌声。

新年前夕,内蒙古军区首长踏着瑞雪专程来到萨如拉图雅嘎查,看望慰问"七一勋章"获得者廷·巴特尔。

"廷书记,我代表自治区党委和内蒙古军区全体官兵来看望您了。"

军区首长向这位扎根草原默默奉献的嘎查老书记致以新春祝福和亲切问候,并向他颁授"内蒙古荣誉民兵"证书。"内蒙古荣誉民兵"是内蒙古军区授予自治区范围内长期关心支持国防和军队建设、对全区国防动员事业做出突出贡献的非军队人员的最高荣誉。如今,颁授给了这位驻扎祖国北疆、在基层默默奉献了半个世纪的"草原赤子"!

"你忠诚担当、扎根牧区、苦干实干的事迹令人敬佩,是军区全体官兵、文职人员、职工和民兵学习的榜样,我们军区为拥有你这样的红色后代而感到自豪。"

廷·巴特尔激动地说:"这是我收到的最特殊、最珍贵的新年礼物!"

这些年,他把国防建设作为自己义不容辞的责任,积极动员嘎查适龄青年参军入伍,发动群众参加民兵组织,还义务担任驻地军警部队、民兵分队的思想政治教员,激励大家热爱边疆、保卫边疆、建设边疆。

他有一颗永远不变的初心。他要把他顽强拼搏的信念传递出去，作为他扎根牧区、苦干实干精神的延伸。

2019年，廷·巴特尔与孔繁森、任长霞、袁隆平、屠呦呦等一同被授予"最美奋斗者"称号。阿巴嘎旗乌兰牧骑青年歌手齐日木拉图满怀激情，用一个晚上的时间，为廷·巴特尔创作了一首"最美奋斗者"之歌——《牧民的好儿子》。

  广大牧民的好儿子
  家乡故里的带路人
  人民群众的好劳模
  伟大祖国的建设者

  热爱保护着辽阔草原
  忘我建设着美丽家园
  党的指引让前程似锦
  他带领乡亲攻坚脱贫

  党的关怀像阳光甘露
  让他干劲冲天勇争先
  牧民们走上了致富路
  共圆那伟大的中国梦

廷·巴特尔大讲堂学习参观团预约排到了半年后，牧民们过来参观学习，廷·巴特尔从来都是放在首位。

"对于我来说，就是要不忘带领牧民致富的这个初心，更好地保护草原，更好地让牧民脱贫致富。以前我是这么做的，以后还要继续这么做下去。把自己的牧场经营理念和经验传递出去，这本身就是一件非常值得做的事情。"

这几天，西乌珠穆沁旗几十位牧民过来取经，他把自己几十年积累的经验传授给了他们。

"现在大伙儿都想过上好日子，可以朝'四点平衡'努力。"在一块块图文并茂的展板前，廷·巴特尔耐心地讲解着。

有的牧民若有所思地点点头，有的不时向他提问。

"把牛控制在多少头比较好？"

"过冬的草饲料怎么储备？"

…… ……

廷·巴特尔一一详细地解答。谈及如何保护生态、科学种树。他讲道，在沙地草原上种树特别难，需要特别注意：第一，降雨太少，必须每年人工浇水10次以上；第二，土壤肥力不足，种树前需上足底肥；第三，草原土质碱性大，要多增加酸性的物质改良土壤；第四，挑选抗寒树种；第五，草原虫害、鼠害多，注意消灭钻心虫；第六，草原风大，要挑选抗风品种；第七，防动物的啃咬，树小防野兔，树大防牛羊蹭痒痒；第八，防火烧；第九，挖树坑先看土层，白碱土或石板层种树不易成活。

廷·巴特尔讲的课通俗易懂，完全符合牧区发展建设和牧民生产生活实际。

"这才是咱老百姓的大讲堂！"牧民们连连赞叹。

他讲"减羊增牛"，讲一头牛和五只羊的经济价值，讲划分

"二区"到"九区"轮牧的生态效益，牧民们回去纷纷效仿并实践。

他讲"四点平衡"，影响和带动牧民过上生态良好、生活富足的好日子，让"绿水青山就是金山银山"的理念根植于广大牧区实践和牧民的心坎，让生态文明建设驶入快车道。

他把几十年钻研摸索并运用到实践的经验，毫无保留地传授给全国各地的农牧民。他的大讲堂，每年有3万名农牧民参观学习。3万人背后是3万个家庭，是成千上万个乡镇苏木和村屯社区，那是乡土中国的根基！

这一天，苏尼特左旗20名回乡创业的大学毕业生来了。

年轻人回乡创业的热情打动了廷·巴特尔，他从自己设计的棚圈设施，到自建生态鱼塘，再到家里的循环节水网络，养殖西门塔尔牛，一整天的时间，都在详细演示、讲解。他讲得很起劲，年轻人看在眼里，学得也很投入。

"未来的牧场是年轻一代的，他们会用新科技、新理念、新方法，让牧场资源更集约高效地利用，让牧区发展得更美好。"

中国牧业发展可以说已经步入了4.0版，如何开启牧业发展的新路径呢？他对年轻人创业和家庭牧场建设，始终有着美好的憧憬。

"现在咱们牧区真正缺的是知识型人才。大学毕业生，其实牧区更需要。"

廷·巴特尔希望更多的人关注牧区，希望年轻人能返乡。"那是你的家乡，你不建设谁来建设？"

在锡林郭勒盟，广大牧民们在廷·巴特尔的精神引领下，逐渐调整牲畜结构和养殖模式，生活发生着可喜的变化。

生态优先、绿色发展的理念，在祖国边疆的广大牧区开枝散叶。

秋季草原，硕果累累！

女儿陶格斯、女婿恩克门德一家三口来帮助父母秋收了，挖大葱、拔胡萝卜、摘西红柿，忙个不停。5岁的陶恩吉会背起小背篓捡树枝树叶，去草地捡拾垃圾，小家伙还坐在了牛背上，和姥姥一起去放牛，俨然成了一个小牛倌。

早上，牧场的牛群醒来，还有几只喜鹊落在牛背上，梳理着羽毛，叽叽喳喳地叫着。

廷·巴特尔一边干活儿，一边拿着相机拍摄身边的美景。在展厅，挂满了他拍的牧场动植物的照片，他还在女儿的协助下，给图片配上文字和音乐，通过网络分享给网友和亲朋好友。

高格斯台河静静地流淌，流过他家的草场，伴随着他走过这幸福的岁月。草场上的小动物和他很亲密，戴胜、白枕鹤、喜鹊、鸳鸯、狍子、獾子、野兔……他抓拍到许多难得的动态瞬间，这些草原上的生灵和廷·巴特尔友善地相处着。

每当络绎不绝的人们参观、离开，忙碌了一天的廷·巴特尔和妻子就把400多平方米的大讲堂打扫得干干净净，准备迎接第二天的参观学习团。

"廷·巴特尔大讲堂"还在继续……

*（本书图片由中共阿巴嘎旗委宣传部、阿巴嘎旗博物馆、廷·巴特尔提供。）

尾 声

萨如拉图雅嘎查在地图上的位置，鲜为人知。

扎根萨如拉图雅嘎查50年的廷·巴特尔，已经名闻天下。

自2018年6月卸任党支部书记已经过去5年多，然而他却更忙了。慕名而来参观学习的，过来求助的，国外的、区外的、盟里的、旗县的，更多的是和他一样的牧民。

他依旧还是现身说法。

他说："为牧民讲课是我最看重的事。"站在大讲堂前，他不用话筒，讲课前也没有什么长篇大论铺垫。想到哪儿就讲到哪儿，核心内容是希望前来参观听课的牧民朋友能增收致富。

他依旧带领大家到他家的5926亩牧场上走一走看一看。

俗话说得好："百闻不如一见。"牧民们赖以生计的牲畜是一天天喂养出来的，草原生态环境是用科学的方法保护出来的，乡村振兴需要不懈奋斗！

回首往事，廷·巴特尔觉得他所获得的所有辉煌与荣誉，实则都无法与他所拥有的幸福相比。

从19岁那年起，萨如拉图雅恶劣的环境没有吓跑他，草原的博大和牧民的纯朴善良留住了他。没过多长时间，生产生活的所有技能他都悉数掌握，他成长为一名地地道道的合格牧民。踏实肯吃苦的他，从此赢得了牧民朋友的好感、尊重与信任，赢得了朴实而又忠贞不渝的爱情，拥用幸福美满的家庭，用自己的双手改变了家园贫穷落后的面貌。这片草原因为他而显得更加美丽。置身草原，此生足矣！

从21岁光荣地加入中国共产党时起，他就坚定了一生的追求——感党恩、听党话、跟党走。正如蒙古族谚语："跟着太阳不会冷，向着党不会错。"无论是被推选为生产队队长、嘎查长、党支部书记，还是党的十七大、十八大、二十大代表，党的二十大主席团成员，第十届全国人大代表，第十三、十四届全国政协委员，还是被授予"全国优秀共产党员""全国劳动模范""全国民族团结进步模范个人""100位新中国成立以来感动中国人物""改革先锋"，新中国成立70周年"最美奋斗者"，党内最高荣誉——"七一勋章"等荣誉称号，在他的心中，他所做的工作与党的培养相比还远远不够，与党的事业相比还很渺小。党的恩情比海更深，比草原更宽广。

中国牧民——廷·巴特尔，一个真正的平凡英雄。

站在牧场上眺望，他如同年轻时一样，骑着一匹蒙古马，拽过缰绳，深情地回望热恋的草原。

"继续当一个好牧民！"在习近平总书记向他颁授"七一勋章"的光荣时刻，他向总书记报告。"牧民"二字在他心中有着崇高的地位。

北京人民大会堂回荡的"七一勋章"颁授词在脑海已然定格：

"廷·巴特尔，扎根牧区、苦干实干的楷模，投身边疆牧区建设40多年，探索出保护生态、发展经济、促进增收新路子，使当地牧民生活发生积极变化。"

那是颁授给他的，颁授给伟大的时代，也是颁授给以廷·巴特尔为代表的中国牧民！

后 记

廷·巴特尔扎根草原50年，我们关注廷·巴特尔20多年。

这部作品缘起于2002年。当时正值内蒙古自治区党委做出《关于开展向廷·巴特尔同志学习活动的决定》，号召广大共产党员和全体干部学习廷·巴特尔与时俱进、开拓创新的精神，学习他淡泊名利、默默奉献的时代品格。他是新时期优秀共产党员的杰出代表，是农村牧区基层干部的楷模。

当时，适逢全国乌力格尔（蒙古语说书）大赛在通辽市扎鲁特旗举行，扎鲁特旗牧民说书艺人达胡巴雅尔说唱的《将军之子——廷·巴特尔》获得大赛一等奖。说唱艺人讲述的生动精彩的故事，极大地震撼了我们的心灵，激发了我们的创作灵感。从此，我们开始追踪这位扎根牧区半个世纪，探索出保护生态、发展经济、促进增收新路子，使当地牧民生产生活发生翻天覆地变化的楷模。

2023年，长篇报告文学《中国牧民》入选中国作家协会重点作品扶持工程项目，这给予我们很大的信心和鼓励。因为所采写的主人公身份特殊，以及这部书所具有的重要社会意义和时代价值，我们深感采写这部作品的责任重大，使命光荣。

2023年5月，我们深入锡林郭勒盟阿巴嘎旗萨如拉图雅嘎查廷·巴特尔家庭牧场，进行为期一个月的实地采访，并走进阿巴嘎旗牧业典型嘎查，先后采访三十多位养牛大户、职业牧民、扶贫户、返乡创业大学生，又深入锡林浩特市、西乌珠穆沁旗，采访白牛养殖大户、牧民致富典型。

在八个月的采访、创作过程中，我们得到了内蒙古自治区党委宣传部，中共锡林郭勒盟委宣传部，中共阿巴嘎旗委宣传部，阿巴嘎旗人民政府，阿巴嘎旗文联、博物馆，洪格尔高勒镇党委、政府，萨如拉图雅嘎查"两委"及西乌珠穆沁旗政协、内蒙古额尔敦牛羊业股份有限公司给予的鼎力支持与全力协助。初稿完成后，中共阿巴嘎旗委宣传部专门组织相关人员，对内容进行审核把关，提出意见建议，为作品的进一步提升给予了保障。

在此，对上述提供支持和帮助的有关部门和领导表示诚挚的谢意！特别要感谢内蒙古出版集团和内蒙古少年儿童出版社的精心策划和认真编审，使得长篇报告文学《中国牧民》得以按时出版，与读者见面。

为讲好中国牧民的故事，传递好中国牧民的声音，展示好中国牧民的形象，用文学作品讲好时代故事，我们全力以赴，三易其稿，精雕细刻，最终定稿。面对时间紧、任务重及涉及人物多、时间跨度长等困难，我们在各方面支持鼓励下全心全意搞好创作，就是想为读者奉献一部有温度、能够打动人心的报告文学作品。但因笔力有限，还有许多中国牧民的感人故事未能在本书呈现，期待有更多作家深入草原生活、扎根人民，传递新时代中国牧民的心声，讴歌祖国，讴歌新时代。诚挚欢迎广大读者到美丽的草原做客，来共同见证中国式现代化畜牧业的蓬勃发展，来感受廷·巴特尔生态家庭牧场天人合一的和谐、美满、幸福。

作者

2023年12月